HANNES NYGAARD/JENS RUSCH

Im Schatten der Loge

HINTERM DEICH KRIMI

emons:

Bibliografische Information der Deutschen Nationalbibliothek
Die Deutsche Nationalbibliothek verzeichnet diese Publikation
in der Deutschen Nationalbibliografie; detaillierte bibliografische
Daten sind im Internet über http://dnb.d-nb.de abrufbar.

© Emons Verlag GmbH
Alle Rechte vorbehalten
Umschlagmotiv: mauritius images/Regis Martin/Stockimo/Alamy
Umschlaggestaltung: Franziska Emons, Tobias Doetsch
Gestaltung Innenteil: César Satz & Grafik GmbH, Köln
Lektorat: Dr. Marion Heister
Druck und Bindung: CPI – Clausen & Bosse, Leck
Printed in Germany 2017
ISBN 978-3-7408-0200-4
Hinterm Deich Krimi
Originalausgabe

Unser Newsletter informiert Sie
regelmäßig über Neues von emons:
Kostenlos bestellen unter
www.emons-verlag.de

Dieses Werk wurde vermittelt durch die Agentur Editio Dialog,
Dr. Michael Wenzel (www.editio-dialog.com).

Für Birthe und Suse

Das Schönste, was wir erleben können, ist das Geheimnisvolle. Es ist das Grundgefühl, das an der Wiege von wahrer Kunst und Wissenschaft steht. Wer es nicht kennt und sich nicht wundern, nicht mehr staunen kann, der ist sozusagen tot und sein Auge erloschen.

Albert Einstein

EINS

Am Tag zuvor hatten die Menschen den Spätherbsttag ausgenutzt und die Strandpromenade, aber auch den Strand selbst bevölkert. Am Sandwall, dem Hauptabschnitt der Kurpromenade, waren alle Plätze in den Außenbereichen der Cafés besetzt gewesen. Die Besucher hatten sich dort niedergelassen, genossen Kaffee und Kuchen und sahen den Vorbeischlendernden nach. Nicht selten hatte sich auch ein frisch gezapftes Bier dazwischengemogelt. Niemand war in Eile. Die Urlaubsgäste genossen das Nichtstun. Diese Muße strahlte auch auf die Einheimischen aus, die in den Geschäften und in der Gastronomie die Wünsche der Feriengäste erfüllten. Es war ein ruhiges und friedliches Miteinander. Föhr und seine Hauptstadt Wyk waren seit Langem ein Geheimtipp für Besucher, die die Ruhe schätzten, dabei aber auf viele Annehmlichkeiten eines gediegenen Badeortes nicht verzichten wollten.

Henrik Ostermeyer hatte vor vielen Jahren die Nase gerümpft, als seine Frau vorschlug, einen Teil des Jahresurlaubs hier zu verbringen. Der Ort schien ihm zu beschaulich. Aber gerade das machte den Reiz aus. Inzwischen war es keine Frage mehr, wohin die Reise im Herbst führen würde. Annelie verstand auch nicht, dass Henrik morgens früh aufstand, um am Wassersaum zu joggen.

»Das Hotel bietet Frühstück bis um halb elf«, hatte sie gesagt. »In Frankfurt müssen wir zu dieser Stunde am Schreibtisch sitzen. Und du? Weshalb kostest du es nicht aus? Der Strand läuft dir nicht weg.«

»Der Strand nicht, aber das Wasser«, hatte er geantwortet. »Man nennt es Ebbe und Flut.«

Annelie Ostermeyer hatte sich gähnend zur anderen Seite umgedreht. »Meine Motivation, aufzustehen, ist Ebbe. Ich flute jetzt noch einmal meinen Schlaftank.«

Schon vor Jahren waren sie vom Hotel in eine Ferienwohnung umgezogen. So war auch die vorgegebene Zeit für das

Frühstück für Annelie kein Antrieb mehr, zeitig das Bett zu verlassen. Ostermeyer hingegen liebte das morgendliche Joggen am Strand. Nur wenige Leute waren unterwegs, suchten die Bäckereien auf oder führten ihre Hunde das erste Mal zum Gassigehen aus. Wenigstens im Urlaub wollte er sich von den Sünden eines Frankfurter Angestelltendaseins befreien und etwas für die Gesundheit tun. Das war er seiner Position als Abteilungsleiter einer Krankenkasse eigentlich schuldig. Aber zu Hause fand er immer wieder Ausreden, die ihn von einer ausgewogenen sportlichen Aktivität abhielten.

Er hatte die Ferienwohnung am Halligweg verlassen und war den menschenleeren Rebbelstieg am kleinen Krankenhaus vorbei bis zum Wellenbad Aquaföhr gelaufen. Dort bog er aus Gewohnheit Richtung Zentrum ab, warf nur einen schnellen Blick auf die Seeseite des großen Hotels und der wie angestückelt wirkenden Gebäude der Kurklinik. Nicht jedes Haus war eine architektonische Augenweide. Auf Höhe der Seglerbrücke verließ er die gepflasterte Promenade und wandte sich zum Meeressaum hinunter. Leise plätscherten die Ausläufer der Wellen an den Sandstrand. Es herrschte nur ein schwacher Wind. Er sah über die Schulter Richtung Nordsee. Ein leichter Dunstschleier lag über dem Wasser. Bald würde es sich vollends zu einem weiteren schönen Urlaubstag aufklaren. Gegen das Licht des aufgehenden Tages zeichneten sich die Häuser auf den Warften der Hallig Langeneß wie Schattenrisse ab. Es wirkte so, als würden sie auf dem Dunst schweben.

Ostermeyer begann zu schnaufen. Das Laufen strengte ihn an, obwohl er sich Mühe gab, die Luftnot und die Erschöpfungssymptome zu ignorieren. Er verringerte das ohnehin schon mäßige Tempo noch ein wenig und war froh, dass seine Frau ihn nicht beobachtete. »Das ist nur ein Pseudolaufen«, würde sie lästern.

Vor der Mittelbrücke, die etwa einhundert Meter ins Wasser hineinragte, würde er abbiegen und durch die Fußgängerzone den Bogen heimwärts schlagen. Sein Blick glitt an dem hölzernen Bauwerk entlang Richtung Meer. Die Pfeiler waren dem ständigen Wechsel von Ebbe und Flut ausgesetzt. Unverkennbar war, wie aggressiv das Salzwasser auf das Bauwerk einwirkte. Im unteren Bereich klebte Sand an den Trägern. Darüber schimmerte ein grüner Algenbelag. Ostermeyer ging gern auf die Brücke, besonders wenn das Wasser bei Flut die Illusion nährte, man würde über dem Meeresspiegel wandeln. Seine Frau weigerte sich, bei kräftigem Wind mit an die Spitze zu kommen. Dort führten ein paar Treppenstufen Richtung Wasser hinab, ohne ganz bis ins Watt zu reichen.

Ostermeyer stutzte. Inmitten des bizarren Gewirrs aus Pfeilern und Querstreben baumelte etwas von der Brücke herab. Ein Paket. Es pendelte kaum merklich im schwachen Wind hin und her. Immer wieder hörte man von der Verschmutzung der Weltmeere. Als er sich einmal näher mit dieser Problematik befasst hatte, war er sehr erschrocken gewesen. Es war unglaublich, was alles an den Stränden angespült wurde.

Er verringerte sein Lauftempo noch etwas mehr. Aus dem leichten Trab war jetzt ein Gehen geworden. Dann blieb er stehen und kniff die Augen zusammen. Irgendwelche Spaßvögel hatten sich offenbar einen makabren Scherz erlaubt und dort eine lebensgroße Puppe platziert. Seine Neugierde war geweckt. Er musste fast bis zur Promenade zurücklaufen, um die Treppe zu erklimmen und über die hölzernen Planken zum Brückenkopf zu laufen. Er spürte, wie seine Beine müde wurden, und schleppte sich fast schon ein wenig über die geriffelten Holzbretter mit den ausgeschlagenen Stellen an den Stoßkanten. Endlich hatte er die Plattform am Brückenkopf erreicht. Der knallrote Rettungsring war der einzige Farbtupfer im undefinierbaren Grau des verblichenen Holzes. Auf den Treppenstufen hatte sich eine dicke Algenschicht abgesetzt, die oberen Stufen waren mit Seetang bedeckt.

Ostermeyer blieb stehen, ließ den Oberkörper ein wenig nach vorn sinken und die Arme am Körper leicht auspendeln. Dann stützte er sich auf den angewinkelten Knien ab, hob den Kopf und suchte nach dem Gegenstand, den er vom Strand aus bemerkt hatte.

Erst auf den zweiten Blick gewahrte er die groben Profilsohlen der Schuhe, die ihm auf der untersten Stufe entgegenragten. Dann sah er Beine. Die Hosenumschläge waren schmutzig. Keine Jeans, stellte er im Unterbewusstsein fest. Die Schuhspitzen ragten zum Himmel. Die Schienbeine lagen oben. An den Knien knickte der Körper ab und hing kopfüber zum Wattboden hinab. Ostermeyer ging bis an das Ende der Seebrücke und beugte sich über das Geländer. Er schauderte. Da hing ein Mensch. Ein Mann. Bewegungslos. Er trug einen wetterfesten blauen Blouson mit dem Logo einer Edelmarke. Um seinen Hals baumelte ein etwa ein Meter langer Galgenstrick.

Ostermeyer holte mehrfach tief Luft. Er spürte, wie sein Kreislauf vibrierte. Immer wieder sah er auf das menschliche Paket, das kopfüber dort hing und Richtung See sah. Vermutlich. Zum Glück konnte Ostermeyer das Gesicht nicht erkennen. Er gab sich einen Ruck und rannte, so schnell es seine Kräfte zuließen, zur Promenade zurück.

Im letzten Moment bemerkte er den älteren Mann, der dort gemächlich entlangschritt. Ostermeyer ruderte wild mit den Armen, um eine Kollision zu vermeiden.

»Eh, was soll das?«, beklagte sich der Mann, als er ihn leicht touchierte.

»Sorry«, rief Ostermeyer atemlos und schaffte es knapp, vor dem Buchhändler zum Stehen zu kommen, der den nächsten Ständer mit Ansichtskarten vor die Tür seines Geschäfts rollte.

»Rufen Sie ...«, setzte Ostermeyer an und verschluckte sich. »Rufen Sie die Polizei«, gelang es ihm im zweiten Versuch. Er streckte den Arm Richtung Wasser aus. »Dahinten. Da liegt jemand.«

»Bitte?« Der Buchhändler sah ihn ungläubig an.

»Dahinten. Brücke. Am Ende. Da hängt einer.«

»Nein?« Es war die typische Reaktion, wenn man mit einer unfassbaren Nachricht konfrontiert wurde.

»Doch. Wirklich.«

Der Buchhändler drehte sich um und ergriff das Telefon.

»Eh, hier Käpt'n Bu-Bu. Kommt mal vorbei. Da ist einer rein zu mir und sagt, am Strand —«

»An der Brücke«, fiel ihm Ostermeyer ins Wort.

»Auf der Mittelbrücke«, präzisierte der Buchhändler. »Da soll ein Mensch liegen.«

Er beendete das Gespräch, sah Ostermeyer an und sagte: »Sie kommen.«

ZWEI

Der VW-Passat war ein wenig zu schnell unterwegs gewesen. Sie waren am Ortseingang von Struckum von der Bundesstraße abgebogen und dem Flickenteppich von Straße durch die Reußenköge gefolgt, hatten den Fährhafen Schlüttsiel passiert und auf der Straße hinterm Deich schließlich Dagebüll erreicht. Die Ausfahrt aus dem Kreisverkehr bei Dagebüll nahm Mats Skov Cornilsen ein wenig zu scharf, sodass der Wagen ins Schlingern geriet. Cornilsen fing das Fahrzeug ab, konnte aber nicht verhindern, dass sein Beifahrer durchgeschüttelt wurde.

»He, Hosenmatz«, fluchte Oberkommissar Große Jäger. »Hast du deinen Führerschein bei Ebbe auf Hallig Hooge gemacht?«

»Nein, in Holland«, behauptete Cornilsen.

»Dann darfst du nur Autos mit gelbem Nummernschild fahren. Wer in Holland dreimal durch die Prüfung fällt, bekommt trotzdem einen Führerschein, darf aber nur Fahrzeuge mit gelbem Kennzeichen führen.«

»Die haben doch alle ein gelbes Nummernschild«, erwiderte Cornilsen.

»Eben.« Große Jäger reckte sich.

»So schlimm kann mein Fahrstil nicht sein. Du hast schon am Ortsausgangsschild von Husum geschnarcht.«

»Blödsinn.«

»Doch«, behauptete Cornilsen. »So heftig, dass ich das Martinshorn ausschalten konnte.« Er zeigte nach vorn. »Wir sind da.«

Am Kassenhäuschen zu den Fähren nach Föhr und Amrum entspann sich ein kurzer Dialog. Die Mitarbeiterin der Reederei bedauerte, dass das Schiff komplett ausgebucht sei. »Es ist eine Frachtfähre, die vorrangig für Versorgungs-Lkw reserviert ist«, erklärte die Angestellte. »Da kann ich nichts machen.«

»Polizei. Wir müssen dringend auf die Insel. Dienstlich.«

Die Frau zog eine Augenbraue in die Höhe. »Das kann jeder behaupten. Ich sagte doch, es geht nicht.«

Große Jäger beugte sich zur Fahrerseite hinüber. »Lassen Sie den Getränkelaster warten. Glauben Sie mir, wenn *ich* so einen Vorschlag mache, ist das wirklich wichtig.«

Jetzt lachte die Frau. Sie griff zum Telefon und gab durch, dass »da einer kommt, der wichtig ist«, ergänzt um das Kennzeichen.

Sie wurden auf dem Parkplatz unter dem Protest anderer Wartenden an der Schlange vorbeigelotst und vom Deckspersonal auf der Fähre »Uthlande« eingewiesen.

Die Überfahrt verbrachten die beiden Polizisten im Salon. Große Jäger schaffte es, zwei Becher Kaffee zu trinken, während Cornilsen sich an einer geliebten Cola gütlich tat.

Pricken markierten den engen Fahrweg. Die jungen Bäume wurden dem jeweiligen Verlauf der Fahrrinne folgend in den Meeresboden gesteckt. Am oberen Ende waren Reisigbündel festgebunden. Fremde wunderten sich über die altertümlich wirkende Methode. Tatsächlich gab es kaum eine andere Markierung, die so deutlich im Radar zu erkennen war.

»Weißt du, weshalb man hier Bäume gepflanzt hat?«, wollte Große Jäger von seinem Kollegen wissen.

Cornilsen versuchte, den Zweck der Pricken zu erklären, aber Große Jäger schüttelte nur den Kopf.

»Falsch. Die sind für die Seehunde gesetzt. Die brauchen schließlich auch Bäume.«

Die Fähre beschrieb einen Bogen um die Untiefen vor Föhr und fuhr dann an der Skyline Wyks entlang.

»Christoph, der Schöngeist, hätte jetzt angemerkt, dass sich die Bauten an der Wasserseite nicht harmonisch zeigen. Er hätte eine Vorermittlung gegen denjenigen gefordert, der sich von einfallslosen Architekten hat bestechen lassen und die hässlichen Betonklötze genehmigt hat.«

»Stimmt«, pflichtete Cornilsen bei. »Das hat Wyk nicht verdient.«

Die »Uthlande« lief den Wyker Hafen an und machte an der Brücke 1 fest.

Es entstand das übliche Gewusel bei Ankunft der Fähre. Wie überall auf der Welt hatten sich Schaulustige eingefunden, die sich der besonderen Atmosphäre beim Eintreffen eines Schiffes nicht entziehen konnten.

Die Decksleute der Fähre ließen sich nicht aus ihrer stoischen Ruhe bringen und winkten die Fahrzeuge nach ihrem Plan heraus. Vor den beiden Polizisten bemühte sich ein Milchtanklastzug die steile Rampe hinauf. Es war Ebbe. Rechts hinter ihnen lag der immer noch gut belegte Sportboothafen, halb rechts das Becken der Berufsschifffahrt. Die Dalben und die Kaimauer waren dick mit Tang besetzt. Gegenüber der »Alten Mole« lag ein kleiner Kutter tief unterhalb des Kais. Auf der anderen Hafenseite war die Polizeistation der Insel in einem unscheinbaren Ziegelgebäude untergebracht.

Der Parkplatz auf der linken Seite war fast voll. Große Jäger wunderte sich bei jedem Besuch, wie stark die Fähren nach Föhr und Amrum frequentiert wurden. Sie ließen den Parkplatz hinter sich und fuhren am modernen, auf einer Warft gelegenen Gebäude der Reederei vorbei.

Große Jäger zeigte auf die Stöpe, einen bei Hochwasser mit zwei Balkenlagen und dazwischengestopften Sandsäcken verschließbaren Deichdurchlass. »Da durch.«

»Das ist eine Einbahnstraße.«

»Du kannst ja die Polizei rufen«, erwiderte der Oberkommissar.

Cornilsen zuckte mit den Schultern und verließ die Hauptstraße. Er war gerade mit dem Passat durch die Stöpe geschlüpft, als ihnen ein Mercedes mit Berliner Kennzeichen entgegenkam.

Der Fahrer betätigte nachhaltig die Hupe und versuchte, Cornilsen die Weiterfahrt zu versperren. Er ließ das Fenster herab und brüllte: »Das ist eine Einbahnstraße, du Depp!«

»Das weiß ich«, erwiderte der junge Kommissar.

»Hast du nicht unser Kennzeichen gesehen?«, mischte sich Große Jäger ein. »Im Unterschied zu den Berliner Politikern denken wir in mehr als eine Richtung. Nun sieh zu, dass du zum Strand kommst, sonst sitzen dort die Walrösser aus der Nordsee.«

Der Berliner holte mehrfach tief Luft. »Ich werde …«, setzte er an.

»Zur Polizei gehen?«, riet Große Jäger. »Dann komm dahinten zur Seebrücke. Da ist die Polizei. Aber schön außen herumfahren, denn dies hier ist eine *Einbahn*straße.« Er stieß Cornilsen in die Seite. »Los jetzt.«

Cornilsen grinste. »Na denn dann.«

Hinter dem Deich öffnete sich der Weg zu einem kopfsteingepflasterten Platz, der durch das Gebäude der Amtsverwaltung Föhr-Amrum begrenzt wurde. Auf dem Rand eines Brunnens tummelten sich zwei bronzene Seehunde.

Cornilsen ließ das Fahrzeug langsam durch die Fußgängerzone rollen, musste immer wieder stoppen, weil Passanten vor ihnen stehen blieben und ungläubig das Auto ansahen. Eine hölzerne Krippe, an deren Überbau mehrere eingeschweißte Schinken hingen, wies auf einen Hofladen hin.

Vor der Buchhandlung standen zwei Streifenwagen und der Mercedes Vito der Flensburger Spurensicherung. Cornilsen parkte den Passat hinter dem Vito. Sie waren noch nicht ausgestiegen, als sich ein Ring Neugieriger gebildet hatte.

»Was ist da los?«, wollte ein beleibter Mann wissen.

»Was sind das für Leute?«, fragte eine Frau mit einer bunten Strickmütze, die sich bei ihrem glatzköpfigen Begleiter untergehakt hatte.

Große Jäger machte eine Wischbewegung mit der Hand. »Lassen Sie uns bitte durch«, sagte er. »Wir haben Karten für die erste Reihe.« Er zeigte über die Schulter. »Gibt's dahinten in der Kurverwaltung. Aber nur mit gültiger Kurkarte.«

Sie passierten den uniformierten Polizisten, der den Zugang zur Seebrücke absperrte, und gingen zum Brückenkopf. Dort wurden sie von einer kleinen Gruppe empfangen. Hauptkommissar Jürgensen, der Leiter der Spurensicherung, sah ihnen entgegen.

»Spät kommt ihr, aber ihr kommt. Der weite Weg entschuldigt euer Säumen«, empfing sie Jürgensen, der in einen weißen Schutzanzug gekleidet war. Auch die kaum sichtbaren Haarstoppeln waren unter der Kapuze verschwunden. »Das ist von Goethe«, fügte er an.

»Von Schiller«, korrigierte ihn Große Jäger. »Aber das macht nichts, Klaus. Du bist entschuldigt. Du kommst von der Ostküste.« Er drehte sich zu Cornilsen um. »Kennst du die beiden? Goethe und Schiller. Der eine ist Angreifer, der andere Rückraumspieler der Flensburger Handballer.« Dann sah er Jürgensen an. »Was haben wir denn, Klaus?«

»Blöde Frage.« Jürgensen zog hörbar die Nase hoch. »Wenn ich notgedrungen an die Westküste muss, handelt es sich um eine Leiche. Gibt es einen anderen Grund, hierherzukommen?«

»Christoph hat immer gesagt, ihr habt einen schweren Job.«

»Das ist zutreffend«, stöhnte Jürgensen. »Das Problem sind aber nicht die Toten, sondern die Fahrt hierher. Und außerdem ... Wer sonst außer den Nordfriesen hängt jemanden mit dem Kopf nach unten und wartet darauf, dass die Flut kommt?«

»Mecker nicht rum. Wir lieben die Abwechslung. Hier gibt es Ebbe und Flut. Das haben die Täter ausgenutzt. Kennst du sie? Sie wollten extra für dich die Leiche durchspülen. Die wussten, dass du keine schmutzigen Toten magst.«

»Eins steht fest: Die Täter sind mit Sicherheit von der Westküste. Nur dort leben solche Barbaren. Der Tote hat einen Strick um den Hals. Als das Erhängen nicht geklappt hat, haben sie das Opfer ertränkt.« Jürgensen berichtete von der Auffindesituation.

Große Jäger strich sich mit einem vernehmlichen kratzenden Geräusch über die Bartstoppeln. »Merkwürdig.« Er sah sich um und bemerkte einen etwas abseitsstehenden Schutzpolizisten. »Moin, Thomsen.«

»Bist du nicht der Verrückte, der die Leiche von der Boldixumer Vogelkoje mit einem Radlader zum Krankenhaus gebracht hat?«, fragte Hauptkommissar Thomsen.

»Du meinst den Inselkönig. Das war, als wir meterhoch Schneeverwehungen hatten und es kein Durchkommen mit anderen Fahrzeugen gab«, erwiderte Große Jäger. Für einen kurzen Moment hielt er inne. »Der Verrückte war aber nicht ich. Das war mein Kollege Christoph.«

Hauptkommissar Thomsen zuckte mit den Schultern. »Von mir aus.« Plötzlich schien ihm doch noch etwas einzufallen. »Richtig. Damals fuhr aufgrund der Witterungsverhältnisse keine Fähre. Das Krankenhaus wollte den Toten nicht annehmen. Ich erinnere mich. Da hast du den Leuten gedroht, du würdest die Leiche auf deinen Händen durch den Haupteingang hineinbringen.«

Cornilsen sah abwechselnd Große Jäger und den Inselpolizisten an. »Die Leiche insgesamt oder stückweise?«

»Im Unterschied zu dir, Hosenmatz, haben wir das Zerlegen den Rechtsmedizinern überlassen.« Große Jäger zeigte zur Strandpromenade. »Sieh man zu, dass du Zeugen findest. Der Häuptling der Inselsheriffs stellt dir dazu seine besten Leute ab.«

»Einen? Oder alle beide?«, antwortete Thomsen. »Wir haben bisher erst einen ernst zu nehmenden Zeugen gefunden. Ein Tourist, der beim Joggen die Leiche entdeckt hat. Das ist nicht viel.«

»Vielleicht hat irgendjemand beobachtet, wie das Opfer dorthin gebracht wurde. Es wird nicht allein auf die Seebrücke gelaufen sein.«

»Nachts ist hier nichts los. Wyk ist nicht Saint-Tropez mit lärmenden Strandpartys«, warf Thomsen ein.

»Ich tu das machen«, schaltete sich Cornilsen ein und deutete ein Salutieren in Große Jägers Richtung an. »Klar, Chef.«

Der Oberkommissar beugte sich über die Brüstung. »Das ist mit Sicherheit kein Unfall, sondern ein Gewaltverbrechen. Was soll der Galgenstrick um den Hals? Der Tampen ist viel zu kurz, als dass das Opfer erhängt werden sollte. Das sieht wie ein Symbol aus. Und dann wird er kopfüber ins Wasser gelassen.«

»Wir konnten noch keine Waschhautbildung feststellen«, sagte Jürgensen. »Dafür aber Spuren von feinblasigem Schaum vor der Atemöffnung. Das ist ein typisches Anzeichen von Ertrinken. Äußere Merkmale von Gewaltanwendungen haben wir nicht finden können. Aber das wird die Rechtsmedizin klären. Es geht bei uns nicht zu wie im Fernsehkrimi, wo der blöde Gehilfe der superschlauen Kommissare für Spurensicherung, Technik und Obduktion zuständig ist.« Dann wandte sich der Kriminaltechniker wieder ab.

»Hat man ihn ins Wasser gehängt oder bei Ebbe hinabgelassen? Das wäre teuflisch, wenn das Opfer dort bewegungslos baumelt und darauf warten muss, dass das Wasser steigt.«

»Wir haben hier normalerweise einen Tidenhub zwischen zwei Meter fünfzig und drei Metern«, erklärte Thomsen. »Das reicht, um jemanden hinabzuhängen und auf die Flut zu warten.«

»Verdammt«, fluchte Große Jäger. »Wann war Ebbe? Wann Flut?«

Thomsen sah auf die Uhr. »Jetzt ist es zwölf. Es ist auflaufendes Wasser. Niedrigwasser war gegen elf. Die letzte Flut demnach um etwa fünf Uhr früh. Der Jogger hat das Opfer gegen acht entdeckt.«

»Dann war das vorherige Niedrigwasser gegen dreiundzwanzig Uhr. Man hat ihn also irgendwann zwischen dreiundzwanzig Uhr und fünf Uhr früh hierhergebracht. Entweder haben die Täter Glück gehabt mit den Gezeiten, oder sie kannten sich damit aus und wussten, wann es am besten ist, das Opfer in diese Lage zu bringen.« Große Jäger kratzte sich nachdenklich die Bartstoppeln. »Wir müssen jetzt warten, bis die Rechtsmedizin uns sagt, woran er wirklich gestorben ist. Wie lange mag er kopfüber dort gehangen haben? Wie lange hält man es aus, kopfüber zu hängen und das Blut ins Gehirn steigen zu lassen? Ein nicht alltäglicher Mord. Und was, verflixt, sollen die Symbole uns sagen?« Er rief Jürgensen zu: »Klaus, habt ihr schon etwas gefunden?«

»Ja«, erwiderte der Hauptkommissar. »Die Beine waren mit einem Kunststofftau an der untersten Treppenstufe befestigt. Außerdem hat man dem Opfer eine Holzlatte unter den Anorak durchgesteckt. Dadurch konnte er den Rücken nicht durchbiegen und sich nicht durch Hin- und Herbewegen hochschaukeln. Auf dem Mund klebte ein handelsübliches Pflaster. Deshalb konnte er nicht um Hilfe rufen. Die Hände waren über dem Kopf am herausragenden Ende der Holzlatte festgebunden. Ebenfalls mit dem Seil, mit dem seine Füße gefesselt waren. Wir haben auch seinen Ausweis gefunden. Er heißt Ulrich von Herzberg, ist achtundfünfzig Jahre alt und wohnt in Uetersen.«

»Also kein Einheimischer, sondern ein Urlaubsgast.« Große Jäger wandte sich an Thomsen, der nickte und bestätigte, mitgehört zu haben.

»Ich werde mich umhören«, sagte er. »Wenn er Urlauber war, muss er irgendwo gewohnt haben.«

Große Jäger sah kurz auf. »Hosenmatz?«, fluchte er. »Alles muss man selbst machen.« Er zog sein Smartphone hervor und versuchte, eine Anfrage zu starten. Nach mehreren vergeblichen Anläufen gab er auf. »Scheißdinger. Wer hat diese blöden

Touch-Tastaturen erfunden? Ein normaler Mensch kann dort doch gar nichts eingeben.«

Langsam ging er den Steg zurück zur Promenade und suchte die Buchhandlung auf. Dort traf er Cornilsen.

»Hast du Zeugen gefunden?«

»Keinen einzigen«, erwiderte Cornilsen. »Nur ein paar Spinner. Einer wollte wissen, ob es wahr ist, dass dort jemand ermordet wurde. ›Haben Sie etwas gesehen?‹, habe ich ihn gefragt. ›Nein‹, hat er geantwortet. ›Aber wenn Sie mir erzählen, was dort passiert ist … vielleicht kann ich Ihnen einen Rat erteilen.‹«

Thomsen trat zu ihnen. »Ich habe herausgefunden, wo von Herzberg auf Föhr gewohnt hat.« Er schien auf ein lobendes Wort von Große Jäger zu warten, aber der drängte nur: »Weiter.«

»Er wohnte bei einem privaten Vermieter in der Carl-Häberlin-Straße.« Thomsen streckte den Arm aus. »Das ist gleich dahinten.« Er nannte den Namen und die Hausnummer.

»Prima. Das ging ja fix«, sagte Große Jäger. »Dann werden wir uns dort einmal umsehen.«

Thomsen wollte losmarschieren, aber Große Jäger hielt ihn zurück. »Danke. Es reicht, wenn wir dort zu zweit aufkreuzen. Die Insulaner sind es ohnehin nicht gewohnt, mehr als einen Polizisten gleichzeitig zu erblicken. Dafür seid ihr viel zu dünn besetzt.«

Thomsen sah ihnen enttäuscht hinterher, als sie sich auf den Weg machten. Inzwischen hatte sich der Leichenfund herumgesprochen und war das beherrschende Thema in der Stadt. Sie entnahmen das den Gesprächsfetzen, die ihnen unterwegs zuflogen. Neugierige hatten die beiden Kripobeamten mit dem uniformierten Thomsen im Gespräch gesehen. Jetzt sahen sie ihnen hinterher.

»Was sind das für welche?«, hörten sie eine Frau fragen.

»Wichtigtuer«, erklärte ihr Begleiter. »Von der Kripo sind die nich. Die seh'n anders aus.«

»Woher willst das denn wissen, Rüdiger?«

»Von Fernseh'n. Musst mal hingucken, Isolde, wenn ›Tatort‹ läuft. Nich immer 'nen Kopf über die Häkelnadels halten.«

Die Carl-Häberlin-Straße war eher eine Gasse, die zwischen

den beiden »Hauptstraßen« der Stadt von der Strandpromenade wegführte. In ihr gab es keine Geschäfte, sondern urige, gut erhaltene Häuschen. Jedes war sehenswert. Jedes sah anders aus. In zahlreichen Fenstern wiesen Schilder auf Ferienwohnungen hin, viele mit dem Zusatz »belegt«. Das traf auch auf das gepflegte Haus unter der genannten Adresse zu, vor dem Pflanzkübel standen. Eine weiß gestrichene Holzbank lud zum Verweilen ein.

Ein melodischer Gong ertönte, als sie den Messingknopf betätigten. Kurz darauf öffnete ihnen eine schlanke Frau, die ihre grauen Haare zu einem Dutt zusammengebunden hatte. Ihre Brille baumelte an einer goldfarbenen Kette vor der nur sehr schwach ausgeprägten weiblichen Brust. Sie musterte die beiden Beamten. Die Prüfung schien nicht positiv ausgefallen zu sein.

»Sie kommen wegen einer Ferienunterkunft?«, sagte sie ohne Begrüßung. Die Stimme klang abweisend und spitz. »Tut mir leid. Alles belegt.«

»Polizei«, erklärte Große Jäger. »Es geht um Ihren Gast, Herrn von Herzberg.«

Die Frau hatte ihre Skepsis nicht abgelegt.

»Polizei? Aber wieso?«

»Dürfen wir reinkommen?« Große Jäger warf einen Blick auf das messingfarbene Namensschild. »Frau Hämmerling?«

»Sind Sie wirklich von der Polizei? Man hört heute viel ...« Sie ließ den Satz offen und legte ihr Misstrauen auch nicht ab, als Große Jäger seinen durchgesessenen Dienstausweis aus der Gesäßtasche angelte. Frau Hämmerling verzichtete darauf, das Dokument in die Hand zu nehmen. Mit leicht zusammengekniffenen Augen studierte sie den Ausweis.

»Der ist auch echt?«

»Möchten Sie, dass wir unsere uniformierten Kollegen von der Wyker Polizeistation hinzubitten?«

Nur zögerlich öffnete die Frau die Tür, ohne sie ganz freizugeben. »Was wollen Sie denn?«

»Herr von Herzberg ist Opfer einer Straftat geworden.«

Sie lächelte. »Das kann nicht sein. Er ist doch auf Föhr. Außerdem ist er Richter.«

Große Jäger ging nicht darauf ein. »Wir würden uns gern sein Zimmer ansehen.«
Frau Hämmerling nickte mit dem Kopf in Richtung der Treppe. »Das ist oben.« Bevor die Beamten reagieren konnten, hatte sie die Tür geschlossen.
»Eine merkwürdige Frau«, stellte Große Jäger fest. »Ist deine Oma auch so?«
Cornilsen grinste. »Oma ist ein Wegweiser. Die sagt jedem, wo es langgeht.«
Sie warteten eine Weile, bis die Tür wieder geöffnet wurde. Frau Hämmerling schwenkte einen Schlüssel. Dann sah sie auf Große Jägers Schuhe. »Die Putzfrau ist schon durch. Alles ist sauber.« Sie zeigte zur Treppe. »Da hinauf.«
Die Diele war in Blau-Weiß gehalten. Liebevoll angeordnete Dekorationselemente, die sauberen Bodenkacheln und die knarrende Holztreppe ins Obergeschoss passten zum äußeren Erscheinungsbild des Hauses. Alles wirkte freundlich, wobei der urige Charakter des Hauses gewahrt blieb. Vom kleinen Podest am Ende der Treppe gingen zwei Türen ab.
»Das sind die Ferienwohnungen«, erklärte die Frau ungefragt und suchte am Bund den passenden Schlüssel für das Sicherheitsschloss der rechten Tür. Sie öffnete, blieb aber in der Türöffnung stehen.
»Dürfen Sie das überhaupt? Müssen Sie nicht zuerst Herrn von Herzberg fragen?«
»Das geht nicht mehr«, sagte Cornilsen.
Frau Hämmerling wurde blass. Sie wankte leicht. Große Jäger warf dem jungen Kommissar einen wütenden Blick zu. Mit Sicherheit hatte er auf der Fachhochschule der Polizei einen anderen Umgang mit solchen Situationen gelernt.
»Es tut uns leid. Herr von Herzberg ist seinen Verletzungen erlegen«, sagte Große Jäger.
»Ist er …? Ist er …?«, setzte Frau Hämmerling mehrfach an. »Die Sache da … an der Promenade?«
Große Jäger war nicht überrascht. Solche Neuigkeiten sprachen sich in einem kleinen Ort, besonders auf einer Insel, schnell herum.

»Leider ja«, sagte er leise. »Sie verstehen, dass wir deshalb seine Unterkunft in Augenschein nehmen müssen?«

Die Frau antwortete mit einem schwachen Nicken und trat zur Seite. Sie betraten einen kleinen Raum mit Dachschrägen. Eine Anrichte, auf der ein rundes Spitzendeckchen lag, ein messingfarbener Leuchter darauf, ein kleiner runder Tisch, zwei Sessel mit ebenfalls blau-weißem Stoff bezogen, eine Stehlampe – natürlich aus Messing –, ein Fernsehapparat und ein Esstisch mit zwei Stühlen waren die ganze Einrichtung. Klein. Überschaubar. Sauber. Gemütlich. Eine Tür führte in das Schlafzimmer, das eher einer Kammer glich. Durch das Dachfenster fiel Licht auf das Doppelbett. Für den Schrank blieb nur wenig Platz.

»Herr von Herzberg war allein hier?«, fragte Große Jäger.

»Ja. Er kommt regelmäßig seit etwa fünf Jahren. Eine Woche im Frühjahr und eine im Herbst. So um diese Zeit.«

Der Oberkommissar ging zum Bett und schlug es auf. »Das ist nicht benutzt«, stellte er fest und probierte es bei der zweiten Schlafgelegenheit. »Das auch nicht.« Er drehte sich zu Frau Hämmerling um. »Sind die neu bezogen worden?«

»Die Putzfrau ist schon durch«, sagte die Frau leise.

»Werden die Betten täglich neu bezogen?«

Er erhielt keine Antwort und öffnete die Tür zum Bad, das von der Schlafkammer abging. Auch hier war es eng, aber modern eingerichtet. Alles wirkte klinisch rein. Die gläserne Duschabtrennung wies keine Wasserflecken auf. Das Waschbecken war geputzt. Handtücher hingen sauber gefaltet über der Wäschestange. Er öffnete den Toilettendeckel. Blitzblank.

Cornilsen schaute ihm über die Schulter. »Das glaube ich nicht«, sagte er. »Keine Zahnbürste, kein Rasierapparat. Nichts. Das Bad ist nicht benutzt worden.«

»Gut«, lobte Große Jäger den jungen Kollegen. »Das passt zum unbenutzten Bett.«

Sie öffneten den Kleiderschrank und fanden akkurat zusammengelegte Kleidung. Wäsche. Oberhemden. Einen Pullover. Eine Kombination. Eine Edeljeans.

»Fällt dir noch etwas auf?«, fragte Große Jäger.

»Einiges. Wie hat er das hierhergebracht? Ich sehe keinen Koffer. Im Urlaub lesen viele Menschen. Aber da ist kein Buch. Hat er ein Tablet gehabt? Ein Smartphone? Niemand läuft heute ohne solch ein Ding herum. Wenn er es in der Tasche hatte – wo ist das Ladegerät?«

»Können Sie es uns erklären?«, wandte sich Große Jäger an die Frau.

Sie wich Große Jägers Blick aus und zuckte hilflos mit den Schultern.

»Wann hat Herr von Herzberg heute das Haus verlassen?«

Erneutes Schulterzucken.

»War er überhaupt hier in der Nacht?«

Sie blieb beim Schulterzucken.

»Sie sind sich sicher, dass Herr von Herzberg hier gewohnt hat?«

»Ja – sicher«, sagte sie leise.

»Und in der anderen Wohnung? Wer ist da untergebracht?«

»Eine ältere Frau. Die kommt auch schon seit Jahren. Frau Beuthin stammt aus Hamburg und ist schon über achtzig.«

»Können wir uns in Ihren Räumen umsehen?«

Frau Hämmerling fuhr zusammen. »Ausgeschlossen«, sagte sie schnell. Es dauerte einen Augenblick, bis sie sich wieder gefangen hatte. »Nein.« Jetzt klang es entschlossener. »Was hat das mit dem … dem … Dingsbums von Herrn von Herzberg zu tun?«

»Finden Sie nicht auch, dass es merkwürdig aussieht? Gibt es in den Ferienwohnungen keine Kochgelegenheit?«

»Nein, das wissen die Gäste aber. Sie sehen, dass der Platz beschränkt ist. Die Gäste lieben die gemütliche Atmosphäre. Sie nehmen ihre Mahlzeiten im Restaurant ihrer Wahl ein. Das Angebot in Wyk ist wirklich ausreichend. Auf Wunsch bereite ich das Frühstück und bringe es in die Ferienwohnung.«

»Sie haben keinen Frühstücksraum?«

»Nein, das sind Ferienwohnungen. Ich habe keine Pension.«

»Leben Sie allein?«, fragte Große Jäger.

»Warum wollen Sie das wissen? Was hat das mit der Sache hier zu tun?«

»Wir müssen uns ein Bild von allen Beteiligten machen.«

»Ich bin doch kein Beteiligter«, protestierte Frau Hämmerling. Zorn schwang in ihrer Stimme mit.

»Doch«, widersprach Große Jäger. »Jeder, der ihn kannte, wird von uns befragt. Wir müssen wissen, wen er kannte. Wen hat er hier getroffen? Mit wem gesprochen? Wie hat er seine Tage zugebracht?« Große Jäger gab Cornilsen ein Zeichen. »Sieh dir die Kleidung an. Und prüfe, ob sich noch irgendetwas in den Schränken verbirgt.« Dann machte er einen Schritt auf die Frau zu.

»War Herr von Herzberg in den vergangenen fünf Jahren immer allein hier?«

Große Jäger schien es, als würde ein leichter Rotschimmer das Gesicht der Frau überziehen.

»Ja. Ich weiß, dass er verheiratet ist, aber schon lange getrennt lebt.«

»Kinder?«

»Was weiß denn ich.« Frau Hämmerling schwang die Arme durch die Luft. »Ich frage meine Gäste doch nicht aus.«

»Wie hat er den Tag verbracht?«

»Puuh. Was man so macht. Er hat morgens gefrühstückt. Nicht zu früh. Meistens so gegen zehn Uhr.«

»Allein?«

Sie wich seinem Blick aus. »Natürlich!«

»Und dann?«

»Ist er unterwegs gewesen. Fragen Sie mich nicht, wohin. Am Wasser entlang. Die Promenade rauf und runter. Zum Kurkonzert. In die Lesehalle. Durch die Stadt. Manchmal war er auch auf der Insel unterwegs. Ich weiß, dass er des Öfteren mittags in einem der Restaurants oder Cafés etwas gegessen hat. Die Hauptmahlzeit hat er abends eingenommen. Er aß gern Fisch und war oft in ›Klatt's Gute Stuben‹ in der Mühlenstraße, aber auch in anderen Gaststätten.«

»Haben Sie ihn dabei begleitet?«

Frau Hämmerling wich seinem Blick aus. »Ich? Wie kommen Sie darauf?«

»Hatte er Bekannte auf Föhr? Haben Sie mitbekommen, dass er sich mit jemandem getroffen hat?«

»Jetzt reicht es aber.« Sie stampfte wie ein kleines Kind mit dem Fuß auf. »Herr von Herzberg ist ein angenehmer und ruhiger Gast. Immer nett und höflich. Er wollte hier entspannen und die Seele baumeln lassen. Dafür ist Föhr der ideale Platz. Er hat nicht den Rummel gesucht, sondern die Erholung. Die hat er hier gefunden. War's das?« Sie wandte sich abrupt ab. »Dauert das noch lange?«, schimpfte sie.

»War er mit dem Auto auf der Insel?«

»Ja.«

»Wir haben keine Schlüssel gefunden.«

»Die ... die ...«, stammelte Frau Hämmerling. »Die hat mir die Putzfrau heute Morgen gegeben. Ich nehme an, sie sind ihm aus der Tasche gefallen. Ich habe sie in meiner Wohnung aufbewahrt.«

»Wann haben Sie Herrn von Herzberg zuletzt gesehen?«

»Das weiß ich nicht genau. Ich habe ihn gestern Abend gegen neunzehn Uhr gehört, als er das Haus verließ und zum Essen ging.«

»Wann ist er zurückgekommen?«

»Darauf habe ich nicht geachtet. Meine Gäste schätzen es, dass ich ihnen ihre Privatsphäre lasse. So – mehr kann ich nicht sagen.«

Cornilsen hatte inzwischen die Taschen durchsucht. »Nichts«, sagte er enttäuscht. »Keine Streichholzschachtel eines geheimnisvollen Nachtclubs, keine verschlüsselten Nachrichten, keine Telefonnummer einer mysteriösen Blondine.« Dabei grinste er, während die Vermieterin ihn mit offenem Mund anstarrte.

»Sie sind uns noch eine Antwort schuldig«, erinnerte Große Jäger Frau Hämmerling, als sie das Haus verließen und den Autoschlüssel an sich genommen hatten. Die Frau hatte behauptet, nicht zu wissen, wo das Fahrzeug geparkt sei.

Sie kehrten zur Seebrücke zurück und trafen dort Thomsen. Große Jäger bat den Hauptkommissar, nach einem BMW Ausschau zu halten, der auf von Herzberg zugelassen war. Als Einheimischer wisse er sicher besser, wo Urlaubsgäste einen Langzeitparkplatz fanden. Außerdem sollten Thomsen und seine Leute Erkundigungen einziehen, wo sich der Richter am Vorabend aufgehalten hatte, wer ihn gesehen und mit ihm gesprochen hatte.

Thomsen nicke. Begeisterung, stellte Große Jäger fest, sah anders aus.

Jürgensen gesellte sich zu ihnen und berichtete, dass sein Team die Leiche inzwischen geborgen habe. Zur Todesursache gab es keine neuen Erkenntnisse.

»Ein Raubmord war das nicht«, stellte der Flensburger fest. »Wir haben eine teure Armbanduhr der Marke Breitling beim Toten gefunden. In seiner Gesäßtasche steckte sein Portemonnaie mit etwas mehr als zweihundertfünfzig Euro. Die Brieftasche enthielt seinen Personalausweis, den Führerschein, die Kfz-Zulassung, den ADAC-Mitgliedsausweis, mehrere Kreditkarten, den Ausweis einer privaten Krankenversicherung und weitere Dinge, die belanglos erscheinen.«

»Keine Notizen oder bedeutsame Hinweise?«, fragte Große Jäger enttäuscht.

Jürgensen schüttelte den Kopf. »In der Jackentasche haben wir die Schlüssel zur Ferienunterkunft gefunden.«

»Und seine privaten Schlüssel?«

»Nichts. Dafür steckten in einer anderen Tasche aufgeweichte Umhüllungen für Zuckerwürfel. Ich nehme an, der Zucker hat sich im Wasser aufgelöst.«

»Kein Handy?«

»Nicht beim Opfer.« Jürgensen zeigte auf die schlammverkrusteten Beine eines Mitarbeiters. »Das Telefon ist ihm beim unfreiwilligen Kopfstand offenbar aus der Tasche gerutscht. Der Kollege hat es im Matsch unter dem Toten gefunden.«

»Kann man daraus etwas erkennen?«

Jürgensen lachte laut auf. »Du bist ein technisches Wildschwein, was? Wie gut funktioniert ein Mobiltelefon, das im Salzwasser der Nordsee gebadet wurde? Wir schicken es als Beigabe zur Leiche mit nach Kiel.«

»Hoffentlich sortieren die es richtig«, erwiderte Große Jäger. »Ich mag mir nicht ausmalen, was dabei herauskommt, wenn der Rechtsmediziner das Handy seziert und die Kriminaltechniker die Leiche aufbrechen.«

»Leiche aufbrechen?«, echote Jürgensen. »Dafür bist du doch zuständig. Du bist doch ein Jäger, sogar ein ganz großer.«

Der Oberkommissar formte lautlos mit den Lippen ein »Arschloch«, das Jürgensen mit dem Stinkefinger beantwortete. Dann klopfte Große Jäger dem Flensburger freundschaftlich auf die Schulter. »Danke, Klaus. Bis nächstes Mal.«

»Lieber nicht«, erwiderte Jürgensen, bevor sich Große Jäger und Cornilsen auf den Rückweg machten.

Unterwegs nahm der Oberkommissar Kontakt zum Landgericht Itzehoe auf, nachdem Cornilsen herausgefunden hatte, dass von Herzberg dort als Richter tätig war. Er wurde mit dem Vizepräsidenten verbunden. Der zeigte sich erschüttert, als der Oberkommissar vom gewaltsamen Tod von Herzbergs berichtete, und fragte nach Einzelheiten.

»Wir stehen noch am Anfang unserer Ermittlungen«, erklärte Große Jäger. »Bisher steht nur fest, dass Herr von Herzberg durch Fremdeinwirkung gestorben ist.«

»Wie?«, wollte der Vizepräsident wissen.

Das müsse die Rechtsmedizin feststellen, erwiderte Große Jäger. »Welchen Aufgabenbereich hat Herr von Herzberg am Landgericht wahrgenommen?«

»Er ist ... war Vorsitzender Richter einer Zivilkammer.«

»Hat er auch mit Strafprozessen zu tun gehabt?«

»Nein«, entgegnete der Vizepräsident und war nicht bereit, am Telefon etwas zu den laufenden Verfahren zu sagen, mit denen von Herzberg betraut war.

Nachdem sie zur Dienststelle zurückgekehrt waren, suchte Große Jäger Kriminalrat Mommsen auf und berichtete vom Einsatz.

»Dir ist bewusst, dass wir diesen Fall nach Flensburg an die Bezirkskriminalinspektion abgeben müssen«, erklärte Harm Mommsen.

Große Jäger spitzte die Lippen und schlug mit den flachen Händen gegeneinander.

»Bitte – bitte«, sagte er in einem Tonfall, als würde ein kleines Kind um eine Extraportion Süßigkeiten betteln.

Mommsen lehnte sich zurück und lächelte. »Ich weiß. Du und Christoph – ihr habt euch unter dem Vorwand, Amtshilfe zu leisten, die Tötungsdelikte immer unter den Nagel gerissen. Mensch, Wilderich, wir sind nicht das K1. Die Kollegen sind Experten für solche Straftaten und haben neben der Erfahrung auch die ganze Infrastruktur für die Ermittlungen zur Verfügung.«

Große Jäger ballte die Faust. »Theoretisch hast du recht. Aber wir dürfen nicht vergessen, dass wir in der Vergangenheit unter Christophs Ägide ausgesprochen erfolgreiche Ermittlungsarbeit geleistet haben. Erinnerst du dich an deine Anfänge bei der Kripo hier in Husum? Christoph hat dir doch das Laufen beigebracht.«

Mommsen nickte versonnen. »Ja – ja. Du hast mich ›das Kind‹ genannt.«

»Wir sind es Christoph schuldig, dass wir den Weg weiter beschreiten.«

Der Kriminalrat stöhnte laut auf. »Mensch, Wilderich. Du bist hier fehl am Platz. Mit deiner Überzeugungskraft solltest du Melkmaschinen an Landwirte verkaufen, die sich auf die Geflügelzucht spezialisiert haben.« Mommsen schwenkte den Zeigefinger. »Ihr hängt euch nicht tiefer in die Sache rein und leistet nur ein wenig Unterstützung für die Flensburger.«

»Klar, Chef.« Große Jäger strahlte und kehrte in sein Büro zurück. Er streckte den Daumen in die Höhe, zunächst in Cornilsens Richtung, dann zum leeren Schreibtisch in seinem Rücken. »Siehste, Christoph«, sagte er. »Du kannst zufrieden mit mir sein. Das hättest du auch nicht besser hinbekommen. Aber«, dabei senkte er die Stimme, »das habe ich von dir gelernt.« Er drehte sich zu Cornilsen um. »Auf geht's, Hosenmatz.«

»Na denn dann.«

DREI

Dem Mord auf Föhr wurde nicht nur in der lokalen, sondern auch in der überregionalen Presse viel Aufmerksamkeit gewidmet.
»Wie gehen wir vor?«, fragte Cornilsen, als sie am nächsten Morgen auf der Dienststelle zusammentrafen.
»Du rufst Thomsen an und fragst, ob die etwas herausgefunden haben. Dann fahren wir nach Itzehoe und sprechen mit den Leuten auf dem Landgericht. Vielleicht ist das Motiv in einem aktuellen oder abgeschlossenen Fall zu finden, an dem von Herzberg mitgewirkt hat.«
»Der war Vorsitzender Richter einer Zivilkammer«, gab Cornilsen zu bedenken. »Bei Strafkammern ... Ja, da würde ich es verstehen, dass ein schwerer Junge Rache üben möchte. Aber bei Zivilsachen?«
»Da geht es oft um Geld und damit auch um Existenzen. Wenn jemand glaubt, von Herzberg wäre verantwortlich für ein vermeintliches Fehlurteil, kann das Grund genug für einen Mord sein. Dafür spricht auch die Art und Weise der Tatausführung. Das war eine wohlüberlegte Hinrichtung. Eine grausame außerdem. Wie muss der Mann gelitten haben, als er kopfüber dort hing und auf das steigende Wasser wartete. Er konnte sich ausmalen, dass es für ihn kein Entkommen gab. Solche Mordmethoden hätte sich Edgar Allan Poe ausdenken können.«
»Den Namen habe ich schon einmal gehört. War das ein Massenmörder? So ähnlich wie Haarmann aus, äh ... Na, der mit Hackebeilchen.«
Große Jäger schüttelte den Kopf. »Wo, sagtest du, hast du Abitur gemacht? In Niebüll? Du hättest lieber bei deiner Oma in die Lehre gehen sollen. Edgar Allan Poe ist der Begründer der schwarzen Kriminalliteratur.«
Cornilsen griff zum Telefonhörer und rief die Polizeistation auf Föhr an. Er verlangte Thomsen und stellte ihm zahlreiche Fragen.

Nachdem er den Hörer aufgelegt hatte, berichtete er: »Die Wyker haben einiges herausgefunden. Von Herzberg war gestern gegen sieben Uhr zum Essen in dem Fischrestaurant. Allein. Man kannte ihn dort vom Sehen. Er ist gegen halb neun aufgebrochen und war ungefähr eine Stunde später in einem Weinlokal namens ›Alte Druckerei‹. Das liegt in einer schmalen Gasse im Zentrum von Wyk. Auch dort hat man sich an ihn erinnert. Er ist dort öfter Gast gewesen und hat in aller Ruhe seine Viertele getrunken.«

»War er allein?«

»Er ist allein gekommen, hat sich aber an einem Tisch mit einem Ehepaar unterhalten, das dort zufällig saß. Worüber? Das konnte das Personal der Weinstube nicht sagen. Offensichtlich war es aber eine ruhige und friedliche Plauderei. Von Herzberg hat bezahlt und ist vor dem Ehepaar aufgebrochen. Leider konnte man sich nicht mehr daran erinnern, wie spät es war. Dann verlieren sich seine Spuren. Danach hat ihn niemand mehr gesehen.«

»Da müssen doch Leute unterwegs gewesen sein«, sagte Große Jäger.

»In Wyk gibt es kein ausschweifendes Nachtleben. Und wenn er wirklich irgendwelchen Leuten begegnet ist, so haben die Kollegen die nicht gefunden. Thomsen hat veranlasst, dass im ›Inselboten‹ ein entsprechender Aufruf veröffentlicht wird. Das Ergebnis müssen wir abwarten. Ach ja. Zu dem Ehepaar, mit dem von Herzberg an einem Tisch gesessen hat, gibt es keine weiteren Angaben. Das scheinen nach Einschätzung der Leute aus der Weinstube ganz normale Touristen gewesen zu sein.«

»Das ist nicht viel«, zeigte sich Große Jäger unzufrieden. »Ich habe inzwischen versucht, etwas über Charlotte herauszufinden.«

Cornilsen sah ihn fragend an.

»Charlotte Hämmerling. Die ist zwei Mal erfolgreich verwitwet, das letzte Mal vor acht Jahren. Neben einer Portion Trauer um den Verblichenen hat sie auch stets gut geerbt. Ihre Männer waren jeweils eine stattliche Anzahl von Jahren älter. Das Haus in der Carl-Häberlin-Straße in Wyk ist aber alter Familienbesitz.«

»Also eine Frau mit Weitsicht und der Perspektive auf eine nur mittelfristige Ehe.«

Große Jäger grinste. »Der eine verspricht bei der Hochzeit eine lebenslängliche Gemeinschaft und freut sich auf die Silberhochzeit, der andere, dass diese nicht erreicht wird.«

»Was macht Frau Hämmerling beruflich?«

Große Jäger zog die Stirn kraus. »Witwe?«, antwortete er, indem er die Stimme zu einer Frage hochzog.

»Und sonst?«

»Nichts. Ein absolut unbeschriebenes Blatt.«

»Warum durften wir keinen Blick in ihre Privaträume werfen?«

»Was meinst du?«, wollte Große Jäger wissen.

»Ich vermute, da hätten wir Rasierapparat, Zahnbürste und Herrenkosmetik gefunden. Vielleicht auch weitere persönliche Dinge Herzbergs. Und das Doppelbett …«

»… wäre auf beiden Seiten benutzt worden«, ergänzte Große Jäger. »Gut, Hosenmatz. Ich glaube, deine Perspektiven bei der Polizei sind nicht schlecht. Ich gebe dir zwanzig Jahre, dann bist du aus dem Gröbsten heraus.«

»Zwanzig Jahre?« Cornilsen sah den Oberkommissar erstaunt an.

»Wenn du dich anstrengst. Sonst dauert es länger. Nicht wahr, Christoph?« Dabei drehte er sich um und sah auf den leeren Arbeitsplatz hinter sich.

»Thomsens Leute haben Herzbergs BMW gefunden«, fuhr Cornilsen fort. »Im Fahrzeug waren aber keine weiterführenden Hinweise vorhanden. Klaus Jürgensen und seine Leute haben sich das Auto vorgenommen. Das Ergebnis liegt noch nicht vor.«

»Jetzt müssen wir die Ergebnisse der Handyauswertung abwarten. Mir ist immer noch nicht klar, welche Bewandtnis es mit der Art des Mordes hat. Das sieht nach einem Ritualmord aus.« Große Jäger zeigte auf Cornilsens Bildschirm. »Versuche herauszufinden, ob es irgendwelche Anhaltspunkte dafür gibt. Eine simple Rache, die ein im Prozess Unterlegener verübt, scheint ausgeschlossen. Wir haben außerdem noch keine Informationen über von Herzbergs Privatleben. Wenn wir vermuten, dass die merkwürdige Todesart rituellen Charakter hat, müssten wir auch einen möglichen spirituellen Hintergrund ausleuchten.«

Cornilsen lehnte sich zurück und lachte laut auf. »Du meinst, der ehrenwerte Richter war Mitglied in einer geheimnisvollen Sekte, in der regelmäßig irgendwelche Leute geopfert werden? Vielleicht dem Fliegenden Spaghettimonster? Ich habe gehört, dass diese Religion, die in den USA von einem Physiker begründet wurde, behauptet, die Welt wurde von einem Spaghettimonster erschaffen. Den Leuten geht es um eine Religionsparodie. Sie haben eine Million Dollar Belohnung für den Nachweis ausgesetzt, dass die Welt nicht vom Fliegenden Spaghettimonster erschaffen wurde. Der Hintergedanke ist, dass alle anderen Religionen auch nicht den Beweis für die Existenz *ihres* Gottes erbringen können.«

»Blödsinn«, erwiderte Große Jäger ungnädig. »Ich meine, die Sache mit dem Spaghettimonster.«

»Aber lustig«, ließ sich Cornilsen nicht beirren. »In vielen Religionen wird zum Beispiel die Kopfbedeckung rituell getragen. Die Pastafaris, wie sie sich selbst nennen, tragen zum Beispiel als Kopfbedeckung Kochtöpfe oder ein Nudelsieb. Es gab auch schon Streit mit Behörden, weil die Leute ihre Passbilder für den Personalausweis mit einer solchen Kopfbedeckung eingereicht haben. Und bevor du dich echauffierst … Das ist keine Story zum ersten April.«

»Wir arbeiten ernsthaft. Sieh zu, dass du etwas über die Todesart herausfindest. Prüfe auch, ob es früher schon einmal solch ungewöhnliche Mordmethoden gegeben hat. Dann fahren wir nach Itzehoe. Ach ja. Wo wohnt die getrennt lebende Ehefrau? Mit der sollten wir auch sprechen.«

»Tu ich machen«, erwiderte Cornilsen. »Und du?«

»Ich erledige die Führungsaufgaben«, sagte Große Jäger, griff seinen Kaffeebecher und verließ den Raum.

Als er nach einer halben Stunde zurückkehrte, wirkte Cornilsen enttäuscht.

»Nichts«, sagte er. »Es gibt keinerlei Hinweise auf rituelle Morde. In Norddeutschland wird ehrlich getötet. Da bedient man sich konventioneller und bewährter Methoden. Wenn jemand mit einem Strick um den Hals aufgefunden wird, hat er sich auch erhängt.« Dann berichtete er, dass Ulrich von Herzbergs Ehefrau Katharina hieß und in Quickborn bei einem Herrn Böttinger wohnte.

»Dann lass uns eine Rundfahrt durchs Land antreten«, beschloss Große Jäger. Er überließ Cornilsen das Steuer und zog sich, wie er es nannte, »ins Innere zurück«. Er wurde wieder wach, als der Wagen die Autobahn verließ. »Da drüben, hinter uns«, dabei zeigte er mit dem Daumen über die Schulter, »haben sich die Quickborner ordentlich was an Land gezogen. In ihrem Gewerbegebiet sitzen ein regionaler Stromanbieter und die Comdirect. Das sind nur zwei von vielen.«

Das Navigationsgerät führte sie durch den Ortsteil Heide, in kleine Nebenstraßen mit Grundstücken, die zugewachsen waren und nur selten den Blick auf großzügige Häuser freigaben.

»Wer hier wohnt, lebt nicht von der Sozialhilfe«, merkte Cornilsen an. Das galt auch für die Adresse, die sie ansteuerten. Den Zugang zum Grundstück versperrte ein schmiedeeisernes Tor. Ein Namensschild fehlte. Dafür war über dem Klingelknopf eine Kamera installiert.

Ihr Klingeln blieb auch nach mehreren Versuchen unbeantwortet. Auf der anderen Straßenseite erschien ein älterer Mann an der Gartenpforte. Er hielt einen Sloughi an der Leine. Der kurzhaarige nordafrikanische Windhund zerrte nervös am Geschirr.

Der Mann fasste sich an das Seidentuch, das seinen Hals verdeckte. »Suchen Sie etwas Bestimmtes?«, fragte er unfreundlich.

»Wir möchten zu Frau von Herzberg.«

»Kommen Sie ein anderes Mal wieder.«

»Ist sie verreist?«

»Das geht Sie nichts an. Nun verschwinden Sie.«

Große Jäger überquerte die Straße. »Ihr Misstrauen und Ihre Achtsamkeit sind in Ordnung«, sagte er. »Wir sind von der Polizei.« Ungefragt zeigte er seinen Dienstausweis.

»Sie kommen wegen des Todes ihres Mannes? Das ging durch die Medien.«

»Könnte sein«, erwiderte Große Jäger ausweichend.

»Versuchen Sie es im Golfclub an der Pinnau im Ortsteil Renzel. Ich habe sie heute Morgen mit ihrem Golfbag wegfahren sehen«, empfahl der Mann. »Das ist leicht zu finden. Fahren Sie einfach Richtung Pinneberg.« Er wartete, bis die Beamten abgefahren waren.

Der Weg führte sie am Stadtzentrum Quickborns vorbei. Etwas außerhalb des Ortes fanden sie die Zufahrt zum Golfclub. Große Jäger wunderte sich, dass der Parkplatz zu dieser Tageszeit gut belegt war. Im Büro hörte sich eine Frau ihren Wunsch an, überlegte kurz und sagte: »Die müsste im Restaurant sitzen.« Sie sah kurz auf. »Kommen Sie. Ich bringe Sie hin.«

Im hellen und freundlichen Gastronomiebereich saßen mehrere Frauen um einen Tisch herum. Sie waren in ein lebhaftes und fröhliches Gespräch verwickelt.

»Katharina«, sagte die Frau aus dem Büro. »Die Herren möchten mit dir sprechen.«

Eine Frau mit langen blonden, gesträhnten Haaren musterte die beiden Beamten. Sie fasste an die in die Haare gesteckte Designersonnenbrille. Die großen runden Ohrringe klimperten im Gleichklang mit den Armreifen. Fast an jedem Finger steckte ein Ring. Das Make-up betonte ihre grünen Augen. Hohe Wangenknochen verliehen ihr in Verbindung mit den schmalen Augen ein eurasisches Aussehen. Der Pullover und die eng sitzende Hose unterstrichen ihre sehenswerte Figur. Die sorgfältig manikürten Hände ließen vermuten, dass sie nicht mit Hausarbeit in Berührung kamen.

»Ja?«, fragte sie.

»Polizei.« Große Jäger sah keinen Grund, diskret zu sein.

»Und?«

»Es geht um Ihren Mann.«

»Da kann ich nichts zu sagen.« Ihrer Antwort war zu entnehmen, dass sie von den Ereignissen Kenntnis erhalten hatte. Sie unternahm weder den Versuch, das vor den Frauen in ihrer Gesellschaft zu verbergen, noch machte sie Anstalten, aufzustehen.

»Wir können das Gespräch gern auf der Polizeidienststelle

führen«, sagte Große Jäger und trat einen Schritt näher. »Würden Sie uns bitte begleiten? Jetzt?«

»Bin gleich zurück.« Das galt den anderen Frauen. Dann stand sie auf und zeigte auf einen abseitsstehenden Tisch.

Sie setzte sich und schlug die Beine übereinander. Die beiden Beamten nahmen ebenfalls Platz.

»Ihrem Verhalten entnehme ich, dass Sie informiert sind«, begann der Oberkommissar.

»Wir leben seit Jahren getrennt. Die Ehe ist eine reine Formalität.«

»Sie leben mit Herrn Böttinger zusammen?«

»Ist das verboten?« Große Jäger fiel ihre Aggressivität auf.

»Wann hatten Sie das letzte Mal Kontakt zu Ihrem Mann?«

»Weiß nicht. Ist lange her.«

»Haben Sie Kinder?«

»Kinder? Gott bewahre.« Sie ließ ein affektiertes Lachen folgen. Dann schien sie sich zu besinnen und musterte den Oberkommissar eindringlich. »Von welcher Polizei kommen Sie?«

»Kripo Husum.«

»Huusuum.« Sie spitzte die Lippen und dehnte das Wort unendlich. »Tiefste Provinz.« Abfälliger konnte man es nicht ausdrücken. »Da herrschen noch überkommene Moralvorstellungen. Ulrich von Herzberg lebte in seiner kleinen Welt. Das könnte zu Husum passen. Ein weltabgewandter Schöngeist. Beseelt von seinem Glauben an Recht und Gerechtigkeit, abgetaucht in die Welt der staubigen Gerichtsakten. Für ihn waren sein Beruf und die Ausflüge in die Malerei und Musik der ganze Lebenshorizont, wenn man von seinem Hang zur Geisterwelt absieht.«

Große Jäger stutzte. Vor seinem geistigen Auge tauchte die ungewöhnliche Tötungsmethode auf.

»Was meinen Sie damit?« Aus den Augenwinkeln registrierte er, dass auch Cornilsen aufmerksam geworden war.

»Ach?« Sie hob ihre Hand und ließ die Reifen am Unterarm Richtung Ellenbogen rutschen. »Viel scheinen Sie nicht zu wissen. Was sagten Sie? Woher kommen Sie? Husum?« Sie sog hörbar die Luft ein. »Wussten Sie nicht, dass er Freimaurer war?

Ich habe mich oft gefragt, wie das mit seinem Job als Richter zusammenpasst.«

Große Jäger fiel auf, dass sie vom »Job« und nicht vom »Beruf« sprach. Er war überrascht, wie abwertend sie von ihrem Noch-Ehemann sprach.

»Warum haben Sie sich nicht scheiden lassen?«

»Ist das von Relevanz?«

Cornilsen räusperte sich. »Als Gattin eines Beamten winkt im Notfall eine Beteiligung an der Pension. Frau von Herzberg lebt zwar mit Friedhelm Böttinger zusammen, kann ihn aber nicht ehelichen. Der ist auch verheiratet.«

Der böse Blick, der den jungen Kommissar streifte, glich einem abgeschossenen Giftpfeil.

»Sind Sie von der provinziellen Moralpolizei?«, fragte sie spitz.

»Wir sind von der Mordkommission«, erklärte Große Jäger, auch wenn das nicht zutraf, »und suchen nach Tatmotiven. Fast immer stammen die Täter aus dem persönlichen Umfeld des Opfers. Wo waren Sie vorgestern?«

Zum ersten Mal schien sie ihre überzogene Selbstsicherheit verloren zu haben. »Das ist eine unverschämte Frage. Wollen Sie behaupten, ich hätte Ulrich umgebracht? Wie ist er überhaupt gestorben?«

»Das erfährt Ihr Anwalt, wenn er Einsicht in die Akten nimmt.« Große Jäger legte seine Fingerspitzen mit den Trauerrändern unter den Nägeln gegeneinander. Sie nahm es mit einem angewiderten Gesichtsausdruck zur Kenntnis.

»Was soll das Ganze? Wollen Sie unterstellen, ich hätte etwas mit Ulrichs Tod zu tun?«

Sie wurden abgelenkt, als am Tisch der drei anderen Frauen lautes Gekicher ausbrach.

»Wenn Sie sich des Ehemannes entledigten, wäre der Weg für einen Neuanfang mit Friedhelm Böttinger frei.«

»Wir würden einen scharfen Blick auf dessen *noch* lebende Ehefrau werfen«, warf Cornilsen ein.

Katharina von Herzberg stand auf. »Es reicht mir«, sagte sie schroff. »So etwas wie Sie ist mir noch nie untergekommen.«

Große Jäger streckte den Finger aus und zeigte auf den Stuhl. »Setzen!« Es war ein unmissverständlicher Befehl. Die Frau sah ihn überrascht an, nahm aber wieder Platz. »Hören Sie mal«, sagte sie atemlos. »Das geht Sie alles gar nichts an. Ulrich ist tot. Na und? Es berührt mich nicht mehr, als wenn ich von einem Todesfall in der Nachbarschaft höre.« Sie legte Zeige- und Mittelfinger knapp unter ihre linke Brustwarze. »Da ist nichts mehr für ihn drin. Schön – formell sind wir noch verheiratet. Gewesen«, fügte sie an. »Das ist lange her. Es gab keinen Streit. Auch nicht um Unterhalt. Nichts. Friedhelm Böttinger und ich sind glücklich. Was hat da ein Stück Papier zu besagen? Wenn Sie sich bürgerlich kleinkariert aufregen wollen, dann beginnen Sie bei Friedhelms Frau. Die ist nach einer Lustreise nach Amerika einfach nicht wieder zurückgekehrt. Sie lebt dort mit einem katholischen Bischof zusammen und scheint als Mutter zweier Bischofskinder ihr Lebensglück gefunden zu haben.« Sie streckte den Kopf vor und sah die beiden Polizisten herausfordernd an. »Und? Wo bleibt Ihre Entrüstung?«

»Die rechtmäßige Frau Böttinger lebt also in den USA«, stellte Große Jäger fest. Dann fasste er sich mit vier Fingern an die Schläfe und neigte ein wenig den Kopf. »Es wäre interessant, zu erfahren, ob sie wirklich noch lebt.«

Katharina von Herzberg benötigte ein paar Herzschläge, um die Spitze zu verstehen. Sie riss ihre Arme auseinander und breitete die Hände aus. Es wirkte, als würde sie zeigen wollen, wie groß der Fisch war, den sie geangelt hatte. »Sie bekommen so eine Dienstaufsichtsbeschwerde an den Hals«, fluchte sie. »Das verspreche ich Ihnen.« Wutschnaubend stand sie auf und kehrte an den Tisch ihrer drei Bekannten zurück. Kurz darauf ertönte von dort lautes Gelächter.

»Komm«, sagte Große Jäger. »Ich möchte dem Personal hier nicht zumuten, dass es tätig werden muss. Ich könnte gar nicht so viel kotzen, wie ich möchte.« Dann kehrten sie zum Dienst-Passat zurück.

»Was sind das für Menschen?«, fragte er, als sie eingestiegen waren. »Die können von mir aus Ringelpiez machen, so viel sie möchten. Aber wie diese Frau ihre Denkweise zur Schau trägt – das ist hammerhart.«

»Deren Liebesleben scheint sich wie die Reise nach Jerusalem abzuspielen. Wenn ein Platz frei geworden ist, rückt die Nächste nach. Bei diesem Spiel gibt es doch in jeder Runde einen Stuhl weniger, als Teilnehmer vorhanden sind. Und wer keinen Platz abbekommt, scheidet aus. War das Ulrich von Herzberg?«

»Scheiße«, antwortete Cornilsen, als das Rotlicht einer stationären Blitzlichtanlage bei Borstel-Hohenraden aufflammte.

Große Jäger lachte. »Das ist wie früher. Da mussten die Lehrlinge auch Lehrgeld bezahlen.«

»Häh häh«, kam es vom Fahrersitz.

»Von Herzberg war Freimaurer. Um diese Gesellschaft ranken sich viele Geheimnisse, Vermutungen, Spekulationen bis hin zu Konspirationstheorien, auch wenn ich nicht glaube, dass dort Mord und Totschlag herrschen.«

»Aber –«, warf Cornilsen ein, wurde aber sofort vom Oberkommissar unterbrochen.

»Gut mitgedacht, Hosenmatz.« Er klopfte Cornilsen auf die Schulter. »Das geheimnisvolle Tötungsritual. Wir sollten uns ein bisschen schlaumachen.«

Er wurde abgelenkt, als sich sein Telefon meldete.

»Herr Dr. Lüders«, sagte er, nachdem er aufs Display gesehen hatte. »Was kann ich für Sie tun?« Er hörte einen Moment zu. »Okay«, sagte er. »Wir kommen.«

Cornilsen warf ihm einen fragenden Blick zu.

»Auf zum Landgericht Itzehoe.«

»Okay. Tun wir das machen.«

VIER

Es herrschten viele Vorurteile über Kiel. Besonders waren sie bei jenen verbreitet, die die Stadt nicht kannten. Wer mit offenen Augen durch die Landeshauptstadt lief, konnte auch abseits der Förde schöne Flecken entdecken. Es musste ja nicht Gaarden sein, dachte Lüder bitter, als er auf die Papiere auf seinem Schreibtisch sah.

Nach seinem Einsatz im vergangenen Jahr galt er im Polizeilichen Staatsschutz als der Experte des Landeskriminalamts für die islamistische Szene im Kieler Problembezirk, aber auch für die Terrorgefahr von rechts. Der Abteilungsleiter, Kriminaldirektor Dr. Starke, hatte ihn seit den turbulenten Ereignissen vorwiegend im Innendienst beschäftigt. Missgelaunt schob Lüder ein paar Blätter zur Seite. »Eine Gefährdungsanalyse zur Gewalt, die latent in Gaarden schlummert«, hieß der Auftrag. Pure Theorie.

Seine Gedanken schweiften kurz zum gestrigen Abend ab. Er war mit Margit vor die Tore der Stadt gefahren. Sie hatten in einem unscheinbaren Landgasthof, die es im Übermaß nahe Kiel gab, gut und deftig gegessen. Margit litt immer noch unter den Folgen der Geiselnahme, der beide ausgesetzt gewesen waren. Die Behandlung, der sie sich bis heute unterzog, half ihr, die schrecklichen Erinnerungen zu verarbeiten. Immer wieder kam es vor, dass sie nachts aufschreckte und beide im Bett saßen und versuchten, die Dämonen vergessen zu machen.

Kiel war seine Stadt, auch wenn er Kindheit und Jugend im beschaulichen Mittelholstein zugebracht hatte. Der Burgschauspieler Heinz Reincke hatte einmal gesagt: »Kiel ist der Arsch von Hamburg.«

»Und ich bin der Dödel vom Dienst«, sagte Lüder beim Blick auf die Papiere. Er seufzte und griff zum Kaffeebecher, als sich sein Telefon meldete.

»Lüders.«

»Hallo, Lüder«, meldete sich eine Stimme, die er nicht zuordnen konnte. »Wie geht es dir?«

»Ich habe Ihren Namen nicht verstanden«, sagte er vorsichtig, ohne auf die Frage einzugehen.

»Ich bin's. Till Kauffmann«, sagte die Stimme.

»Kauffmann – Kauffmann«, formten seine Lippen tonlos den Namen.

Dann fiel es ihm ein. Sie hatten zusammen Jura an der Christian-Albrechts-Universität studiert, hatten manchmal etwas gemeinsam unternommen, ohne enge Freunde zu sein. Nach dem Studium hatten sie sich irgendwann aus den Augen verloren. Kauffmann war Richter geworden.

»Moin, Till. Danke. Und selbst?«

»Auch gut. Fast«, sagte Kauffmann. »Du erinnerst dich an mich? Ich bin seit einigen Jahren als Richter am Landgericht Itzehoe tätig. Von dir habe ich gehört, dass du bei der Polizei eingestiegen bist. Warum eigentlich?«

»Ohne unsere Tätigkeit hättet ihr nichts zu tun«, erwiderte Lüder ausweichend.

»Ich habe einen Anlass, mit dir zu sprechen«, fuhr Kauffmann fort. »Bei uns am Landgericht gibt es einen Kollegen, der Vorsitzender Richter einer Zivilkammer ist. Ein ruhiger und besonnener Mann, den alle achten. Wir haben ein gutes kollegiales Verhältnis zueinander, er und ich, ohne dass wir eng befreundet sind. Wenn man viele Jahre zusammenarbeitet, wechselt man auch ein privates Wort. Wir alle waren erschrocken, als unser Vizepräsident uns heute eröffnete, dass der Kollege vorgestern im Urlaub ermordet wurde. Ich habe nur unzureichende Informationen, aber die Umstände seines Todes haben mich hellhörig werden lassen. Die Ermittlungen werden durch die örtlichen Polizeidienststellen geführt, an deren Qualifikation ich keine Zweifel habe. Ich habe einen Bekannten bei der Staatsanwaltschaft Flensburg, der mir von Merkwürdigkeiten bei der Todesart berichtet hat.«

Lüder fragte nach.

»Details kann ich dir auch nicht nennen. Aber Ulrich von Herzberg, so heißt der Kollege, wurde in Wyk auf Föhr ertränkt. Außerdem hatte man ihm einen Galgenstrick umgebunden. Das sieht nach einem Ritualmord aus. Du hast dich im letzten Jahr mit dieser Thematik befasst, so wird in eingeweihten Kreisen erzählt. Ich dachte, vielleicht hast du eine Idee dazu.«

»Mit welchen Themen hat sich dein Kollege in der letzten Zeit beschäftigt?«, fragte Lüder.

»Du kennst die Überlastung der Justiz. Unter den Fällen der Kammer ragt ein besonderer Prozess heraus. Von Herzberg war dabei zu prüfen, ob das Verfahren eröffnet werden soll. Es ist ein diffiziles Problem. Wenn es zum Prozess kommt, werden einige Personen unangenehm ins Rampenlicht gerückt. Das ist für deren weiteres Wirken in der Öffentlichkeit sicher mit erheblichen Nachteilen verbunden, um nicht zu sagen: das Ende.«

»Das klingt spektakulär. Aber was hat das LKA damit zu tun?«

»Es spielt sich im politischen Umfeld ab.«

Lüder ließ sich Kauffmanns Handynummer geben. Dann versuchte er, den Innenminister zu erreichen. Der Politiker zeigte sich erfreut über den Anruf.

»Ich wollte Sie schon seit Langem anrufen«, sagte er. »Aber die Amtsgeschäfte nehmen viel zu viel Raum in Anspruch. Da bleibt keine Zeit für private Dinge.«

Lüder berichtete von der Anfrage aus Itzehoe.

»Ich bin informiert, dass dort etwas Größeres ansteht«, bestätigte der Minister. »In der Regierung blickt man gespannt nach Itzehoe. Wenn das Verfahren eröffnet wird, gibt es Wellengang in Schleswig-Holstein.« Er ermunterte Lüder, sich umzuhören. »Informieren Sie mich bitte«, sagte er zum Abschied.

Lüder räumte die Papiere zusammen, fuhr den Rechner herunter und informierte Edith Beyer im Geschäftszimmer, dass er im Auftrag des Ministers nach Itzehoe fahren werde.

Die Abteilungssekretärin lächelte. »Da wird er begeistert sein«, sagte sie und zeigte auf die verschlossene Tür zum Büro des Kriminaldirektors.

Lüder hatte die Autobahn bis Rendsburg benutzt und war quer durchs Land nach Itzehoe gefahren. Der Parkplatz vor dem Gerichtsgebäude war belegt, sodass er auf das Parkhaus am ZOB der Stadt ausweichen musste. Er überquerte den Theodor-Heuss-Platz und warf nur einen Seitenblick auf die Skulpturen der nackten Frauen dort, als er die Stufen zum Eingang des modernen Rotklinkergebäudes erklomm. Er passierte die Sicherheitskontrolle, meldete sich am Empfang und wurde zum Büro Kauffmanns gebeten.

Der Studienkollege empfing ihn in einem nüchternen Büro und streckte ihm die Hand entgegen. »Schön, dass du so schnell kommen konntest. Das ist eine merkwürdige Sache. Aber das erwähnte ich schon am Telefon.«

Kauffmann hatte sich verändert. Er war fülliger geworden. Die Haare wiesen erste graue Strähnen auf. An den Geheimratsecken waren sie zurückgewichen. Ein sorgfältig gestutzter Bart zierte das Gesicht.

»Von Herzberg war Freimaurer. Die Umstände seines Todes sind ebenso mysteriös wie das, was sich in der geheimnisvollen Welt der Freimaurer abspielt, zumindest für uns, die wir nicht dazugehören«, sagte Kauffmann.

»Das bedeutet aber nicht, dass der Mord etwas mit seiner Weltanschauung zu tun hat.«

»Weltanschauung? Das klingt nach Religion. Von Herzberg war Jude, aber kein streng praktizierender. Ich weiß nicht, ob er regelmäßig in die Synagoge gegangen ist. Hier im Gericht und in der Öffentlichkeit ist er jedenfalls weder mit seiner Religion noch mit seiner Zugehörigkeit zu den Freimaurern hausieren gegangen. Lässt es sich überhaupt vereinbaren, beides gleichzeitig zu sein?«

Lüder holte tief Luft. »Der große Experte bin ich auch nicht, aber heute dürfte das kein Problem darstellen. Ich denke jedoch, dass das von 1933 bis 1945 anders war. Das kann ich mir jedenfalls lebhaft vorstellen. Da gab es doch heftige Erlasse, dass Juden in überhaupt keinem offiziellen Verein mehr Mitglied sein durften.«

Sie wurden durch ein zaghaftes Klopfen unterbrochen. Eine Angestellte steckte ihren Kopf durch den Türspalt. »Da sind zwei Herren, die behaupten, sie wären angemeldet.«

Kauffmann sah sie fragend an.

»Das ist richtig«, antwortete Lüder. »Die habe ich hergebeten. Es sind die beiden ermittelnden Beamten aus Husum.«

Kauffmann stand ebenso wie Lüder auf.
»Moin, Wilderich.« Lüder streckte Große Jäger die Hand entgegen.
»Moin, Herr Dr. Lüders.« Obwohl Lüder ihm schon vor langer Zeit das Du angeboten hatte, konnte sich der Oberkommissar noch nicht daran gewöhnen. Er stellte seinen Begleiter vor.
»Mein Kollege, Kommissar Cornilsen.«
Die beiden Husumer nahmen Platz. Lüder bat Große Jäger, noch einmal die bisherigen Erkenntnisse zusammenzufassen. Der Oberkommissar berichtete auch vom Besuch in Quickborn. Bei der Nennung des Namens Böttinger schnalzte Kauffmann mit der Zunge. Die drei anderen sahen ihn überrascht an.
»Das ist pikant«, sagte der Richter und zögerte weiterzusprechen.
»Ich kenne die beiden schon lange«, versicherte Lüder. »Was ihnen anvertraut wird, ist absolut sicher.«
»Ich sollte nicht darüber reden.« Kauffmann nagte an der Unterlippe.
»Nur mit offenem Visier kommen wir weiter«, ermunterte ihn Lüder.
Der Richter schüttelte energisch den Kopf. »Das geht nicht«, sagte er entschieden. Es klang endgültig.
»Steht der Mord im Zusammenhang mit von Herzbergs Mitgliedschaft bei den Freimaurern?«, warf Große Jäger ein. »Die gesellschaftlichen Verstrickungen mit der getrennt lebenden Ehefrau und die Konstellation, dass Böttingers Angetraute wiederum in den USA mit einem Bischof Kinder hat, ist doch recht merkwürdig.«
Cornilsen räusperte sich. »Was sind eigentlich Freimaurer?«, fragte er und sah die drei anderen der Reihe nach an.
Lüder lehnte sich zurück. »Freimaurer«, begann er, »bezeichnen sich als ein brüderliches Selbsterziehungssystem. Absolute Verschwiegenheit ist dabei die Basis freundschaftlichen Vertrauens, so ähnlich wie in einer Familie. Ihre Ideale beziehen sie aus der Geschichte der Dombaukunst, aber es gibt sehr viele unterschiedliche Lehrarten. Ihr Logenbruder Gotthold Ephraim

Lessing sagte sogar: ›Freimaurerei war immer.‹ Helmut Schmidt und Siegfried Lenz sahen in den deutschen Freimaurern ideale Staatsbürger und hielten lobende Reden auf sie, obwohl sie selbst keine waren. Karlheinz Böhm, der Gründer der großen karitativen Organisation ›Menschen für Menschen‹, war hingegen selbst einer.«

»Aha«, sagte Cornilsen. »Das klingt sehr geheimnisvoll. Kann die ungewöhnliche Mordausführung mit den Ritualen dieser Leute zusammenhängen?«

Alle sahen sich an. Lüder zuckte mit den Schultern. »Es gibt Dinge, die dürfen Freimaurer nicht verraten. Das haben sie bei ihrer Aufnahme geschworen.«

»Und was passiert, wenn sie diesen Schwur brechen?«

Lüder nickte versonnen. »Das ist eine gute Frage. Wenn wir die beantwortet haben, sind wir ein Stück weiter. Ich werde nachfragen, ob schon ein Obduktionsergebnis vorliegt.« Er sah Große Jäger an und lächelte. »Oder willst du es versuchen?«

Der Oberkommissar streckte beide Hände abwehrend in die Höhe. »Um Gottes willen. Dr. Diether ist ein merkwürdiger Kauz. Der Einzige, der mit ihm zurechtgekommen ist, war Christoph.« Dann hob er die Hände Richtung Himmel. »Nicht wahr, Christoph? Kannst du uns nicht ein paar göttliche Weisheiten zukommen lassen? Nun, vielleicht nicht unbedingt göttlich, aber doch himmlisch. Sende uns ein Zeichen.« Er sah sich suchend auf dem Schreibtisch um. »Lass die Tasse zerspringen.«

Kauffmann wirkte verlegen, als die drei Polizisten laut lachten, weil er instinktiv seine Kaffeetasse umklammerte.

Lüder griff zum Telefon, rief in Kiel in der Rechtsmedizin der Christian-Albrechts-Universität an und hatte Glück. Der Oberarzt Dr. Diether war gleich am Apparat.

»Ich hatte gehofft, ein vernünftiges Telefonat führen zu können, und … dann sind Sie am Rohr«, begrüßte ihn der Mediziner. »Sie wollen etwas zur Obduktion des Inseltoten wissen?«

Lüder bestätigte es.

»Warum können Sie nicht warten, bis ich den Bericht fertig habe? Sie sind doch Beamter. Deshalb verstehe ich nicht, dass Sie so drängeln. Also. Mich wundert, dass es überhaupt aufgefallen ist, dass von Herzberg tot ist.« Dann entstand eine Pause.

»Wieso?«, fragte Lüder. Er wusste, dass Dr. Diether animiert werden wollte.

»Er war doch Jurist, oder? Da fällt es doch nicht auf, wenn einer fehlt. Das müssten Sie doch wissen. Sie sind doch auch einer von denen.«

»Ich fürchte, irgendwann werde ich meine Qualifikation als Jurist vor den Schranken eines Gerichts gegen Sie verwenden müssen.«

»Okay«, erwiderte der Rechtsmediziner. »Erst agieren Sie in Ihrer Profession. Anschließend darf ich Sie mit meiner beruflichen Qualifikation bearbeiten. Dann werden Sie mich anschließend aber nicht mehr auf Schadenersatz verklagen können. Um Ihren Wissensdurst zu stillen: Von Herzberg ist tot. Exitus totalis.«

»Ein Exitus ist immer total«, erwiderte Lüder.

»Da sollten Sie einmal eine Anleihe bei verschiedenen Religionen aufnehmen«, sagte Dr. Diether. »Manche sehen das anders. Ich bin froh, dass wir hier in Europa sind. Stellen Sie sich vor, der Rechtsmediziner nimmt gerade eine Leiche auseinander. Plötzlich steht die auf und sagt: ›Danke, Doktor. Ich muss los. Mein nächstes Leben beginnt.‹ Das wäre doch grauenvoll. Also das Opfer ist im Salzwasser ertrunken. Das ist die eindeutige Todesursache. Salzwasser! Ist das bei Ihnen angekommen?«

»Ich höre noch ganz gut, obwohl meine Frau oft anderes behauptet.«

»Das Ertrinken in Salzwasser dauert länger als in der Badewanne. Es strömt mit dem Wasser beim Einatmen Natriumchlorid aus der Lunge ins Blut. Umgekehrt findet ein Transport von Proteinen und Flüssigkeit statt. Die Folge ist eine hypertone Hyperhydratation. Verstehen Sie das?« Der Rechtsmediziner gab sich selbst die Antwort. »Natürlich nicht. Zusätzlich zum eingeatmeten Wasser sammelt sich Flüssigkeit aus dem umgebenden Gewebe. Das ergibt das Bild eines Ödema aquosum. Die Lunge ist makroskopisch massiv erweitert und prall flüssigkeitsgefüllt. Was meinen Sie, wie schwer so eine Lunge werden kann?«

»Die Antwort spare ich mir für das Fernsehquiz ›Mein Lieblingspathologe‹ auf. Um Missverständnissen vorzubeugen: Damit sind nicht Sie gemeint. Das Opfer hing kopfüber. Es war so hergerichtet, dass es sich nicht hochbeugen konnte, als die Flut kam. Wie lange mag er dort gehangen haben?«
»Das ist eine unmenschliche Art, jemanden zu ermorden.«
Dr. Diether wurde ernst. »Man fragt sich, wie lange hält es ein Mensch aus, kopfüber zu hängen? Das ist abhängig von seiner körperlichen Konstitution. Die war bei von Herzberg entsprechend dem Lebensalter. Er wies erste Verschleißerscheinungen auf, hatte aber keine ernsthaften gesundheitlichen Probleme. Wenn Sie kopfüber hängen, muss das Herz die Pumpleistung erhöhen. Das Blut steigt in den Kopf und wird nicht wie gewohnt abtransportiert. Natürlich entsteht da ein Druck. Die Arteria basilaris muss Höchstarbeit leisten. Wenn sie es nicht schafft, anschwillt oder gar platzt, drückt sie auf die Medulla oblongata. Dann erstickt das Opfer auch, weil das Atemzentrum betroffen ist. Sogar ohne Wasser. So. Nun habe ich wieder meine Zeit verschwendet, weil ich Ihnen etwas erklärt habe, das Sie ohnehin nicht verstanden haben.«
»Ihre Vermutung ist falsch.«
»Schön. Dann werden Sie die nächste Leiche selbst obduzieren.«
»Und Sie sich beim nächsten Rotlichtverstoß ohne juristische Hilfe selbst verteidigen.«
»Gott bewahre«, stöhnte Dr. Diether. »Lieber drei Explosionsopfer in Einzelteilen auf dem Seziertisch als eine Gerichtsverhandlung. Bis zum nächsten Mal«, verabschiedete er sich.
»Ich werde mein Bestes tun und nach neuen Opfern Ausschau halten«, erwiderte Lüder und informierte die anderen über die Ergebnisse der Obduktion. »Wir werden uns in von Herzbergs Wohnung umsehen«, entschied er abschließend.
»Danke«, sagte Kauffmann zum Abschied.

Auf dem Flur sah Große Jäger Lüder fragend an.
»Ich möchte euch dabeihaben«, erwiderte er.
Dann fuhren sie nach Uetersen, der Stadt in der Metropol-

region Hamburg. Von Herzberg hatte ein Reihenhaus in der Jochen-Klepper-Straße bewohnt, in einem ruhigen bürgerlichen Wohnviertel. Sie standen vor dem sorgfältig gepflegten Vorgarten.

»Und nun?«, fragte Cornilsen. »Hier gibt es keinen Hausmeister, der einen Generalschlüssel hat.«

»Doch«, erwiderte Lüder und zog den Kommissar am Ärmel ein Stück die Straße hinunter.

Als sie nach zwei Minuten zurückkehrten, winkte ihnen Große Jäger von der geöffneten Haustür aus zu. Ein Schwall abgestandener Luft kam ihnen entgegen.

»Der war im Urlaub. Hier hat keiner in der Zwischenzeit gelüftet«, sagte Lüder.

An der Garderobe hing ein Trenchcoat, darüber baumelte ein Hut am Haken. Ein rot gemusterter Seidenschal komplettierte das Ensemble. Die kleine Gästetoilette war ebenso wenig aufschlussreich wie die ordentlich aufgeräumte Küche. Nirgendwo stand Geschirr herum. Das war in den Hängeschränken gestapelt. Im Kühlschrank fanden sich angebrochene Marmeladengläser sowie ein paar geöffnete Sauerkonserven. Auch die Butter schien von Herzberg vor seiner Abreise nicht aufgebraucht zu haben. Kaffee, Tee, Zucker, Mehl und weitere Lebensmittel waren in einem Vorratsschrank untergebracht.

»Nichts«, stellte Große Jäger enttäuscht fest. Auch das Wohnzimmer mit der Essecke bot keine Neuigkeiten. »Ich kann verstehen, dass seine Frau sich von ihm getrennt hat. In der Luxusvilla in Quickborn sieht es sicher anders aus. Hier wirkt alles eine Spur düster, altbacken.«

Um einen gekachelten Tisch gruppierten sich ein mit Blümchenmuster bezogenes Sofa und zwei Sessel. Vor einem Richtung Fernsehapparat ausgerichteten Sessel stand ein Fußhocker mit dem gleichen Bezug. Die Stollenanbauwand war massiv und kam nicht »aus Schweden«.

Cornilsen blieb vor einer Regalwand stehen, die eine ganze Seite des Zimmers in Beschlag nahm. »Was ist das denn?«, fragte er.

»Man nennt es Schallplatten.«

»Das weiß ich auch. Aber wer hört heute noch so etwas? Oma hat das auch noch. Aber hören tut sie die Dinger nicht mehr.«

»Der wahre Musikliebhaber kann sich am Knacken und Knistern der Platten begeistern. Hier«, Große Jäger zog wahllos eine Hülle hervor und tippte auf ein gelbes Label. »Deutsche Grammophon. Das ist ein traditionsreiches Label, berühmt für seine zahlreichen Aufnahmen weltbekannter Orchester und Musiker.« Er hielt die Plattenhülle am ausgestreckten Arm von sich. »Herbert von Karajan.«

»Von der Band habe ich schon einmal etwas gehört«, erwiderte Cornilsen.

»Ich weiß, Oma hört das.«

»Nix da. Oma hört Strauss und so, aber auch Volksmusik.«

»Das Lederhosentrallala?«

»Nee. Shantys und so. Fiede Kay, Knut Kiesewetter, die Fideelen Nordstrander, Santiano.«

Lüder meldete sich aus dem Hintergrund. »Mozarts ›Zauberflöte‹?«

»Ja«, antwortete Große Jäger.

»Ich glaube, da geht es auch um Freimaurer.«

Cornilsen sah sich nach Lüder um, der die Drucke an der Wand betrachtete.

»Da kann man nichts drauf erkennen«, moserte Cornilsen. »Ich habe mich aus dem Kunstunterricht abgemeldet. Für das da – da hätte es Stress mit dem Lehrer gegeben.«

»Glaube ich nicht«, erwiderte Lüder. »Das ist Nolde.«

»Der bei uns da wohnte? Aus Seebüll?«

»Genau der.« Er zeigte auf das nächste Bild. »Matisse. Hier – Paul Cézanne.«

»Die passen aber nicht zusammen«, stellte Cornilsen fest.

»Und schon gar nicht zur Einrichtung.«

»Das ist ganz speziell«, sagte Lüder. »Von Herzberg scheint sich für Musik und für Bilder interessiert zu haben. Die Stereoanlage ist super. Das Beste aus Dänemark. Und der Plattenspieler ist von Marantz. Darin hat von Herzberg investiert. Sieh mal, die Bücher«, er zeigte auf eine stattliche Sammlung von Bildbänden.

»Louvre, Prado, Eremitage, Florenz«, las er die Titel auf der Rückseite vor. »Und hier – Mucha-Museum in Prag.«
»Die Ersten … von denen habe ich gehört«, sagte Cornilsen. »Aber wer ist Mucha?«
»Ein weltberühmter Jugendstilkünstler. Nicht nur das. Alphonse Mucha war Hochgrad-Freimaurer.«
»Aber nichts, was uns weiterführt, wenn man davon absieht, dass man aus der Gestaltung des Wohnumfeldes auf den Inhaber schließen kann«, ergänzte Große Jäger.
»Das ist schon eine ganze Menge«, widersprach Lüder. »Steht Umberto Ecos ›Friedhof in Prag‹ im Regal?«
»Moment.« Große Jäger suchte die Bücherwand ab.
»Tatsächlich«, bestätigte er. »Hat das auch mit der Freimaurerei zu tun?«
Lüder bestätigte es.
»Donnerlüttchen«, staunte Cornilsen. »Der Typ scheint ein richtiger Hardcore-Freimaurer gewesen zu sein.«

Im Obergeschoss betraten sie zuerst das Schlafzimmer. Das Doppelbett war bezogen. Es wirkte, als würde hier ein Ehepaar gemeinsam die Nächte verbringen. Diese Illusion wurde aber im Badezimmer wieder zunichtegemacht. Alles war auf einen Herrn ausgerichtet.
Ein weiteres Zimmer diente als Abstellraum. Die letzte Tür führte ins Arbeitszimmer. In der Bücherwand standen Fachbücher, Ordner mit Loseblattsammlungen, Gesetzestexte.
»Zumindest hatte er einen Computer«, stellte Cornilsen fest. »Das neueste Modell ist das allerdings auch nicht.«
»Den nehme ich mit nach Kiel«, sagte Lüder und beugte sich über einen akkurat ausgerichteten Aktenstapel. »Daran hat er offensichtlich gearbeitet.« Er blätterte grob in den Unterlagen. »Ich fürchte, da ist nichts Spektakuläres dabei. Eine Klage gegen eine Bausparkasse. Die will ein gut verzinstes Konto kündigen.« Er zeigte auf den nächsten Aktendeckel. »Hier geht es um eine Berufung gegen ein Urteil des Amtsgerichts Meldorf. Da streiten sich zwei Parteien um angebliche Mängel beim Einbau einer Küche.«

»Das klingt nicht so, als würde man dafür einen Richter ermorden«, sagte Große Jäger enttäuscht.

Cornilsen rüttelte an der Tür eines verschlossenen Schranks. »Warum hat der ein Sicherheitsschloss?«, fragte er.

Große Jäger beugte sich hinab. »Das bekomme ich hin«, murmelte er. »Aber nur, wenn ihr euch umdreht.«

Sie hörten es kratzen, dann bewegte sich ein Schließzylinder. Beim »Voilà« des Oberkommissars drehten sie sich wieder um.

»Was ist das denn?« Cornilsen sah erstaunt in den Schrank.

»Spannend«, stellte Lüder fest.

Große Jäger starrte wie gebannt auf die fremdartig wirkenden Utensilien. Ein Schurz aus weichem weißen Leder mit einer aufgestickten goldenen Zahl.

»Die Fünfundzwanzig – ob das ein Zeichen für eine lange Logenmitgliedschaft ist? Die Leute bei der freiwilligen Feuerwehr erhalten nach langer Mitgliedschaft auch ein Ehrenabzeichen.«

Lüder schmunzelte. »Du kannst die freiwillige Feuerwehr oder den Gesangsverein nicht mit den Freimaurern vergleichen.«

»Nee«, antwortete Große Jäger. »Die einen haben einen Helm. Hier«, er zeigte auf den Schrank, »finden wir einen Zylinder und weiße Handschuhe.«

In einer Plastikhülle steckte ein Dokument.

»Letter of good standing«, las Große Jäger vor. »Was ist das?«

»Ich kenne ein Certificate of good standing«, erklärte Lüder. »Das übersetzt man am besten mit ›Unbedenklichkeitserklärung‹.«

»Das Dokument ist von der Großloge ausgestellt«, fuhr Große Jäger fort. »Was macht man damit?«

»Man kann sich damit als Freimaurer ausweisen, zum Beispiel bei Auslandsbesuchen. Könnte ich mir vorstellen«, schwächte Lüder seine Aussage ab.

»So eine Art internationaler Jugendherbergsausweis«, warf Cornilsen ein.

»Hosenmatz, dir fehlt der nötige Ernst«, sagte Große Jäger mild tadelnd.

»Na denn dann. Und die Orden und Medaillen? Das haben die Leute in den Karnevalsvereinen auch.«

»Im Unterschied zu den Blechdingern im Karneval sind diese hier aber kunstvoll gestaltet.«
»Das sind Bijous«, sagte Lüder.
»Klingt französisch.« Cornilsen legte die Stirn in Falten.
»Übersetzt heißt das ›Schmuckstück‹.«
»Schmuckstücke. Plural«, verbesserte Große Jäger. »Die Bezeichnung passt aber. Das hier sind wirklich Kostbarkeiten. Richtige Besonderheiten. Kleinode.« Er sah Lüder an. »Woher wissen Sie das eigentlich alles? Sind Sie selbst Freimaurer?«
Lüder lachte. »Das ist höheres Allgemeinwissen. Nein! Ich bin kein Freimaurer. Auch nicht in einem Service-Club wie zum Beispiel den Rotariern oder den Lions.«
»Da ist der Mitgliedsausweis. Logenausweis«, verbesserte sich Große Jäger. »Neocorus zum Nordmeer«, las er vor. »So scheint die Loge zu heißen. Ein merkwürdiger Name. Von Herzberg scheint die Freimaurerei ernsthaft betrieben zu haben. Diese Urkunde bescheinigt ihm die Ehrenmitgliedschaft in einer Loge namens Aurora Borealis am Nordmeer. Ziemlich viel Nordmeer auf einen Haufen. Und dann wird er auch noch im Nordmeer ertränkt, wenn man die Nordsee so umschreiben will. Sind das noch Zufälle?«
»Du meinst, der Tod könnte etwas mit seiner Freimaureraktivität zu tun haben?«, fragte Cornilsen.
»Ich würde es nicht ausschließen«, sagte Große Jäger.
»Guter Ansatz«, lobte Lüder. »Auch das Ritual der Ermordung wirkt fremdartig. Wir sollten die Ermittlungen in diese Richtung lenken«, schob er nach.
»Zu guter Letzt liegt da noch ein Fingerring mit Zirkel und Winkel«, ergänzte Große Jäger.
»Bei so viel Klimbim verstehe ich die Frau, dass die sich von ihm getrennt hat«, sagte Cornilsen.
»Ich suche jetzt die Loge auf«, beschloss Lüder. »Allein«, setzte er mit Nachdruck hinterher.
Große Jäger verschloss das Haus wieder. Offenbar war ihr Besuch keinem Nachbarn aufgefallen.
»So funktioniert es mit den Einbrüchen am helllichten Tag«,

sagte der Oberkommissar. Sie verabschiedeten sich mit Handschlag und der Versicherung, in Kontakt zu bleiben.

Lüder stellte die Adresse der Loge auf seinem Navigationssystem ein. Es leitete ihn aus dem beschaulichen Uetersen in das sechs Kilometer entfernte Elmshorn.

Das Logengebäude sah kaiserzeitlich aus. Freimaurer schienen eine Vorliebe für Zierrat und Schnörkel zu haben. Am Giebel waren deutlich sichtbar die Symbole Zirkel und Winkel angebracht. Das stand eigentlich im Widerspruch zu einem »Geheimbund«, überlegte Lüder. Im Schaukasten wurden Vorträge angeboten, und es wurde zu öffentlichen Gästeabenden eingeladen. »Moral und Ethik in einer Leistungsgesellschaft«, »Hat Dan Brown unsere Symbole richtig gedeutet?«, »Lessings ›Ernst und Falk‹ als Rap-Version«, »Böhmermanns Schmähgedicht aus freimaurerischer Sicht«. Für Lüder wirkten die letzten beiden Titel ein wenig wie der hilflose Versuch, aktuell zu sein.

Er klingelte und musste einen Moment warten. Ein grauhaariger Mann öffnete und sah Lüder an.

»Bitte?«, fragte er mit einer Stimme, die ebenso wie sein Aussehen und Auftreten zu einem englischen Butler passen würde.

»Lüders, Landeskriminalamt. Ich möchte gern mit einem Verantwortlichen der Loge sprechen.«

Der Mann verzog keine Miene. »Haben Sie einen Termin?«

»Wir kommen manchmal unangemeldet.«

Der Mann fragte nach Lüders Ausweis, studierte ihn sorgfältig und öffnete dann die Tür.

»Darf ich fragen, was Sie zu uns führt?«

»Ist Ulrich von Herzberg bei Ihnen bekannt?«

Der Mann nickte. »Kommen Sie bitte herein«, sagte er höflich. »Wir haben schon gehört, dass er tot ist.«

Der Eingangsbereich wirkte düster. Er passte sich damit dem wilhelminischen Eindruck der Fassade an. An der dunkel getäfelten Holzwand hingen Schwarz-Weiß-Fotografien. Der Mann bemerkte Lüders Blick. Er blieb davor stehen. »Das sind Dokumente zur Logengeschichte«, erklärte er. »Sehen Sie hier. Das ist der Abriss des alten Logengebäudes durch die Nazis im

Dritten Reich. Die haben hinter den Mauern geheime Kammern vermutet.«

»Sie umgeben sich auch mit einem mystischen Schleier«, sagte Lüder.

Der Mann ging nicht darauf ein.

»Und das hier?« Lüder blieb vor einer Vitrine mit Kuriosa stehen.

»Das sind Mitbringsel von Logenbesuchern, viele davon aus dem Ausland.«

»Die sich durch einen Letter of good standing legitimieren. Ein solches Dokument lag bei von Herzberg im Schrank.«

Der Mann nickte. »Dort oben die Elchschaufel mit eingeschnitztem Zirkel und Winkel stammt aus Lappland. Das hier ist ein Walfischzahn mit freimaurerischer Symbolik. Des Weiteren sehen Sie hübsche Bijous.« Er streckte die Hand aus. »Hier entlang. Bitte.«

Durch eine halb geöffnete Tür sah Lüder eine stattliche Gemäldegalerie mit würdig posierenden Herren, vermutlich Altstuhlmeister, die jeweils als Zeichen ihres Amtes einen Hammer in der Hand hielten.

»Was ist das?«, fragte Lüder.

Hastig zog der Mann die Tür zu. »Das ist der geschlossene Bereich. Der ist nur Mitgliedern zugänglich.«

Sie landeten in einem Zimmer, das die Bibliothek eines englischen Adelssitzes hätte sein können. Um einen langen Tisch gruppierten sich schwere Stühle mit rissigem Lederbezug.

»Sie sind …?«, fragte Lüder.

»Riemenschneider«, stellte sich der Mann mit einer leichten Verbeugung vor. »Ich bin der Sekretär.«

»Wer ist der Verantwortliche in der Loge? Ich benötige Informationen über Ulrich von Herzbergs Rolle.«

»Herr Professor Schröder-Havelmann ist der Logenmeister.«

»Dann möchte ich mit ihm sprechen.«

»Ausgeschlossen. Der Herr Professor ist ein viel beschäftigter Wissenschaftler und oft im In- und Ausland unterwegs.«

»Er wird einen Stellvertreter haben.«

»Es gibt den Beamtenrat.«

»Was versteht man darunter?«

»Im übertragenen Sinne ist das der Vereinsvorstand. Herr von Herzberg war Mitglied im Beamtenrat.«

»Also Vorstandsmitglied«, sagte Lüder. »Hatte er eine besondere Funktion in diesem Gremium?«

»Herr von Herzberg war weder Schatzmeister noch Gabenpfleger.«

Lüder beugte sich vor. »Entschuldigung, aber Sie verwenden Termini, die mir nicht geläufig sind. Es dringen nicht viele Interna der Freimaurer an die Öffentlichkeit.«

»Der Gabenpfleger kümmert sich um die Sammlungen der Gaben der Liebe. Das sind Spenden oder Hilfsgelder, die durch Aktionen der Mitglieder eingesammelt werden.«

»Sie haben mir immer noch nicht gesagt, welche Funktion Ulrich von Herzberg wahrnahm. Schließlich war er über fünfundzwanzig Jahre Mitglied in Ihrer Loge.«

Riemenschneider zwinkerte kurz mit dem Augenlid. Lüder vermutete, dass der Sekretär gern gewusst hätte, woher Lüder diese Information hatte. Er tat ihm nicht den Gefallen, seine Quelle offenzulegen.

»Wir müssen auch der Vermutung nachgehen, dass der gewaltsame Tod von Herzbergs im Zusammenhang mit seinem Engagement bei den Freimaurern steht.«

»Das ist kaum anzunehmen. Die Bruderschaft steht nicht für Gewalt. Ganz im Gegenteil. Die alten Symbole Winkelmaß, Wasserwaage und Senkblei zeugen von der Beharrlichkeit einer Hoffnung, die sich durch nichts widerlegt sehen will. Von der etablierten Ungerechtigkeit aus nach Gerechtigkeit zu verlangen, in Zeiten der Ungleichheit Gleichheit zu fordern, angesichts tätiger Feindseligkeit geduldig zur Brüderlichkeit zu überreden: Auch dafür hat der Freimaurerbund ein Beispiel gegeben. Diese Worte stammen übrigens von keinem Geringeren als Siegfried Lenz.«

»Damit sind meine Fragen aber noch nicht beantwortet. Die Art und Weise, wie von Herzberg ermordet wurde, ist nicht alltäglich. Er trug einen Galgenstrick um den Hals. Ungefähr einen Meter lang. Der war aber nicht abgeschnitten. Im Gegenteil. Das Ende war gespleißt. Dieses beinahe kunstvolle Tauende wurde früher von Seeleuten geflochten. Haben Sie Seeleute in Ihrer Loge?«

Der Sekretär sah an Lüder vorbei. Er bekundete damit, dass er keine Auskunft geben wolle.

»Der Galgenstrick ist offenbar nur für diesen Zweck so hergerichtet worden. Er hat mit Sicherheit niemals an einem Balken oder Baum gehangen, sondern wirkt eher wie ein Dekorationsgegenstand mit kunstvollem Galgenstrickknoten, fast wie auf mittelalterlichen Darstellungen. Oder wie in Ihrem Kuriositätenkabinett da draußen im Flur. Haben Sie auch einen solchen Galgenstrick in Ihrer Sammlung? Darf ich mich einmal im geschlossenen Bereich umsehen?«

»Das ist leider nicht möglich«, erwiderte Riemenschneider.

»Weshalb nicht? Haben Sie etwas zu verbergen?«

»Wir haben Grundsätze.«

»Die man nicht anwenden sollte, wenn es um den gewaltsamen Tod eines Menschen geht, insbesondere eines verdienten Bruders Ihrer Loge.«

»Es gibt keinen Zusammenhang zwischen diesem schrecklichen Mord und der Mitgliedschaft in unserer Loge.«

»Ich kann mich Ihren Vermutungen erst anschließen, wenn ich dafür den Nachweis vorliegen habe. Bis dahin gibt es auch den latenten Verdacht, dass durch den Mord etwas geahndet werden sollte, das in Verbindung mit den geheimen Riten der Freimaurerei steht.«

Der Sekretär schüttelte energisch den Kopf. »Die Freimaurer sind tolerant und friedliebend.«

»Es gibt andere Beispiele. Die italienische Freimaurerloge P2 war eine politische Geheimorganisation, die nichts anderes als die Machtübernahme im Staat zum Ziel hatte. Das konspirative Netzwerk rekrutierte sich aus führenden Persönlichkeiten aus der Wirtschaft und der Politik. Spitzen der Polizei, des Militärs und der Geheimdienste waren beteiligt. Nicht zu vergessen die Mafia. Die P2 war ein geschickt gestricktes kriminelles Netzwerk, das auch in den Vatikan reichte. Im Umfeld der Machenschaften gab es zahlreiche Morde. Kein Geringerer als

Silvio Berlusconi wurde wegen Meineids verurteilt, weil er die Mitgliedschaft in dieser Loge geleugnet hatte. Ich möchte sichergehen, dass sich bei uns nicht etwas Ähnliches anbahnt.«
Riemenschneider hatte sich kerzengerade hingesetzt. »Solche Verschwörungstheorien sind absurd. So etwas gibt es nicht in Deutschland. Nicht in Schleswig-Holstein. Schon gar nicht bei den Freimaurern.«
»Hier gelten keine frommen Worte, sondern nur nackte Tatsachen. Weshalb verweigern Sie mir die Antworten auf bestimmte Fragen?«
»Es sind keine Fragen, die man stellt.«
Lüder lachte auf. »Da nähern wir uns schon einem spannenden Komplex.« Er streckte die Hand aus und zeigte zum Fenster. »Nennt man das da draußen Wespennest?«
»Wenn ich Ihnen den Rat eines lebenserfahrenen Menschen geben darf: Verschwenden Sie Ihre Kraft und Energie nicht auf falschen Fährten.«
Lüder fasste sich an die Nase. »Bisher hat das mit der Fährte immer gut funktioniert.« Fast beiläufig fragte er: »Herr Schröder ist als was tätig?«
»Professor Schröder-Havelmann ist Dekan an der Universität in Hamburg.«
»Von welcher Fakultät?«
Der Sekretär zögerte einen Moment, bevor er sagte: »Psychologie.«
Lüder stand auf. »Das passt ja großartig. Ein Psychologieprofessor als Stuhlmeister einer geheimnisvollen Freimaurerloge.«
»Sie sollten sich nicht an Vorurteilen nähren«, mahnte Riemenschneider.
»Ich bin Kieler. Etwas Objektiveres finden Sie nicht in Nordeuropa«, erwiderte Lüder leichthin und rief damit ein Stirnrunzeln bei dem Sekretär hervor. Riemenschneider war anzusehen, dass er diese Abschiedsworte nicht verstanden hatte.

Lüder fuhr nach Kiel zurück. An seinem Arbeitsplatz recherchierte er die Bedeutung von »Neocorus«. Die griechische Bezeichnung stand für einen Tempelaufseher, der auch für die

Reinigung verantwortlich war. Lüder schmunzelte. Große Jäger hätte behauptet, es sei der Hausmeister. Er wurde wieder ernst. Johann Köster, der so genannt worden war, war im 17. Jahrhundert Chronist in Dithmarschen und Pastor in Büsum gewesen. Nach ihm war im Nordseeheilbad eine Schule benannt. Auf dem Neocorus-Platz vor der altehrwürdigen St.-Clemens-Kirche hatte ein bedeutender Gegenwartskünstler eine lebensgroße Plastik von Köster geschaffen. Nun trug eine Loge seinen Namen.

Über Josef Riemenschneider fand er nur wenige Informationen. Der Einundsiebzigjährige war verwitwet. Die drei Kinder waren erwachsen und lebten an anderen Orten. Riemenschneider war gebürtiger Hesse und hatte bis zu seiner vorzeitigen Pensionierung bei einer großen Frankfurter Bank im mittleren Management gearbeitet. Polizeilich war er noch nicht in Erscheinung getreten.

Über Professor Dr. Erwin Schröder-Havelmann hingegen fanden sich zahlreiche Einträge im Internet. Der Dekan und Leiter des Instituts für Psychologie war mit zahlreichen Fachpublikationen vertreten und offenbar ein gern gesehener Gast auf Kongressen. Es war nicht Lüders Fachgebiet, aber Schröder-Havelmanns Forschungen und Wirken schienen über die Lehrtätigkeit in Hamburg hinaus Anerkennung zu finden. Der Professor scheute sich auch nicht, seine Zugehörigkeit zu den Freimaurern öffentlich zu bekunden. Er trat als Stuhlmeister der Loge in Erscheinung. Lüder fand zahlreiche Bilddokumente, die ihn in den Regalia des Logenmeisters zeigten. Die Regalia waren die Charakteristika und Insignien eines Souveräns.

Der Mann war zum dritten Mal mit einer bekannten Schauspielerin verheiratet. Aus früheren Ehen hatten die beiden sieben Kinder.

Noch war vieles undurchsichtig. Machte er einen Fehler, wenn er seine Ermittlungen zunächst auf von Herzbergs Aktivitäten als Freimaurer fokussierte? Sicher war die Bruderschaft geheimnisumrankt. Dafür sorgte sie selbst mit ihren verschwiegenen Ritualen. Riemenschneider hatte eilig die Tür zum geschlossenen Bereich zugedrückt. Dabei hatte Lüder nur ein paar

Bilder erspäht. Die Bitte, ob er dorthinein einen Blick werfen könne, hatte der Sekretär brüsk zurückgewiesen. Zu von Herzbergs Engagement in der Loge hatte sich Riemenschneider auch nur so weit ausgelassen, wie Lüder es im Vereinsregister hätte nachlesen können. Der Richter war – rechtlich gesehen – ein Vorstandsmitglied. So war es auch im Vereinsregister nachzulesen – und das war von jedermann einzusehen.

Eine weitere Frage war, warum sich sein Studienkollege Till Kauffmann an ihn gewandt hatte. Das konnte Lüder aufgrund der merkwürdigen Umstände der Tatausführung noch verstehen. Gleichzeitig weigerte sich Kauffmann aber, etwas über den Fall auszusagen, der angeblich sehr brisant war und mit dessen Vorbereitung sich von Herzberg beschäftigte. Für Lüder gab es keine realistische Möglichkeit, auf legalem Weg Einblick in die Unterlagen zu nehmen. Er konnte sich nicht an Kauffmann vorbei um eine richterliche Zustimmung bemühen. Und Kauffmann schien aus berechtigter Sorge um seinen Richterkollegen von Herzberg gehandelt zu haben. Undurchsichtig waren auch von Herzbergs private Verhältnisse: seine Ehefrau, die mit einem anderen zusammenlebte, dessen Frau wiederum in den Vereinigten Staaten mit einem katholischen Bischof liiert war. Von Herzberg, davon war Lüder überzeugt, war in dieser Hinsicht auch nicht so unschuldig, wie es auf den ersten Blick schien. Er hatte, zumindest während seiner regelmäßigen Aufenthalte auf Föhr, ein Verhältnis mit der dortigen Vermieterin Hämmerling gehabt.

Lüder versuchte, den Oberarzt der Rechtsmedizin der Kieler Christian-Albrechts-Universität zu erreichen. Dr. Diether war verhindert, wurde ihm ausgerichtet, würde sich aber später bei ihm melden.

Sein Telefon klingelte.

»Hauptkommissar Thomsen von der Polizeistation Föhr«, meldete sich eine unbekannte Stimme leicht atemlos. »Große Jäger aus Husum meinte, es würde Sie interessieren, was wir herausgefunden haben.« Thomsen klang aufgeregt und fuhr fort, nachdem Lüder ihn dazu aufgefordert hatte.

»Nach dem Aufruf im ›Inselboten‹, unserer hiesigen Zeitung,

haben sich vier Männer gemeldet, die auf Clubreise mit einem Kegelverein unterwegs waren. Sie waren nicht mehr ganz nüchtern, als sie vor Mitternacht – oder früher oder später, so genau konnten sie es nicht mehr sagen – über den Sandwall gewankt sind. Da kamen ihnen drei Männer entgegen. Einer von denen, der in der Mitte, muss auch kräftig abgefüllt gewesen sein, sagten sie. Die anderen haben ihn förmlich über das Pflaster gezogen. Wir haben gefragt, ob sie die drei beschreiben könnten. Nee. Nur, dass die besoffen waren. Genau wie sie selbst. Ich weiß, das ist nicht sehr viel.« Es klang wie eine Entschuldigung.

Doch, versicherte ihm Lüder, die Information sei wertvoll. Es könnten von Herzberg und seine Mörder gewesen sein. »Wir könnten daraus die Vermutung ableiten, dass es sich um die Täter handelt. Einer dürfte von Herzberg kaum allein auf der Seebrücke in die tödliche Lage gebracht haben. Auch wenn der Richter angetrunken wirkte, ist es kaum vorstellbar, oder man hat ihn sediert. Das wird die Rechtsmedizin herausfinden. Gibt es irgendwo Überwachungskameras?«, wollte Lüder wissen.

»Leider nicht. Wir haben auch keinen Hinweis dafür gefunden, dass das Opfer eine Bankfiliale aufgesucht hat. Mit dem Auto ist er auch nicht gefahren. Ich meine, er hat keine Tankstelle aufgesucht, wo Kameras angebracht sind. Wir haben welche am Hafen. Dort war er aber nicht. Föhr ist kein kriminelles Pflaster. Hier geht es ruhig und friedlich zu. Na ja, meistens«, ergänzte Thomsen und versicherte, sich erneut zu melden, falls es weitere Neuigkeiten von der Insel geben würde.

»Kennen Sie Charlotte Hämmerling?«

»›Kennen‹ ist zu viel gesagt.« Thomsen prustete ins Telefon. »Auf Föhr ist vieles übersichtlich.«

»Ist sie ein bunter Vogel?«

»Wie meinen Sie das? So vom Äußeren?«

»Nein. Ich meine, ob sie als leichtlebig gilt und sich durchaus den freudvollen Seiten des Lebens zugewandt zeigt.«

»Sie meinen, ob sie Männerbekanntschaften pflegt?«, übersetzte Thomsen. »Davon ist nichts bekannt. Mag sein, dass darüber geredet wird, wenn sie ihre Ferienwohnung an allein reisende Herren vermietet. Darauf gebe ich aber nichts. Das ist

ihre Privatsache. Öffentlich ist mir nie etwas zu Ohren gekommen.«
Lüders nächste Rückfrage galt der Kriminaltechnik. Ein Mitarbeiter bestätigte, dass man das Handy ausgewertet hatte. »Das war in den Dreck gefallen und nass geworden. Aber wir haben es hinbekommen.« Der Techniker berichtete, dass von Herzberg offenbar kein Fan von Kurznachrichten war. »Das erleben wir oft bei Menschen seines Alters. Die scheuen sich, die Tastatur des Smartphones zu benutzen. Im Unterschied zu jungen Leuten tut sich diese Generation schwer damit. So ist es auch erklärlich, dass der Tote sich auch im Internet nur in geringem Umfang bewegt hat. Wir konnten Zugriffe auf eine Wetter-App feststellen. Und gelegentlich hat er in der Freimaurer-Wiki recherchiert.«
»Was ist das?«, wollte Lüder wissen.
»Das habe ich auch nicht gewusst«, sagte der Kriminaltechniker. »Das ist das weltweit größte Online-Lexikon über die Freimaurerei. Wir vermuten, dass die gezielten Zugriffe dem Interesse an bestimmten Themen galten. Und er schien seine Kontoauszüge übers Smartphone abgerufen zu haben. Das ist auch schon alles. Keine konspirativen Kontakte.« Ein Lachen drang aus dem Hörer. »Keine geheimnisvollen Sexclubs.«
»Das ist nicht viel«, stellte Lüder enttäuscht fest.
»Es soll Leute geben, die das Handy hauptsächlich zum Telefonieren benutzen«, erwiderte der Kriminaltechniker. »Und davon hat von Herzberg reichlich Gebrauch gemacht. Wie lange wollen Sie in die Vergangenheit gucken?«
»Zwei Wochen«, schlug Lüder vor.
»Gut. In der ersten Woche hat er mehrfach, manchmal zweimal am Tag, eine Nummer in Wyk auf Föhr angerufen. Charlotte Hämmerling heißt der Teilnehmer. Die Nummer wurde auch in den Tagen danach angewählt, aber nicht mehr so oft.«
»Interessant«, sagte Lüder zu sich selbst. »Das ist seine Vermieterin. Ein paar Telefonate würde ich verstehen. Das wäre die Organisation der Unterkunft und der Reise. Was darüber hinausgeht, lässt auf Persönliches schließen. Es bestärkt mich in der Vermutung, dass die beiden ein Verhältnis hatten.«
Der Techniker ging nicht darauf ein. »Fast regelmäßig, jeweils

am Vor- und am Nachmittag, hat er mit dem Landgericht Itzehoe telefoniert.«

»Da war er tätig. Von Herzberg hat auch im Urlaub nicht abschalten können. Haben Sie Durchwahlnummern?«

»Ich schicke sie Ihnen«, versprach der Techniker. »Ein Anruf galt einem Arzt in Uetersen, direkt danach hat er sich mit einer Apotheke im selben Ort in Verbindung gesetzt. Während seines Aufenthalts auf Föhr hat er zweimal mit einem Anschluss in Quickborn gesprochen.«

»Böttinger?«, fragte Lüder.

Der Kriminaltechniker bestätigte es. »Das war auch sein letzter Anruf. Am Tag vor seinem Tod hat er fast zweieinhalb Stunden telefoniert. Am Todestag noch einmal vier Minuten.«

»Wann war das?«

»Am Vormittag. Gegen halb elf.«

Abends geht er friedlich essen, trinkt in aller Ruhe einen Schoppen Wein, unterhält sich zwanglos und ahnt nicht, dass er nur noch wenige Stunden zu leben hat, überlegte Lüder. Das klang nicht, als hätten ihn die Telefonate beunruhigt. Dann tauchen offenbar zwei Männer auf und ermorden ihn. Die Freimaurer sind zwar rätselhaft und geheimnisvoll, gelten aber nicht als blutrünstige Sekte. Ganz im Gegenteil. Dort fanden sich schon immer die großen Geister der Gesellschaft.

»Hallo?«, fragte der Kriminaltechniker durchs Telefon. »Sind Sie noch da?«

»Ja. Danke. Mir sind gerade ein paar Sachen durch den Kopf gegangen«, entschuldigte sich Lüder und verabschiedete sich.

Sein erneuter Versuch, Dr. Diether zu erreichen, war erfolglos. Ein phantasievoller Krimiautor würde jetzt einen Ermittler undercover in die Loge einschmuggeln, um hinter die Geheimnisse der Freimaurer zu kommen. Lüder wusste es besser. Nicht jeder »Suchende« wird aufgenommen. Man musste sich über einen längeren Zeitraum bewähren, Gästeabende besuchen und sich dem Aufnahmeprüfungsausschuss stellen. Man wollte wissen, ob die Chemie stimmt. Irgendjemand hatte es einmal mit dem langjährigen Verfahren bei der Adoption eines Kindes verglichen. Für Außenstehende war es ein undurchsichtiger Prozess, an dessen Ende die Ballontage stand. Mit weißen Kugeln und schwarzen Würfeln stimmten die Brüder einer Loge über die Aufnahme des Suchenden ab.

Lüder musste andere Möglichkeiten finden.

Sein Rechner piepte. Eine Mail war eingetroffen. Der Techniker hatte ihm die Telefonliste geschickt. Er wählte die erste Durchwahlnummer beim Landgericht an. Es meldete sich eine Frau Findeisen. Lüder stellte sich als Beamter des LKA vor und erklärte, dass er in Sachen von Herzberg ermitteln würde. »Und welche Funktion üben Sie aus?«, fragte er.

»Ich bin quasi die Sekretärin von Herrn Herzberg. Eine direkte Sekretärin haben die Richter nicht, aber wenn es sich ermöglichen ließ, hat er mich mit den Arbeiten beauftragt. Im Laufe der Jahre weiß man, wie man miteinander umgeht und wie der jeweilige Richter die Sachen erledigt haben möchte.«

»Sie haben ein Vertrauensverhältnis gepflegt?«

Frau Findeisen, der Stimme nach eine ältere Frau, zögerte mit der Antwort. »Ich weiß nicht, ob man es so nennen kann. Richter sind unabhängig. Es ging nur um die Art, wie die Dinge im Büroalltag abliefen.«

»Herr von Herzberg hat aus dem Urlaub heraus mehrfach mit Ihnen telefoniert.«

Sie leugnete es nicht. »Er hatte ein paar Fragen.«

»Wozu?«

»Ich sollte ihm ein paar Informationen zu Verfahren heraussuchen, die von anderen Gerichten entschieden wurden.«

»Um welche Themen ging es dabei?«

Es blieb still in der Leitung.

»Frau Findeisen?«, fragte Lüder nach.

»Das kann ich Ihnen nicht sagen. Ich weiß ja nicht, ob Sie wirklich von der Polizei sind.«

»Rufen Sie im Landeskriminalamt in Kiel an und verlangen Sie Kriminalrat Lüders«, schlug er vor.

»Es tut mir leid, aber ich kann Ihnen keine Auskünfte erteilen. Ich bin zur Verschwiegenheit verpflichtet. Wenn Sie im Krankenhaus eine Auskunft haben möchten, müssen Sie auch mit dem Arzt reden und nicht mit der Krankenschwester.«

»Es ist bekannt, dass Herr von Herzberg Vorsitzender Richter einer Zivilkammer war. Was ist daran so geheimnisvoll?«
»Fragen Sie bitte einen Richter.«
Lüder sah ein, dass er von der Frau keine Informationen erhalten würde.
»Hat Herr von Herzberg über sein Privatleben gesprochen?«
»Nein.« Die Antwort kam prompt. Viel zu schnell.
»Wenn man lange zusammenarbeitet, fällt auch einmal ein privates Wort. Wussten Sie, dass er von seiner Frau getrennt lebte?«
»Wir haben nur dienstlich miteinander zu tun. Gehabt«, setzte sie nach. Traurigkeit schwang in der Stimme mit.
»Er war bekennender Freimaurer.«
»Das ist sein Leben außerhalb des Gerichts. Herr von Herzberg hat stets darauf geachtet, seine Lebensbereiche streng zu trennen. Wenn er hier war oder sich mit Rechtsfragen beschäftigte, war er ein anderer Mensch als im Privatleben.«
Lüder senkte die Stimme und fuhr im Plauderton fort: »Um was ging es bei dem Verfahren, mit dessen Vorbereitungen er sich beschäftigte?«
»Das geht um …« Plötzlich stutzte sie. »Mehr kann ich nicht sagen. Alle weiteren Fragen sollten Sie nicht mir stellen. Auf Wiedersehen.«
Sie war so höflich und wartete, bis Lüder sich ebenfalls verabschiedet hatte.
Die nächste Nummer gehörte dem Vorzimmer des Landgerichtspräsidenten. Das Landesverfassungsgericht Schleswig-Holstein in Schleswig arbeitete nebenamtlich. Die sieben Richter wurden vom Landtag gewählt. Und das Parlament hatte den Präsidenten des Landgerichts mit der gleichen Funktion beim Landesverfassungsgericht betraut. So war Lüder nicht überrascht, als er erfuhr, dass sein Gesprächspartner in den nächsten Tagen in Schleswig sein würde. Er unterließ es, die Mitarbeiterin zu fragen, ob sie wisse, weshalb von Herzberg den Präsidenten angerufen hatte.
Sein letztes Telefonat galt Till Kauffmann.
»Von Herzberg hat dich angerufen, sogar aus dem Urlaub. Um was ging es da?«

»Ich hatte schon gesagt, dass wir gute Kollegen waren. Wir haben uns auch fachlich ausgetauscht.«

»Hat er mit dir über den Fall gesprochen, an dem er saß?«

»Dazu möchte ich keine Auskunft geben.«

»Till. Es geht um einen brutalen Mord an deinem Kollegen. Wir kommen nicht weiter, wenn du dich hinter deiner Verschwiegenheitspflicht versteckst.«

Lüder hörte, wie Kauffmann schwer atmete.

»Tut mir leid. Du musst jemand anders fragen.«

»Ich stehe vor einer Mauer des Schweigens. Was ist so geheimnisvoll an dieser Sache? Von Herzberg war an einer zivilen Kammer tätig. Da geht es nicht um Staatsgeheimnisse.«

»Glaubst du«, antwortete Kauffmann knapp.

Lüder wurde hellhörig. »Da scheint ein großes Ding in der Pipeline zu hängen«, sagte er salopp. Auch der Innenminister hatte so etwas angedeutet.

»Geh davon aus. Erinnerst du dich noch an unseren Prof?«

»Welchen?«

»Scherenberg.«

»Ja«, sagte Lüder. »Er ist mir in einem Fall begegnet.«

»Du meinst den Mordfall Meyer zu Reichenberg, der spektakulär während der Karl-May-Festspiele in Bad Segeberg erschossen wurde. Professor Scherenberg ist der Anwalt des Herzogs von Plön. Scherenberg übernimmt nur prominente Klienten.«

»Andere können sich seine Stundenhonorare von drei- bis fünfhundert Euro nicht leisten«, bestätigte Lüder. »Er spielt damit in der gleichen Liga wie der Prominentenanwalt aus Kiel, der sich als Politiker nachdrücklich einen bundesweiten Ruf verschafft hat.«

»Wenn Scherenberg vor Gericht auftritt, kommt es zu spannenden Duellen. Niemand wird es zugeben, aber die Staatsanwälte oder gegnerischen Anwälte fürchten ihn. Der alte Fuchs zerlegt sie regelmäßig vor Gericht.«

»Ich verfolge mit Sorge, wie Scherenberg dabei ist, den Herzog von Plön aus der Anklage wegen Steuerhinterziehung in Millionenhöhe herauszupauken. Er schiebt alles geschickt dem ermordeten Meyer zu Reichenberg in die Schuhe. Wir hatten schon damals aufgedeckt, dass diese Clique die Gelder über Panama und andere Steueroasen verschoben hat. Übrigens lange bevor die Medien den weltweiten Skandal ins Rollen gebracht haben.«

»Ich würde dir zutrauen, dass du dahintersteckst, ich meine die Sache mit Panama, zumindest einen Tipp an die Presse lanciert hast.« Kauffmanns Feststellung klang wie eine unausgesprochene Frage. Etwas Lauerndes lag in ihr.

Lüder überging die Bemerkung.

»Von Herzberg war dabei, etwas vorzubereiten, bei dem Scherenberg sein Widersacher sein würde?«, fragte Lüder.

»Richtig. Und Richter sind nicht begeistert, wenn ihnen Urteile von der nächsten Instanz um die Ohren gehauen werden. Scherenberg ist bekannt dafür, dass er bis vor den Thron Gottes geht, wenn ihm die Urteile nicht passen. Nach außen ist alles geregelt, aber wenn man als Richter einen dicken Prozess versiebt, ist das ein Karrieremakel, der dir wie ein Mühlstein dein Berufsleben lang anhängt.«

»Und so ein Prozess stand von Herzberg bevor?«

Kauffmann bestätigte es.

»Till. Sag mir endlich, was dort hinter den Kulissen passiert.«

»Sorry, Lüder. Aber ich habe schon zu viel erzählt.«

»Die Justiz ist unabhängig.«

»So meint man«, antwortete Kauffmann ausweichend. »Es ist zutreffend, dass man in Deutschland keinen korrupten Richter findet. Aber du weißt selbst, dass in Bayern hinter vorgehaltener Hand damit geworben wird, dass zum Beispiel Steuersünder dort milder bestraft werden als in anderen Bundesländern, wenn man sie überhaupt verfolgt.«

Lüder bohrte weiter, aber Kauffmann verweigerte ihm hartnäckig die Auskunft.

Nach dem Telefonat versuchte Lüder, über alle zugänglichen Informationsquellen herauszufinden, welch spektakulärer Prozess sich dort anbahnen würde. Er überwand sich sogar und nahm Kontakt zu Oberstaatsanwalt Brechmann auf. Der weigerte sich, überhaupt mit Lüder zu sprechen. Eine weitere Möglichkeit wäre, mit dem Boulevardjournalisten Leif Stefan

Dittert zu sprechen. LSD, wie er kurz genannt wurde, hörte überall das Gras wachsen. Doch wenn das in diesem Fall nicht zutraf, würde Lüder schlafende Hunde wecken.

Er schreckte auf. Wie lange mochte sein Telefon schon geklingelt haben? Er drückte auf die Lautsprecheinrichtung.

»Ah. Beamter«, vernahm er die Stimme des Rechtsmediziners. »Bei einer anderen Institution hätte ich schon aufgelegt. Man sollte meinen, von uns zu Ihnen sei es ein kurzer Weg. Pustekuchen. Sie haben eine lange Leitung.«

»Ich hatte schon früher versucht, Sie zu erreichen. Aber man sagte mir, Sie seien in einem Modegeschäft und hätten sich neue Schnittmusterbogen besorgt.«

»Das ist nicht erforderlich. In der Rechtsmedizin können Sie frei schnippeln. Hier landen alle Studierenden, die durch das erste Examen gefallen sind. Aber immerhin haben sie es bis dahin geschafft. Wer im Medizinstudium schon vorher scheitert, wird Jurist.«

»Das verstehe ich nicht«, sagte Lüder.

»Im ersten Semester lernt man Definitionen. Das ist auch in der Medizin nicht anders. Das zweite beginnt ganz einfach. Mit Mund und Zunge. Und wer die Zunge im Mund ständig verdreht, wird ausgesondert und landet bei den Juristen.«

»Hüten Sie sich vor Beleidigungen, besonders wenn Sie es mit einer Spezies dieser Gattung zu tun haben.«

»Da habe ich keine Sorge.« Dr. Diether lachte. »Auf jeder Abbildung sieht man, dass Justitia blind ist.«

»Ich fordere Sie zum Duell«, sagte Lüder.

»Gern. Ich bringe mein Skalpell mit.«

»Dann haben Sie keine Chance«, erwiderte Lüder. »Ich erschlage Sie mit Gesetzestexten.«

»Gewonnen.« Dr. Diether stöhnte theatralisch auf. »Kommen wir zur Sache. Vorher aber noch eine Frage. Wohin darf ich die Rechnung schicken?«

»Ihre Leichenschänderei ist doch ein Hobby.«

»Das meine ich nicht. Es geht um die Bestechungsgelder, die ich dem Labor bezahlt habe. Sonst hätten wir nie so schnell die Ergebnisse erhalten.«

»Schicken Sie die Rechnung an Dr. Jens Starke«, schlug Lüder vor.
»Zunächst einmal die Frage nach dem Alkohol. Ja, aber auf der Kleidung. So lautet der forensische Befund. Man hat ihm Bier über die Kleidung gegossen. So hat er für Dritte nach Trunkenheit gerochen. Er selbst hatte nur null Komma sechs Promille im Blut. Das ist nicht viel, wenn man bedenkt, dass er zum Abendessen und anschließend in der Weinstube war. Das alles ließe noch auf einen gemütlichen Abend im Urlaub schließen.«
»Woher haben Sie diese Detailinformationen?« Lüder zeigte sich überrascht.
»Ich bereite mich gründlich auf meine Arbeit vor.«
»Mit einer Frühschicht auf dem Schlachthof?«
»Natürlich. Wir können doch nicht alles rumänischen Leiharbeitern überlassen. Das Opfer war nicht volltrunken. Das Zauberwort heißt $C_{16}H_{12}FN_3O_3$.«
»Klar«, erwiderte Lüder. »Ich habe Chemie nach der dritten Klasse abgegeben. Während andere sich mit Formeln herumgeschlagen haben, war ich im Leistungskurs Ausdruckstanz und habe darin mein Abitur gemacht.«
»Andere nennen es Flunitrazepam. Es wirkt auf Rezeptoren im Zentralnervensystem und dort auf die vorhandenen Hemm-Mechanismen ein. Flunitrazepam beeinflusst die Transmissionen in wesentlich kleineren Dosen als andere Benzodiazepin-Derivate. Im Unterschied zu Diazepam erzielen Sie bei der Sedierung eine sieben- bis zehnmal stärkere Wirkung. Da diese vier bis sieben Stunden anhält, kann es sein, dass von Herzberg nicht viel von der Tortur mitbekommen hat, die seine Ermordung bedeutete. Das ist die eine gute Nachricht.«
»Und die zweite?«
»Flunitrazepam macht schon nach zwei Wochen abhängig, auch wenn es therapeutisch verabreicht wird. Von Herzberg wurde mit diesem Problem nicht mehr konfrontiert.«
»Wie gut, dass man Sie nicht auf lebende Patienten loslässt«, sagte Lüder.
»Das ist schade. Bei uns gibt es keine Privatpatienten. Ich muss

mein schmales Salär damit aufstocken, dass ich nach Feierabend Kurse gebe.«
»In Pathologie? An der Volkshochschule?«
»Volkshochschule schon. Aber der Kurs heißt ›Richtig tranchieren‹.«
»Bis zum nächsten Mal«, verabschiedete sich Lüder.
»Gern. Gestorben wird immer.«
Zum Glück nur selten auf diese Art und Weise, dachte Lüder, nachdem er den Hörer aufgelegt hatte.

Es war kurz vor Feierabend, als sich der Kriminaltechniker noch einmal meldete.
»Wir haben noch etwas auf dem Handy gefunden. Einen Termin. Das ist seltsam, da von Herzberg diese Funktion sonst nicht benutzt hat. Dort steht lapidar das Datum von morgen, Fuhlsbüttel und sieben Uhr zwanzig.«
»Mehr nicht?«
Der Techniker bestätigte es.
»Da gibt es zwei Dinge, die mir dazu einfallen. Das Gefängnis und der Flughafen.«
»Das ist Ihr Rätsel«, sagte der Kriminaltechniker und wünschte einen schönen Feierabend.
Lüder vermutete, dass der Flughafen gemeint war. Zunächst wollte er aber das Gefängnis ausschließen. Für ihn kam nur eine Entlassung in Frage. Einen Termin würde von Herzberg dort nicht vereinbart haben. Es war ein schwieriges Unterfangen, jemanden zu finden, der ihm Auskunft erteilen konnte. Seine Vermutung wurde bestätigt. Für den kommenden Tag war keine Entlassung vorgesehen, schon gar nicht zu so früher Stunde.
Lüder suchte den Flugplan des Helmut-Schmidt-Airports heraus. Um sieben Uhr zwanzig gab es zwei Termine. Es startete eine Maschine zum Atatürk-Flughafen in Istanbul. Außerdem wurde eine ankommende Maschine aus New York erwartet.
Istanbul. Könnte von Herzberg Interesse an der türkischen Metropole gehabt haben? Kaum, dachte Lüder. Es lag nahe, dass der Richter sich die Ankunft vermerkt hatte. Wen erwartete er aus den Vereinigten Staaten?

Lüder nahm Kontakt zur Bundespolizei am Hamburger Flughafen auf und bat um eine Passagierliste. Sein Gesprächspartner beklagte sich, dass man ohnehin schon genügend Überstunden geleistet habe. »Hat das nicht Zeit bis morgen?«, fragte er unwirsch.

Man ließ sich Zeit. Es dauerte über drei Stunden, bis die Information eintraf.

»Und wer denkt an meinen Feierabend?«, sagte Lüder grimmig zu sich selbst.

Zweihundertsiebenunddreißig Passagiere mit elf unterschiedlichen Nationalitäten standen auf der Liste. Darunter befanden sich zwei bekannte Namen. Ein Schauspieler war unter den Fluggästen sowie ein Theaterintendant. Die anderen Namen waren ihm nicht bekannt. Auf den ersten Blick führte es ihn nicht weiter. Er übertrug die Liste in eine Tabelle und sortierte die Fluggäste nach Nationalitäten. Nach zwei weiteren Stunden hatte er herausgefunden, dass einundachtzig Passagiere Transitgäste waren und von Hamburg aus weiterflogen, überwiegend zu skandinavischen Zielen. Die ließ er zunächst unbeachtet. Das galt auch für die sieben Kinder auf der Liste. Als Nächstes sortierte er die Namen aus, die einen Wohnsitz rund um die Hansestadt hatten. Übrig blieben vierunddreißig Namen. Resigniert zuckte er mit den Schultern. Inzwischen war es nach Mitternacht, und Margit hatte sich mehrfach bei ihm gemeldet und nachgefragt, wann er nach Hause komme.

Lüder ließ sich noch einmal mit der Bundespolizei auf dem Hamburger Flughafen verbinden und bat den Wachhabenden, die ankommenden Passagiere aus New York besonders gründlich zu prüfen und sich mit dem Zoll abzustimmen, um auch das Gepäck zu kontrollieren.

»Haben Sie einen bestimmten Verdacht?«, fragte der Bundespolizist. »Terror? Drogen?«

»Mord«, erwiderte Lüder einsilbig.

»Verstehe ich nicht. Kennen Sie den Mörder? Wie heißt er?«

Lüder wich aus. Er konnte es sich selbst nicht zusammenreimen.

FÜNF

Es war eine kurze Nacht gewesen. Lüder versuchte gar nicht erst, das Gähnen zu unterdrücken, als er am frühen Morgen über die Autobahn zum Hamburger Flughafen fuhr. Er wunderte sich über den regen Verkehr zu dieser Stunde. Die rechte Fahrbahn wurde von skandinavischen Lkw eingenommen, die sich auch nicht scheuten, im Elefantenrennen die Überholspur zu blockieren. Dank des vor langer Zeit begonnenen Ausbaus war die Zufahrt zum Flughafen unproblematisch, und er fand schnell einen Parkplatz. Der jetzige Airport wies keinerlei Ähnlichkeit mehr mit dem provinziellen Charme der alten Anlage auf, wo man sich nicht gewundert hätte, wenn die Passagiere zur JU52 oder zum Zeppelin gebeten worden wären.

Lüder suchte die Inspektion der Bundespolizei auf. Man hatte die Vorbereitungen getroffen und zusätzliche Beamte am Check-out positioniert.

Er war noch nicht lange vor Ort, als die Boeing 767-300 mit dem Schriftzug UNITED und der angedeuteten Weltkugel auf dem Heckleitwerk über Quickborn von Norden hier einflog, zum Terminal 2 rollte und am Finger andockte. Die traditionsreiche UNITED Airline war lange durch schwere Turbulenzen geflogen. Dass zwei ihrer Maschinen an den Attentaten von Nine-Eleven beteiligt waren, hatte für zusätzliche Probleme gesorgt.

Nach der Landung dauerte es noch eine Viertelstunde, bis die ersten Fluggäste erschienen. Sie wirkten müde und abgespannt. Lüder hatte Mitleid mit einer Familie. Die Mutter trug das schlafende jüngere Kind auf dem Arm, während der Vater sich vergeblich bemühte, das quengelnde Geschwisterchen zu besänftigen. Die erfahrenen Polizisten winkten das Ehepaar durch. Ein Mann mit Aktenkoffer wollte ihnen folgen und wurde zurückbeordert. Aus der Distanz sah Lüder, wie sich ein Disput entspann. Über den Ohrhörer informierte ihn der Einsatzleiter, dass der Mann behauptete, ein wichtiger hanseatischer

Geschäftsmann zu sein, und als Vielflieger nicht einsehen wollte, dass er den gleichen Kontrollmaßnahmen unterworfen werde wie die »Araber«. Das hatte er betont angemerkt.

Der Einsatzleiter, ein kahlköpfiger junger Hauptkommissar, verhielt sich geschickt. Die kontrollierten Leute bekamen nicht mit, wie er die Meldungen an Lüder durchgab. Ein in eine Dschallabija gekleideter Araber nahm es mit stoischem Gleichmut hin, dass man ihn aus der Schlange heraus in eine Kabine bat. Wer im langen Gewand arabischer Männer in den USA unterwegs war, kannte das Prozedere. Lüder erinnerte sich an die Diskussion, dass man in Amerika diese Art von Kleidung sogar verbieten wollte. Heute suchten sie jedoch keinen Terroristen oder islamistischen Extremisten.

In der Schlange rückte ein Mann mit kurz geschorenem Haar langsam vorwärts. Auch er schien Kontrollen gewohnt zu sein. Er zog einen Trolley hinter sich her, auf dem er ein Business-Case gestapelt hatte. Obenauf lag das Notebook. Der Mann trug einen eleganten Anzug, ein weißes Hemd und eine schmale Krawatte. Kein Europäer, entschied Lüder. Amerikaner.

»Wer ist das?«, sprach er leise ins Mikrofon.

»Augenblick«, erwiderte der Hauptkommissar. Sie kontrollierten den Mann.

»Bitte in die Tasche sehen«, bat Lüder.

Er konnte beobachten, dass der Mann erstaunt war, dann aber bereitwillig den Trolley hinüberschob.

»Ein Amerikaner«, bestätigte der Hauptkommissar. »John Katz aus New York.« Nach einer halben Minute fuhr er fort: »Der war schon öfter in Deutschland.«

Katz zeigte sich gelassen. Er wurde unruhig, als die Beamten das Business-Case öffneten. Für einen Moment sah es aus, als würde er den Behälter wieder schließen wollen. Er legte seine Hand auf den Deckel und drückte ihn herab.

»Das passt ihm nicht«, hörte Lüder den Hauptkommissar kommentieren.

»Was transportiert er dort?«

»Moment.« Dann erklärte der Hauptkommissar: »Akten. Der scheint auch geschäftlich unterwegs zu sein.« Lüder hörte ein leises Lachen im Ohrhörer. »Keine Maschinenpistole, kein blutiges Messer und keine tickende Höllenmaschine. Und nun?«

Sie warteten noch die restlichen Passagiere ab. Es gab nichts Auffälliges.

Lüder hatte sich mehr von der Aktion versprochen. Aber der Hinweis in von Herzbergs elektronischem Kalender war zu vage gewesen. Hatten sie etwas übersehen?

Es war Intuition, dass er Katz folgte. Der Amerikaner sah sich nicht um. Zielgerichtet durchquerte er das Terminal. Es hatte nicht den Anschein, als würde er erwartet. Der Mann verließ das Gebäude und steuerte auf den Taxistand zu. Er überließ dem hilfsbereiten Fahrer den Trolley, der in den Kofferraum verstaut wurde, während Katz das Business-Case mit in den Fond des Fahrzeugs nahm. Dann setzte sich der elfenbeinfarbene Mercedes in Bewegung.

Lüder hatte sich den Namen der Taxizentrale und die Rufnummer gemerkt. Im Heck war zudem ein Schild mit der Fahrzeugnummer angebracht. Er wählte die Rufnummer an, wurde vertröstet, da alle Leitungen belegt waren, bis sich eine Frauenstimme meldete. Die weigerte sich aber, ihm die gewünschte Auskunft zu geben, welches Ziel der Fahrgast genannt hatte. Lüder rief seine Dienststelle an und gab die Daten durch. Eine halbe Stunde später wusste er, dass das Taxi nach Itzehoe unterwegs war. Lüder mochte nicht an einen Zufall glauben. Katz war offensichtlich der Mann, dessen Ankunft von Herzberg sich notiert hatte.

Lüder suchte die Telefonnummer der Universität heraus und versuchte, Professor Schröder-Havelmann zu erreichen. Sein Büro bedauerte, aber der Professor sei gerade in einer Vorlesung. Man konnte Lüder nicht sagen, wann er zurück sein würde, sicherte ihm aber zu, dass man Schröder-Havelmann Lüders Bitte um Rückruf vorlegen würde.

Der Anruf aus Hamburg erreichte Lüder auf dem Weg nach Kiel kurz nach der Abfahrt Bad Bramstedt.

»Meine Zeit ist immer knapp«, sagte der Professor, nachdem er selbst festgestellt hatte, dass es um von Herzberg gehen würde.

»Wir stehen auch unter Zeitdruck. Bei Mordermittlungen geht es um Stunden«, erwiderte Lüder. »Ich kann in einer Stunde bei Ihnen sein. Sonst müssten wir Sie offiziell zu einer Zeugenvernehmung nach Kiel einladen.«

»Kiel?« Der Professor klang entrüstet. »Das ist ja sonst wo.«

Der Nabel der Welt, dachte Lüder. Er liebte diese Stadt, auch wenn Besucher Kiels Seele nicht auf den ersten Blick entdeckten.

»Gut.« Lüder hörte ein tiefes Seufzen. »Mein Institut ist im Von-Melle-Park, also im Herzen des Uni-Areals. Kommen Sie zu mir.« Er nannte Lüder seine Raumnummer.

Es dauerte länger, als Lüder gedacht hatte. Als besonders schwierig erwies sich die Suche nach einem Parkplatz.

»Ich hatte früher mit Ihnen gerechnet«, empfing ihn Schröder-Havelmann. Der Professor war weißhaarig und hatte ein kantiges Gesicht. Das energisch vorspringende Kinn, eine Adlernase, buschige Augenbrauen und die grauen Augen, die das Gegenüber durchdringend betrachteten, mochten Studenten beeindrucken.

»Guten Tag«, sagte Lüder und sprach den Gruß aus, den Schröder-Havelmann ihm verweigert hatte.

»Herr Lüders, was haben Sie bisher erreicht? Ich höre.«

Lüder setzte ein arrogant wirkendes Lächeln auf, lehnte sich zurück und schlug lässig die Beine übereinander.

»Ich möchte zunächst die Spielregeln definieren. Wir sprechen von einer Zeugenvernehmung. *Ich* frage. *Sie* antworten.«

»Es ist mein Recht, zu erfahren, was geschehen ist.«

»Die Medien berichten ausführlich über den Fall. Es ist nicht auszuschließen, dass der Tod des Richters im Zusammenhang mit seiner Mitgliedschaft bei den Freimaurern steht.«

»Das ist absurd.« Schröder-Havelmann hatte die Augen zusammengekniffen und leicht den Kopf geschüttelt. »Die Freimaurer sind keine marodierende Bande. Dennoch stehen viele Mitbürgerinnen und Mitbürger der Freimaurerei skeptisch und mit Vorurteilen behaftet gegenüber.«

»Woher kommt das?«

»Im Laufe von Jahrhunderten ist sicher viel Gutes, aber auch viel Schlechtes über das Freimaurertum gesagt und geschrieben worden. Das gilt insbesondere für unser Vaterland. Hierzu darf zum Beispiel an die braunen Machthaber mit ihren üblen Verleumdungen, rechtswidrigen Enteignungen und verbrecherischen Verfolgungen, denen auch Freimaurer im sogenannten Dritten Reich ausgesetzt waren, erinnert werden. Man befürchtete, dass sich in der hermetischen Abgeschlossenheit der Logen ein Widerstand gegen Hitler formieren könnte. Da man nicht eindringen konnte, begann man einen denunzierenden Feldzug durch eine psychologisch äußerst ausgefeilte Demagogie. Viele der so verbreiteten Unterstellungen haben sich bis heute in den wirren Köpfen brauner Emporkömmlinge konserviert. Das ist ja leider einer der Gründe, weshalb sich nach dem Erstarken rechtskonservativer Parteien so viele Brüder wieder in Deckung begeben.« Der Professor griff zur Kaffeetasse und nahm einen Schluck. Über den Rand hinweg sah er Lüder an. »Bleiben wir zunächst beim Guten. Von Goethe, der Freimaurer war, wie viele große Geister, stammt der bekannte Satz: ›Man kann jede Institution verteidigen und rühmen, wenn man an ihre Anfänge erinnert und darzutun weiß, dass alles, was von ihr im Anfang gegolten, auch jetzt noch gelte.‹«

»Ich möchte mit Ihnen nicht über die Inhalte der Freimaurerei diskutieren«, unterbrach ihn Lüder. »Es geht – ganz profan – um einen Mord.«

»An einem unserer Brüder. Es wird kolportiert, dass die Tatausführung ungewöhnlich war.«

Lüder nickte. »Deshalb richten wir unser Augenmerk eben auch auf die Freimaurerei.«

»Die Bruderschaft ist ähnlich wie manche Religionen zu Unrecht aktuellen Gefahrensituationen ausgesetzt, zum Beispiel durch radikale, konspirationsmärchenhörige Idioten, Rechtsradikale und Salafisten. Aber auch der sogenannte normale Bürger beäugt uns kritisch. Nicht von uns geht eine Gefahr aus. Die Realität zeigt, dass wir die Opfer sind. In Ankara und Istanbul gab es in den vergangenen Jahren Drohungen und Anschläge auf Logengebäude. In Berlin stürmten kürzlich mit forschem Schritt drei arabisch anmutende junge Männer bei einer Versammlung am Restaurantbesitzer vorbei. ›Wir wollen unsere Brüder der Loge besuchen‹, haben sie gerufen. Dann gingen sie, ohne aufgehalten zu werden, am wachhabenden Bruder, der ein symbolisches Schwert trägt, vorbei in den Tempel, in dem eine Arbeit im ersten Grad bereits begonnen hatte. Sie schritten die Kolonnen forschen Schrittes ab und fotografierten mit ihren Smartphones alle dort sitzenden Brüder: Einer der Störenfriede agierte im Norden, einer im Süden und einer im Osten, wo die Großbeamten und Würdenträger saßen. Alle Brüder waren total perplex, niemand unternahm etwas, und als der hammerführende Meister fragte, was das solle, hatten die Eindringlinge den Tempelraum schon wieder verlassen. Das Ganze dauerte lediglich wenige Minuten. Nun sind verständlicherweise alle so fotografisch erfassten Logenmitglieder äußerst beunruhigt, weil sie ihre Deckung verloren haben.«

Lüder lehnte sich zurück und schlug die Beine übereinander. »Ich verstehe nicht, weshalb Sie aus diesen Ritualen ein Geheimnis machen. Sie fordern es doch selbst heraus, indem Sie sich zu einer Geheimgesellschaft erklären. In anderen Bereichen, wo auch Rituale gepflegt werden, wie zum Beispiel bei einem Gottesdienst, ist die Allgemeinheit auch nicht ausgeschlossen.«

»Wie reagiert die Öffentlichkeit, wenn ein Gottesdienst gestört wird? Außerdem sind wir keine Geheimgesellschaft, sondern eine Gesellschaft mit Geheimnissen.«

»Das ist nicht das Gleiche.«

Der Stuhlmeister ging nicht darauf ein. »Ist es in Deutschland wieder so weit, dass eine Gesinnungsjagd stattfindet? In den neuen Bundesländern legen viele, sehr viele Brüder, die sich bisher öffentlich und unbefangen zu ihrer Logenmitgliedschaft bekannten, plötzlich Wert auf ihre Deckung. Es keimt die Angst vor dem Erstarken rechtsradikaler Tendenzen auf. Tatsächlich wurde bei einem Anwalt, der Bruder ist, die Tür besprüht, und andere Brüder erhielten Drohbriefe. Dabei waren es pikanterweise Kopien alter Drohungen aus der Reichskristallnacht-Dokumentation, die Ludendorff-Zitate.«

»Wollen Sie behaupten, dass von Herzberg einem Anschlag zum Opfer gefallen ist?«

»Es ist Ihre Aufgabe, das herauszufinden.«

»Dazu benötigen wir aber Hinweise. Gab es konkrete Drohungen gegen Ihre Loge oder vereinzelte Mitglieder?«, wollte Lüder wissen.

»Es passiert immer öfter, dass Brüder darum bitten, ihr Foto aus öffentlich zugänglichen Dokumenten unserer Bruderschaft zu entfernen, weil sie ganz einfach Angst haben. Eine schlimme Entwicklung. Sehen Sie sich im Internet um. Da kursieren neben einer Unmenge YouTube-Hetzfilmchen konkrete Ratschläge: ›Entlarvt dieses Juden- und Freimaurerpack! Schreibt die Nummernschilder der Autos auf, die vor ihrem Haus parken, bringt den Schulweg ihrer Kinder in Erfahrung und besorgt euch Schufa-Auskünfte über ihre Vermögensverhältnisse‹.«

»Wer sind die Urheber?«

Schröder-Havelmann stieß mit dem Zeigefinger in Lüders Richtung. »Sehen Sie. Das ist das Problem. Wir werden mit unseren Sorgen nicht ernst genommen. Wenn ich Ihnen eine Liste der Brüder vorlegen würde, könnten Sie sehen, dass darunter nur honorige Bürger sind, die größtenteils in bedeutsamen Positionen tätig sind. Solange deren Mitgliedschaft bei uns nicht publik wird, klopft man ihnen auf die Schulter und scheut sich nicht, in der Sonne ihrer Erfolge mitzuschwimmen. Aber nur so lange, wie ihre Mitgliedschaft bei den Freimaurern nicht öffentlich wird. Verbohrte Geister wie bekannte Rechtsradikale schüren ein Feuer. Wenn es hell lodert, kann es gefährlich werden.«

»Dann gehen Sie doch in die Offensive. Öffnen Sie Ihre Türen. Lüften Sie das Geheimnis, damit die Menschen sehen, dass Sie nichts zu verbergen haben. Die Rotarier und Lions zum Beispiel tun auch Gutes. Aber niemand dichtet ihnen Geheimniskrämerei an.«

»Sie verstehen das nicht«, sagte der Professor. »Die Rotarier sind übrigens aus den Freimaurern hervorgegangen. Es gibt auch heute noch Pins und Bijous, die das Rotary-Wheel gemeinsam mit Zirkel und Winkel zeigen. Der Unterschied ist ganz einfach, dass Rotarier die Geheimhaltung und die Rituale als verzichtbar empfinden und das verstärken, was unter Freimaurern als sogenannte Geschäftsmaurerei verpönt ist. Man separiert lediglich diese Bereiche auf eine grundsätzliche und konsequente Weise. Während sich eine Seite für karitatives Wirken innerhalb unserer Gesellschaft auf der Basis ihrer Finanzstärke und ihres Beziehungsgeflechtes kapriziert, konzentriert sich der andere Zweig auf die Pflege von Ethik und Moral.«

»Erklären Sie mir diesen anscheinenden Widerspruch«, forderte Lüder ihn auf.

Schröder-Havelmann winkte ab. »Die Politik muss erkennen, was den Menschen bedrängt, sie soll ein Zeitalter der Angstlosigkeit herbeiführen. Da Politik für den Menschen da ist, muss sie sich um dessen Anspruch auf Angstlosigkeit kümmern. So selbstverständlich das ist – hier beginnen die Schwierigkeiten. Das hat Siegfried Lenz einst gesagt. Angst ist ein schlechter Ratgeber. Wer der Angst folgt, wird nachgiebig und leicht erpressbar.«

»Deshalb zeigen Sie sich unbeugsam?«

»Ziehen Sie Ihre eigenen Schlüsse, aber die richtigen.«

»Können Sie es nicht in klaren unmissverständlichen Worten formulieren?«, fragte Lüder den Stuhlmeister.

Der schüttelte sanft den Kopf. »Entweder verstehen Sie es, oder Sie folgen dem Beispiel der Mehrheit der Menschen da draußen, deren Geist nicht weit genug geöffnet ist.«

Lüder hielt sich nicht für jemanden, der Gedanken anderer nicht folgen konnte. Sein Gegenüber sprach in Rätseln, die ihn verwirrten. Warum wollte Schröder-Havelmann nicht konkret antworten? Er beklagte, dass man Brüder der Freimaurer bedrohte und gegen das Freimaurertum hetzte. Weshalb verschanzten sich die Logenbrüder hinter ihren Ritualen? Welche Geheimnisse barg ihre Bruderschaft? Weshalb wich der Stuhlmeister nun auf dieses philosophische Geschwafel aus? Das erschien ihm fast schon wie ein freimaurerischer Standard. Kein Wunder, dass man ihre Grundsätze immer weniger verstand. In einer Zeit, die auf kurze Informationen in immer rasanterem Tempo angewiesen ist, folgte doch niemand mehr solchen komplexen Vorstellungen.

»Wenn Sie eine Tendenz zur Jagd auf Freimaurer beklagen«,

sagte Lüder, »wäre jetzt die Gelegenheit, die Behörden bei der Suche nach möglichen Straftätern zu unterstützen. Wie verhält es sich eigentlich, dass von Herzberg Freimaurer und Jude war?«
»Das ist im Prinzip kein Problem. Die Freimaurer sind keine religiös gebundene Gesellschaft. Nirgendwo steht geschrieben, dass beides unvereinbar miteinander ist. Es gibt sogar Logen, die ausschließlich aus Juden bestehen. Umgekehrt werden die Freimaurer zum Beispiel durch die katholische Kirche, aber auch durch salafistische Elemente bekämpft. Ist es nicht ein Treppenwitz der Geschichte, dass diese unterschiedlichen Religionen, die nichts, aber auch gar nichts miteinander gemeinsam haben, das gleiche zutiefst humanistische Ziel verfolgen?«

Der Professor hielt inne und starrte gedankenverloren auf den Tisch vor sich.

»Das Spektrum ist extrem facettenreich. Die Franzosen folgen der laizistischen Vorstellung einer Trennung von Staat und Religion und haben auf dem Logenaltar ein Buch mit weißen Seiten liegen, während der Freimaurer-Orden ein Bekenntnis zur Lehre Jesu Christi für eine Aufnahme voraussetzt. Allgemein folgt man weltweit der Vorstellung der Engländer, die sich darauf beruft, man solle oder möge eine übergeordnete kosmische Instanz anerkennen. Das ist ganz im Sinne Andersons, der diese Vorstellung in seinem Standardwerk ›The Old Charges‹ ein sogenanntes ›supreme being‹ nannte. In unserer Sprache wurde daraus an einigen Schriftstellen ›die Religion, die uns allen gemein ist‹ oder ›in der wir uns alle einig sind‹. Dann gibt es noch Frauenlogen, gemischte Logen, zum Beispiel in den USA die Prince-Hall-Logen, die ausschließlich aus afroamerikanischen Brüdern bestehen, Eastern Star hingegen hat schwarze Schwestern, B'nai B'rith hat ausschließlich jüdische Brüder und dann die große und weltweit dominierende Form der Männerlogen, in denen schlicht jeder nach seiner Façon glauben kann, was er möchte. Die Exkommunizierung von katholischen Freimaurern durch die katholische Kirche wird in stetigem Wechsel aufgehoben und wieder in Kraft gesetzt, je nachdem, wer dort gerade über welchen Informationsstand und welche fundamentalistische Weltsicht verfügt.«

»Weshalb öffnete sich die Freimaurerei nicht gegenüber der Öffentlichkeit und verschanzt sich in Geheimniskrämerei?«, fragte Lüder zum wiederholten Mal.

»Darüber gibt es Berge von Büchern und Abhandlungen. Dass die Hermetik der Logen für politische Zwecke missbraucht wird, wie das schlechte Beispiel der P2 in Italien gezeigt hat, kommt Gott sei Dank nur sehr, sehr selten vor. Es war auch ein Riesenunglück, dass ein Verbrecher wie der norwegische Massenmörder Breivik sich in eine Loge einschleichen konnte. Das ist die absolute Ausnahme. Um solche Verhängnisse auszuschließen, ist man ja so wählerisch bei den Aufnahmevorgängen. Einem faulen Apfel im Karton stehen Tausende von hochanständigen, karitativ engagierten und ethisch und moralisch hochwürdigen Brüdern und Schwestern entgegen.«

»Gehören Sie selbst einer Religionsgemeinschaft an?«, fragte Lüder.

Auf Schröder-Havelmanns Gesicht zeigte sich ein entspanntes Lächeln. Die Mundwinkel warfen Falten. »Ich bin Psychologe und habe mich wissenschaftlich mit dem Thema auseinandergesetzt. Alle Religionen versuchen, die menschliche Seele zu beeinflussen und zu manipulieren. Mit den unterschiedlichsten Methoden, sei es die Angst vor dem Jenseits oder ein Heilsversprechen, wird den Menschen etwas vorgegaukelt.«

Lüder widersprach. »In einer technokratischen Welt schenkt die Religion, gleich welche, den Menschen Halt und Geborgenheit.«

»Sehen Sie. Das ist es. Auch Sie können sich davon nicht frei machen. Aber bitte vergessen Sie nicht: Alle Religionen sind menschengemacht, wie es Reinhold Messner einmal so treffend ausdrückte.«

Lüder straffte sich. »Ich möchte gern den geschlossenen Bereich Ihrer Loge besichtigen«, sagte er und formulierte es als Feststellung, nicht als Frage.

»Nein!« Die Antwort war knapp und entschieden. »Das ist ein Arcanum.«

»Arcanum«, wiederholte Lüder. »Lateinisch. Geheim. Was ist so Geheimnisvolles daran? Weshalb nicht?«

Es folgte nochmals ein »Nein« ohne weitere Erklärungen. »Finden Sie den Mörder«, sagte Schröder-Havelmann zum Abschied in schneidendem Ton. Auf einen Händedruck verzichtete der Professor.

Lüder beschloss, nach Itzehoe zu fahren. Das Hotel, das der Amerikaner als Fahrtziel angegeben hatte, lag etwas außerhalb der City. Eine typisch norddeutsche Backsteinfassade, kombiniert mit viel Glas, bildete ein freundliches Ensemble. Er passierte die Drehtür, die von zwei Bäumen in Kübeln flankiert wurde, und betrat das in hellem Holz gehaltene Foyer. Er schmunzelte, als er die drei Uhren über dem Empfang bemerkte. Dort wurden die aktuellen Zeiten dreier Weltstädte angezeigt. Ob Katz sich heimisch fühlte, wenn er einen Blick auf die Uhrzeit seiner Heimatstadt New York warf? Die zweite Stadt war – ein Kontrastprogramm – Moskau. Komplettiert wurde es durch die dritte Weltstadt: Itzehoe.

Die Mitarbeiterin an der Rezeption hörte sich Lüders Wunsch an, bat um einen Moment Geduld und rief auf dem Zimmer an. Lüder vernahm, wie Katz offenbar nachfragte. Das war verständlich, denn er erwartete keinen Besuch.

»Herr Katz kommt gleich«, sagte die Hotelangestellte und zeigte auf die Lobby mit den hellen Ledermöbeln. »Wollen Sie einen Moment warten?«

Nach einer Viertelstunde erschien der Amerikaner und sah sich suchend um. Er war jetzt salopp gekleidet.

Lüder stand auf und ging ihm entgegen. »Mr. Katz?«

Der Amerikaner nickte.

»Mein Name ist Lüders. Ich komme von der Polizei«, erklärte er und zeigte auf die Sitzmöbel. »Wollen wir uns setzen?«

Sie nahmen Platz. Katz wollte wissen, von welcher Polizei Lüder sei. Staatspolizei oder Bezirkspolizei?

Lüder erklärte ihm, dass die Polizei in Deutschland Ländersache sei, es aber auch noch eine Bundespolizei gebe.

Katz wollte es genau wissen. »Like FBI?«

Auch das erklärte ihm Lüder – den Unterschied zwischen Bundespolizei und Bundeskriminalamt. Er beließ es dabei, als

Katz für sich feststellte, dass Lüder von der Staatspolizei sei. Lüder musste noch definieren, dass er Detective und nicht Officer war.

Zu Lüders Überraschung fragte Katz direkt: »Schickt Sie Richter Herzberg?«

Es war die amerikanische Art, direkt das Thema anzusprechen und lange Vorreden und Erklärungen zu meiden.

»Mr. Herzberg ist tot. Er wurde ermordet«, erklärte Lüder.

Katz erschrak. »Warum denn?«, wollte er wissen. »Ich komme extra aus Amerika, um mit ihm zu sprechen.« Er hängte präzise Fragen nach den Umständen und dem Zeitpunkt an.

Lüder nannte ihm ein paar unverfängliche Fakten, vermied es aber, Einzelheiten zu berichten.

»Wissen Sie, aus welchem Grund man Richter Herzberg getötet hat? Gibt es schon Hinweise auf die Täter?«

Lüder war erstaunt, wie gezielt Katz seine Fragen formulierte.

»Aus welchem Grund wollten Sie mit Mr. Herzberg sprechen?«

»Ich bin Anwalt«, gab der Amerikaner unumwunden zu.

»Geht es um einen Prozess?« Sofort dachte Lüder an das geheimnisumwitterte Verfahren, mit dem sich von Herzberg angeblich beschäftigte.

»Das ist vertraulich. Deshalb bin ich persönlich nach Deutschland gekommen. Mich wundert, dass so etwas hier in der Provinz stattfindet. Werden große Prozesse nicht in den Zentren geführt?«

Geduldig erklärte ihm Lüder, dass in Itzehoe eines der vier Landgerichte in Schleswig-Holstein angesiedelt war. Im Gegenzug wollte er wissen, ob es sich um ein Zivilverfahren handelte.

Der Amerikaner bestätigte es.

»Zwischen einem deutschen und einem amerikanischen Prozessteilnehmer?«

Der Anwalt nickte dazu, gähnte und hielt sich die Hand vor den Mund. »Sorry, Jetlag«, erklärte er, schnippte mit der Hand und bestellte »coffee, hot and very strong«. Ob Lüder auch …? Der nahm das Angebot gern an.

»Um was geht es in diesem Prozess?«

Der Anwalt winkte ab. »Darüber kann ich nicht sprechen.«
Was läuft hier ab?, fragte sich Lüder. Warum taten alle so geheimnisvoll? Was war an einem Zivilprozess so mysteriös?
»Es ist bei uns wie bei Ihnen in Amerika. Bei Mord nehmen wir es sehr genau mit unseren Untersuchungen. Es gibt eine Pflicht, auszusagen.«
»No, Sir. Ich bin Anwalt.«
»Steht der Prozess im Zusammenhang mit der Ermordung von Herzbergs?«
Katz zeigte auf Lüder. »Es ist Ihre Sache, das herauszufinden.«
Lüder wollte sich keine Blöße geben. Wenn er zugab, dass alle bisherigen Personen, die er befragt hatte, zum Prozessinhalt schwiegen, würde Katz auch mauern.
»Sie können in Deutschland nicht als Anwalt vor Gericht auftreten. Dazu benötigen Sie einen deutschen Korrespondenzanwalt, der für das Landgericht Itzehoe zugelassen ist.«
Der Amerikaner zeigte sich erstaunt. »Sie verfügen über detaillierte Kenntnisse des Rechtswesens. Ist das bei deutschen Polizisten üblich?«
Lüder klärte Katz auf, dass er Jurist sei.
»Sie sind ein Anwalt und arbeiten für die Polizei?«
»So ungefähr«, wich Lüder aus, weil er keine Lust hatte, dem Amerikaner erneut hiesige Besonderheiten zu erläutern.
»Dann verstehen Sie«, sagte Katz, »dass ich nichts sagen möchte. Sie haben davon gehört, dass in meiner Heimat die Kanzleien auf Erfolgsbasis tätig sind. Leider ist es so, dass man sich lukrative Fälle gegenseitig abjagt.«
»Wir sind hier in Deutschland.«
Das bedeute aber nicht, erklärte Katz, dass das Verfahren auch hier geführt werde. »Amerikanische Gerichte urteilen anders.«
»Wie können die über Fälle urteilen, die in Deutschland angesiedelt sind?«
»Wer sagt das denn?«, antwortete Katz ausweichend. »Vielleicht gibt es auch eine amerikanische Komponente.«
Das war vage formuliert, befand Lüder. Die US-Justiz mischte sich oft in Dinge ein, für die andere Länder zuständig waren. Wie konnte es angehen, dass deutsche Staatsbürger vor einem

US-Gericht Schadenersatzklagen gegen die Reederei führten, deren Kapitän die Katastrophe mit dem Kreuzfahrtschiff an der italienischen Küste zu verantworten hatte? Und wer das Urteil des amerikanischen Richters missachtete, wurde von der geballten Fülle von Sanktionen getroffen, die sich die »Weltpolizisten« ausdachten.

»Wessen Interessen vertreten Sie?«

Katz lächelte. »Warum soll ich es Ihnen sagen? Fragen Sie das Gericht. Die sollten wissen, mit welchem Fall sich Judge Herzberg beschäftigte.«

»Prozesse werden in Deutschland öffentlich geführt. Das gilt aber erst für die mündliche Verhandlung und die Urteilsverkündung. In die Klageschrift des Klägers erhält die Öffentlichkeit ebenso wenig Einblick wie in die Erwiderung des Beklagten. Die Schriftsätze sind nur dem Gericht und den Parteien bekannt.«

Der Amerikaner verschränkte die Hände im Nacken und machte ein paar Dehnübungen. »Verschaffen Sie sich doch einen Einblick. Sie sind nicht irgendwer.«

»Wir haben hier klare Vorstellungen von Recht und Gesetz.«

Jetzt lachte Katz. »So sind sie eben, die Preußen. Aber das war nicht immer so«, fügte er mit plötzlich ernster Miene hinzu.

»Katz«, sagte Lüder gedehnt. »In Verbindung mit dieser Anmerkung. Das klingt, als gäbe es eine dunkle Seite in der Vergangenheit.«

»Katz ist verkürzt. Der Name lautete einmal Katzenbach.«

»Wenn ich zurückblicken würde, fände ich mich im Dritten Reich wieder?«, mutmaßte Lüder.

Katz nickte versonnen. »Meine Vorfahren haben Ihr Land unfreiwillig verlassen müssen. Wie viele andere. Das ist Vergangenheit, wenn auch eine unrühmliche. Wir leben im Hier und Jetzt. Wo stammen Ihre Vorfahren her? Die halbe Weltbevölkerung ist im Zuge einer Rotation von dort nach dort gezogen. Sie haben es in Deutschland in jüngster Zeit besonders deutlich erleben dürfen.«

»Zum ersten Teil Ihrer Frage: Meine Familie ist dieser Region immer treu geblieben. Wir stammen aus dem Herzen Schleswig-

Holsteins und waren immer bodenständig. Und ich bin glücklich, mit Kiel einen außergewöhnlich attraktiven Wohnort gefunden zu haben. Zum Zweiten sind wir nicht traurig darüber, dass heutzutage die Menschen zu uns kommen, anstatt vor uns zu flüchten. Warum wollen Sie mir nicht sagen, um was es bei diesem Gerichtsverfahren geht?« Lüder kniff die Augenbrauen zusammen. »Liegt überhaupt schon eine Klageschrift vor? Oder hat Richter von Herzberg nur geprüft, ob es Sinn macht, einen Prozess zu führen?«

Lüder hatte sich mit dieser Vermutung weit aus dem Fenster gelehnt. Es war nicht Aufgabe eines Richters, solche Gedanken anzustellen. Schon gar nicht in einem Zivilprozess. Es gab die Dispositionsmaxime als bedeutenden Verfahrensgrundsatz im Zivilprozess, die besagt, dass der Rechtsstreit grundsätzlich durch die Parteien beherrscht wird.

»Nullo actore nullus iudex«, murmelte Lüder leise als Fortsetzung seiner Gedanken.

»Wo kein Kläger, da kein Richter«, übersetzte Katz.

Lüder war nicht überrascht. Warum sollten amerikanische Juristen nicht mit den alten in Latein verfassten Grundsätzen vertraut sein? Es wurde immer vertrackter. Jeder, mit dem er bisher gesprochen hatte, hatte bei von Herzberg ein Bild des untadeligen Richters gezeichnet. Wieso prüfte der Mann die Chancen eines Zivilprozesses, wenn möglicherweise noch keine Klageschrift vorlag? Er würde dann nicht mehr unabhängig sein. Warum?, fragte sich Lüder. Er konnte sich nicht vorstellen, dass es ein Entgegenkommen von Herzbergs war, nur weil er ebenso wie der amerikanische Anwalt Jude war.

»Woher wussten Sie, dass Richter von Herzberg für einen solchen geplanten Prozess zuständig gewesen wäre?«, fragte Lüder.

»Es gibt den Geschäftsverteilungsplan des Landgerichts. Der ist öffentlich. Es ist das Schöne in Deutschland, dass alles transparent ist. Man weiß, mit wem man es zu tun bekommt.«

»Von Herzberg dürfte in Amerika kaum bekannt gewesen sein.«

»Man kann sich auch von Kontinent zu Kontinent informieren.«

»Also haben Sie doch einen deutschen Korrespondenzanwalt, mit dem Sie gesprochen haben«, vermutete Lüder.

»Sagt Ihnen die Pinkerton-Agentur etwas?«, fragte Katz.

Ein leises Lächeln umspielte Lüders Mundwinkel. Natürlich. In vielen Western tauchten die Pinkerton-Detektive auf, geheimnisvoll wirkende Männer mit Schnauzbart und Melone. Das war eine typische Klischeevorstellung. Er vermied es, diesen Gedanken auszusprechen. Stattdessen nickte er nur.

»Die Detektei wurde 1850 von Allan Pinkerton als Pinkerton's National Detective Agency in Chicago gegründet«, erklärte Katz. »Sie gilt als eine der renommiertesten der Welt.«

»Obwohl sie gegen Ende des letzten Jahrhunderts verkauft wurde und heute zum schwedischen Sicherheitskonzern Securitas AB gehört«, ergänzte Lüder. »Die haben Sie eingeschaltet, um Auskünfte über von Herzberg einzuziehen? Eine ungewöhnliche Vorgehensweise. Und sehr aufwendig. Was haben Sie sich davon versprochen?«

»Man muss wissen, mit wem man es zu tun bekommt«, antwortete Katz ausweichend.

»Waren Sie mit der Auskunft zufrieden?«

Lüder erhielt als Antwort nur ein nichtssagendes Schulterzucken.

Um was ging es bei dem Prozess, der noch gar nicht eingeleitet worden war? Immer wieder tauchte die Frage auf, womit sich von Herzberg im Hinblick auf ein solches Verfahren beschäftigt hatte. Es musste sich um etwas Großes handeln. Sonst wäre Katz nicht über den Atlantik nach Itzehoe gekommen. Was sollte in der Stadt an der Stör verhandelt werden, das Juristen in New York beschäftigte?

»Hatten Sie Kontakt zu von Herzberg?«, fragte Lüder und war überrascht, als der Amerikaner nickte.

»Bitte?« Lüder zeigte seine Verblüffung durch den Funken Ungläubigkeit, den er nicht zu unterdrücken vermochte.

Katz hatte es bemerkt. »Wir standen in Kontakt«, bekannte der Amerikaner. »Wir haben uns per Mail ausgetauscht, miteinander telefoniert.«

Ob von Herzberg bei einem solchen Kontakt unvorsichtiger- und verbotenerweise eine Einschätzung zum geplanten Verfahren abgegeben hatte? Was, wenn von Herzbergs Meinung nicht den Vorstellungen der Amerikaner entsprach? Könnte das ein Motiv für einen Mord sein, ein Motiv, einen unliebsamen Richter aus dem Weg zu räumen? Wer würde dann den Prozess führen? Lüder musste sich erkundigen.

»Sie wussten, dass Richter Herzberg die gleiche Religion hatte wie Sie?«, fragte Lüder.

Der Amerikaner nickte freimütig. »Ja. Wir sind beide Juden. Na und?«

»Das ist nur eine Randnotiz«, sagte Lüder. »Gibt es noch mehr Gemeinsamkeiten?«

Katz lachte laut auf. »Sie lassen aber nichts unversucht.«

»Es geht um Mord.«

»In Europa betreibt man viel Geheimniskrämerei. Ich bin Freimaurer. Judge Herzberg war es auch.«

Lüder war nicht überrascht, dass der Amerikaner auch das gewusst hatte.

»Haben Sie einen Letter of good standing Ihrer Loge mitgebracht?«

»Welcher Loge?« Katz sah Lüder fragend an.

»Ich denke, Sie sind Freimaurer.«

»Ja. In Amerika sieht man das anders. Die kontinentaleuropäischen Logen lehnen eine Auslese von einzelnen Berufsgruppen ab. Man verspricht sich von der Zusammenarbeit beruflich unterschiedlich tätiger Menschen eine Erfüllung des Logenzwecks. Die Angelsachsen und die Amerikaner lieben es, in ihrer Loge auf Leute des gleichen Berufsstandes zu treffen. Es gibt Ärzte-, Polizei- und Feuerwehrlogen. Lederhändler oder Chemiker haben ihre eigenen Logen. Ich bin in einer Advokatenloge. Dies ist in den angelsächsischen Ländern umso leichter möglich, als der Einzelbruder gewöhnlich mehreren Logen angehört, also jederzeit die Möglichkeit hat, auch aus seiner Berufsgruppe herauszutreten. Eine eigenartige Loge dieser Art ist eine Londoner Loge, die sich Radiumloge nennt. Ihre Mitglieder sind zumeist Chemiker, die sich mit strahlenden Elementen beschäftigen. Daher trägt auch der Meister vom

Stuhl dieser Loge eine Halskette, in die kleinste Mengen von Radium eingeschlossen sind.«

»Und wie ist es mit dem Letter of good standing?«, hakte Lüder nach.

»Es wäre unklug, ohne ein solches Dokument zu reisen, insbesondere wenn man nicht privat, sondern in einer Mission unterwegs ist.«

»In welcher Mission?«, schob Lüder sofort hinterher.

Aber Katz hatte aufgepasst. Er besaß die Erfahrung eines in Kreuzverhören gestählten Anwalts.

»Sie finden bei uns auch Logen, die sich nach weltanschaulichen Kriterien zusammensetzen. Ich gehöre zum Beispiel einer weiteren Loge an, zu der nur jüdische Brüder Zugang haben. In einer anderen befreundeten Loge treffen Sie beispielsweise nur Dunkelhäutige afrikanischer Herkunft an.«

»Für mich sieht es so aus, als hätte die amerikanische Freimaurerei ein ganz anderes Gesicht als die europäische.«

»Manches ist ein wenig anders. Wir sind in Amerika freizügiger. Dort gibt es nicht so viel Geheimniskrämerei«, gab Katz zu, »aber uns alle eint das gemeinsame Ideal.«

»Für den Mord an von Herzberg hat man eine außergewöhnliche Mordmethode gewählt«, wechselte Lüder das Thema und schilderte die Auffindesituation. Parallel dazu zeigte er Katz eine Aufnahme des Galgenstricks, die sich auf seinem Smartphone befand.

Der Anwalt sah interessiert auf das Display. Dabei zuckten seine Augenlider nervös. Als er den Kopf wieder anhob und Lüder ansah, hatte er sich gefangen. »Das ist in der Tat merkwürdig«, sagte er mit gleichgültig klingender Stimme. »Das sieht wie ein Ritual aus.«

»Dafür sind Sie doch die Spezialisten. In den Freimaurerlogen verfolgt man geheimnisvolle Rituale, die nicht nach außen dringen dürfen. Ist dieses eines?«

Katz hüstelte. »Verschwiegenheit ist ein hohes Gut bei den Freimaurern. Beim Aufnahmeritual wird dem Neophyten ein Zirkel aufs Herz gesetzt, auf den der Logenmeister symbolisch mit dem Meisterhammer klopft. Danach spielt die Blutschale, sie steht symbolisch für die Blutsbrüderschaft, ebenfalls eine Rolle. Dann folgt die Gutturale, also das symbolisch angedeutete Halsabschneiden. Es wird in jedem Ritual weltweit mit dem Handschuh ausgeführt. Es besagt, dass man sich lieber den Kopf abschneiden würde, als ein Geheimnis zu verraten. Die Gutturale ist das Handzeichen des ersten Grades. Das erscheint martialisch, wird aber von uns lediglich symbolisch verstanden. Es wird im Internet tausendfach gezeigt und erläutert, zumeist aber völlig falsch interpretiert.«

»Und deshalb wollen Sie mir nicht sagen, was Sie nach Deutschland führt? Um was es bei dem geplanten Prozess geht? Es scheint sicher zu sein, dass Richter Herzberg sich auf dünnem Eis bewegt hat, etwas getan hat, das nicht zulässig ist, indem er Chancen und Risiken eines Prozesses abwog, bei dessen Verhandlung er später den Vorsitz geführt hätte.«

Katz gähnte demonstrativ und schloss die Augen. »Jetlag«, sagte er kurz angebunden. »Ich kann Ihnen nicht mehr folgen, da ich zu müde bin.« Demonstrativ stand er auf, deutete eine Verbeugung an und verschwand mit einem »Good night!«, ohne auf eine Erwiderung zu warten, Richtung Fahrstuhl.

Vom Auto aus rief Lüder in Quickborn an. Frau von Herzberg nahm das Gespräch entgegen.

»Was wollen Sie noch?«, fragte sie. Es klang hochnäsig und abweisend. »Ich sehe nicht ein, weshalb wir noch einmal miteinander sprechen müssen.«

»Überlassen Sie es mir, zu entscheiden, was notwendig ist«, erwiderte Lüder unfreundlich. »Entweder Sie haben Zeit für mich, oder wir müssen andere Saiten aufziehen.« Welche – das ließ er offen.

Für einen Moment war es still in der Leitung. Es klang, als tuschelte die Frau mit einer anderen Person und deckte dabei das Mikrofon des Telefons nur unzureichend ab.

»Kommen Sie«, sagte sie kurz angebunden. »Fassen Sie sich aber kurz. Ich habe Wichtigeres zu tun.«

Es war Feierabendverkehr, und Lüder benötigte über eine Dreiviertelstunde, bis er vor dem großen Anwesen in Quickborn stand. Ein Mercedes S 500 4MATIC parkte vor der Haustür. Lüder musste eine Ewigkeit warten, bis geöffnet wurde und Katharina von Herzberg ihn herablassend musterte. Sie hatte die langen blonden Haare hochgesteckt. Auch wenn sie sich im Hausinneren aufgehalten hatte, steckte eine Designersonnenbrille im Haar, allerdings eine andere als auf dem Golfplatz. Sie trug einen einteiligen Hosenanzug mit einem tiefen Dekolleté. Das, was dieses freigab, war allerdings noch nicht unter dem Messer eines Schönheitschirurgen gelandet und ließ sich auch nicht mit kostbarem Schmuck oder teurer Kosmetik kaschieren.

»Und?«, fragte sie.

»Ist das eine Einladung zur Gartenparty?«, erwiderte Lüder. An ihrem Gesichtsausdruck erkannte er, dass sie ihn nicht verstanden hatte. »Holen Sie wenigstens zwei Stühle heraus, damit wir das Gespräch nicht im Stehen führen müssen.«

Mit einem Kopfnicken bedeutete sie ihm, dass er eintreten solle. Die Halle war kühl und sachlich, fast spartanisch eingerichtet. Nicht nur der Marmorfußboden wirkte kalt. Omas vollgestopfter kleiner Flur mit der Garderobe aus Kirschholz und das überschaubare Wohnzimmer mit der Stollenwand aus Eiche strahlten mehr Wärme aus, fand Lüder.

Der große Wohnraum war durch eine Glaswand vom Garten abgetrennt. Mit Sicherheit ließ sie sich zur Hälfte öffnen. Bis hin zu den Bildern, die nichts Gegenständliches erkennen ließen, war alles von einer schlichten Eleganz geprägt. Gleich drei Sitzgruppen beherrschten den Raum. In einem tiefen Büffeledersessel saß ein glatzköpfiger Mann mit dunkler Brille und markanten Gesichtszügen. Er trug eine dunkle Hose und ein am Kragen offenes weißes Hemd. Vermutlich hatte er die Krawatte bereits abgelegt. Vor ihm stand ein schweres Kristallglas mit einer goldfarbenen Flüssigkeit. Das Champagnerglas aus der gleichen Serie stand vor einem anderen Sessel. Das Getränk perlte munter.

Der Mann sah Lüder an, unternahm aber keine Anstalten, aufzustehen.

»Und wer sind Sie?«, fragte Lüder.

Der Mann zog eine Augenbraue in die Höhe. »Ist es nicht Sache des Besuchers, sich vorzustellen?«

»Wen haben Sie erwartet? Ich bin nicht der Schornsteinfeger. Sind Sie Friedhelm Böttinger oder einfach nur der ›Heh‹?«
Der Stich saß. »Was glauben Sie, wer Sie sind und mit wem Sie es zu tun haben?«
»Letzteres könnte ich in Erfahrung bringen, indem ich Sie auffordere, mir Ihren Ausweis zu zeigen. Natürlich können Sie auch meinen Dienstausweis sehen.« Lüder zeigte auf die Frau. »Oder hat die da es Ihnen noch nicht erzählt?« Er streckte die Hand in Richtung eines Sessels aus. »Darf ich?« Er erhielt keine Antwort, nahm aber trotzdem Platz.
Böttinger beugte sich vor. »Es tut uns leid, was Ulrich passiert ist. Damit konnte niemand rechnen. Haben Sie schon Anhaltspunkte, wer es gewesen sein könnte? Und weshalb?«
»Sie kennen es aus dem Fernsehen: Zu laufenden Ermittlungen geben wir keine Auskünfte. Und Ihre Anteilnahme scheint sich in Grenzen zu halten.«
»Wir kannten ihn. Ja – das ist zutreffend. Niemand hätte ihm ein solches Ende gewünscht. Alle, wir eingeschlossen, sind erschüttert.«
Lüder sah Katharina von Herzberg an, die ebenfalls Platz genommen hatte. »Ihre Partnerin ist mit dem Opfer verheiratet. Da hätte ich ein wenig mehr Anteilnahme erwartet.«
»Sie werden sich erkundigt haben«, erwiderte Böttinger. »Die Ehe besteht nur noch rein formell. Wir beide leben schon lange zusammen. Ulrich hat es akzeptiert.«
»Sicher?«
Böttinger zog die Stirn kraus. »Natürlich«, sagte er. »Man muss den Realitäten ins Auge sehen.«
»Weshalb sind Sie beide nicht verheiratet?«
Das Paar wechselte einen schnellen Blick. »Das ist unsere Sache. In diesem Punkt sind wir niemandem Rechenschaft schuldig«, antwortete Böttinger.
Lüder fasste sich gedankenverloren an die Stirn. »Ach, das geht ja nicht. Ihre Frau hütet in den Vereinigten Staaten die Bischofskinder. Sie können mit Ihren Verbindungen sicher viel bewirken, aber Bigamie … Das funktioniert nicht.« Er drehte sich zu Frau von Herzberg um und ließ seine Hand kreisen. »All

das hier, das ist natürlich bequem. Ein großes Haus, einflussreiche Freunde, ein luxuriöser Lebensstandard, der Golfclub und vieles mehr ... Wer möchte das aufgeben? Was ist, wenn der Papst seinen US-Bischof vor die Wahl stellt? Job oder Geliebte? Wie würde sich der Ami-Hirte entscheiden? Plötzlich steht die richtige Frau Böttinger wieder vor der Tür. Dann heißt es, Sie müssen das Feld räumen. Kein Beruf, keine Wohnung. Nichts. Das wäre ein schmerzhafter Weg aus dieser Villa zu Hartz IV. War Ulrich von Herzberg eine ungeliebte Rückversicherung?«

Katharina von Herzberg öffnete und schloss mehrfach den Mund wie ein Fisch auf dem Trockenen.

»Das sind abstruse Gedanken, die nur aus der verklemmten Gesellschaft kommen können«, empörte sich Böttinger aufgebracht. »Was haben Sie für Vorstellungen?«

»Ich suche einen Mörder. Und der hat ein Motiv. Das finden wir häufig im persönlichen Umfeld des Opfers. Verschmähte Liebe. Eifersucht. Gut.« Lüder hob die Hand. »Das können wir in diesem Fall ausschließen. Dann wären Sie jetzt tot.« Er zeigte auf Frau von Herzberg. »Was ist aber, wenn Ulrich von Herzberg seinerseits eine neue Liebe gefunden hat?«

»Ulrich?« Die Frau lachte schrill auf. »Niemals. Lächerlich.«

Lüder überlegte, ob er die Liaison des Richters mit der Föhrer Zimmervermieterin Hämmerling erwähnen sollte. Er entschied sich dagegen. »So unwahrscheinlich muss das nicht sein. Ulrich von Herzberg könnte sich scheiden lassen.«

»Das hätte für ihn nur Nachteile gebracht«, unterbrach ihn Böttinger. »Seine aufgebaute Altersversorgung hätte er mit Katharina teilen müssen. Das hätte auch für die bescheidenen Vermögensverhältnisse gegolten. Sicher, er war nicht reich, aber das, was sein Leben ausmachte, hatte er sich erarbeitet.«

»Ist Geld alles im Leben?«, wollte Lüder wissen. »Für den, der keins hat – ja«, war Lüder überzeugt. »Für den Mord gibt es viele denkbare Motive. Ich möchte noch einmal auf die Amerikarückkehrerin verweisen. Dann muss Frau von Herzberg ihre Koffer packen. Nehmen wir an, Ulrich von Herzberg hat sich aber für eine andere Frau entschieden. Wenn Sie«, erneut suchte er den Blick der Frau, die ihm aber auswich, »aber Witwe werden, haben Sie plötzlich ein Haus und andere Werte. Und die Witwenversorgung eines Vorsitzenden Richters ist auch nicht schlecht.«

Böttinger hatte zu seinem Glas gegriffen und den Inhalt hinuntergekippt. »Das ist ein absurdes Schmierentheater, das Sie hier aufführen«, rief er. »Verlassen Sie sofort mein Haus.«

»Natürlich«, erwiderte Lüder ungerührt und blieb sitzen. »Da ist noch etwas. Von Herzberg hat am Tag vor seiner Ermordung zweieinhalb Stunden mit Ihnen telefoniert.«

»Woher wollen Sie das wissen?«, fragte Böttinger mit schneidender Stimme.

»Wir haben seine Telefondaten ausgewertet.«

»Dürfen Sie das überhaupt?«

»Sicher. Darunter könnte ja auch der Mörder sein. Worum ging es bei diesem Anruf? Und wer von Ihnen war der Gesprächspartner?«

Erneut wechselten die beiden einen schnellen Blick. Katharina von Herzberg begann nervös mit ihren Fingern zu spielen.

»Ich kann mich an ein solches Gespräch nicht erinnern«, sagte Böttinger schroff. »Du?«

»Nein.« Ihre Antwort war nur gehaucht und kaum verständlich.

»Zweieinhalb Stunden. Da kann man schon eine Menge sagen. Ich glaube Ihnen nicht. Und wie war es an seinem Todestag? Das Gespräch dauerte nur vier Minuten. Worüber haben Sie gesprochen?«

»Ich kann mich nicht an ein solches Telefonat erinnern. Ist die Verbindung überhaupt zustande gekommen?«

»Ja. Das wurde einwandfrei festgestellt.«

»Wir bestreiten, mit Ulrich telefoniert zu haben.« Böttinger zeigte auf die Tür. »Und jetzt – raus.« Unfreundlicher konnte man es nicht formulieren.

»Wir hören voneinander«, sagte Lüder und verließ das Haus. Zufrieden war er nicht, als er nach Kiel zurückkehrte.

SECHS

Lüder hatte sich auf dem Weg zum Landeskriminalamt mehrere Tageszeitungen besorgt. »Holst du dir wieder Altpapier?«, hatte Jonas zu Hause gefragt, als Lüder sich verabschiedete. »Mensch, Papa. Sooo alt bist du doch noch nicht. Wer liest heutzutage noch Zeitung in Papierform? Lade sie dir als Abo auf dein Smartphone. Ist doch viel bequemer. Du kannst sie an jeder Ampel oder sogar unterwegs lesen. Das spart Zeit.«
»Ich schätze aber das Haptische«, hatte Lüder erwidert.
»Das – was?«
»Das tastende Wahrnehmen.«
Jonas hatte gegrinst. »Super. Klasse Anmachspruch, wenn ich zu den Girlies sage: ›Ich möchte mich dir haptisch nähern.‹ Mensch, Alterchen. Denk mal drüber nach.« Dann hatte er ihm kumpelhaft auf die Schulter geklopft.

Mit Edith Beyer im Geschäftszimmer hatte Lüder ein paar Worte gewechselt, als er sich seinen Kaffee holte. Die Sekretärin wirkte zugeknöpft. Erst auf Nachfrage sagte sie: »Kann sein, dass es hier bald keinen Kaffee mehr gibt. Er da«, dabei zeigte sie auf die geschlossene Tür des Abteilungsleiters, »möchte, dass wir unseren Kaffee aus dem Automaten zapfen.«

Lüder hatte sich entsetzt gezeigt. »Das ist ein Grund für einen Warnstreik. Ach was. Das wäre noch zu harmlos.«

Edith Beyer hatte nur mit den Schultern gezuckt. Wenig später meldete sie sich erneut bei ihm. »*Er* will mit Ihnen sprechen.«

Lüder las die angefangene Seite zu Ende, trank den Kaffee aus und machte sich auf den Weg zum Kriminaldirektor. Dr. Starke saß an seinem Schreibtisch. Er war, wie immer, tadellos gekleidet. Die dezent gemusterte Krawatte passte zum lindgrünen Hemd, das er unter dem senfgelben Sakko trug. Auf der Musterpuppe im Herrenbekleidungsgeschäft hätte die Kombination vielleicht ein wenig schrill ausgesehen, dachte Lüder. Aber dem Abteilungsleiter stand sie, stellte er anerkennend fest.

Der Kriminaldirektor sah auf. »Guten Morgen, Lüder«, sagte er.

»Moin, Jens.« Seit der atemberaubenden Aktion, bei der Terroristen Lüder einen Sprengstoffgürtel umgeschnallt hatten, duzten sie sich. Lüder war sich nicht sicher, ob der Abteilungsleiter das spontan angebotene Du inzwischen nicht bereute. Wie in vielen Büros hatte das kollegiale Du inzwischen auch beim Landeskriminalamt in großen Teilen Einzug gehalten. Dr. Starke hielt sich in diesem Punkt zurück. Lüder war der Einzige, mit dem er solche Vertraulichkeiten austauschte. Ausgerechnet Lüder, nachdem die beiden sich früher in gegenseitiger Abneigung herzlich zugetan gewesen waren und Starke seinerzeit viele Anstrengungen unternommen hatte, Lüder loszuwerden.

Dr. Starke schob die Tastatur ein Stück von sich und legte die sorgfältig maniküren Finger zu einem Dach zusammen.

»Du bist mit dem Fall der drei jungen Männer befasst, die nach ihrem Einsatz für den IS wieder zurückgekehrt sind.«

Lüder nickte. »Es ist ein schwieriges Stück Arbeit, da uns jeglicher handfeste Beweis fehlt. Wir gehen davon aus, dass zumindest einer der drei Gaardener an der Ermordung von Zivilisten beteiligt war. Ich würde es auch bei den beiden anderen nicht ausschließen. Zeugen gibt es nicht. Unsere Vermutungen stützen sich auf Berichte der Kriegsgegner. Alles beruht auf Hörensagen. Gerichtsfest ist das nicht. Und das vorliegende Bildmaterial, Handyvideos, ist so unscharf, dass auch wir beide es sein könnten, die da vermummt das G36 schwingen.«

»Du hast dich gestern einer anderen Sache gewidmet. Weshalb weiß ich davon nichts?«

»Das waren schon zwei Tage«, korrigierte ihn Lüder. »Eile war geboten. Da blieb keine Zeit zum Abstimmen.« Dann berichtete er und schloss: »Du hast von dem Fall gelesen.«

Dr. Starke nickte. »Trotzdem. Warum müssen wir uns damit befassen?«

»Weil der Mord an dem Richter internationale Ausmaße angenommen hat«, übertrieb Lüder und formulierte seinen Bericht vom Gespräch mit dem amerikanischen Anwalt ein wenig dramatischer. »Wenn die einen hochkarätigen Juristen über den großen Teich schicken und außerdem die Pinkerton-Detektive involviert sind, dann dürfen wir uns keine Blöße geben. Was würdest du dem Innenminister sagen, wenn er von dir wissen will, warum wir uns nicht rechtzeitig eingeschaltet haben, obwohl wir von allem Kenntnis hatten und auch das Landgericht mit dem Zaunpfahl gewinkt hat?«

Der Hinweis auf den Innenminister wirkte. Bei aller zur Schau gestellten Selbstherrlichkeit hatte Dr. Starke das Prinzip der Hierarchie in seinem Innersten fest verankert. Nach oben musste man buckeln, nach unten treten. Und der Innenminister war eine absolute Instanz. Er kam gleich nach – ach was –, noch vor Gott.

»Ich erhielt heute Morgen einen Anruf aus dem Innenministerium. Du kennst den Leiter der Abteilung IV 4?«

»Klar. Die Polizeiabteilung«, bestätigte Lüder.

»Bei ihm hat sich gestern Abend ein Anwalt gemeldet und sich über das Auftreten eines Polizisten beschwert.«

»Donnerwetter. Das ging aber schnell. Manche Leute bekommen nicht nur beim Dentisten Zahnschmerzen, sondern auch, wenn man mit Fragen nachbohrt. Was wollte das Innenministerium?«

»Man wollte wissen, was dort vorgefallen ist. Der Leiter sagte auch, dass er es dem Anwalt freigestellt habe, er möge eine förmliche Dienstaufsichtsbeschwerde einreichen. Ich vermute, man hat dem Anwalt gesagt, dass solche Art von Angriffen auf unsere Polizei durch die Hintertür nicht geschätzt wird.«

Lüder berichtete von seinem Besuch bei Böttinger und dessen Lebensgefährtin. »Es wäre für uns wichtig, zu erfahren, um was es bei diesen beiden Telefonaten ging. Wenn es harmlos wäre, könnten sie es doch sagen. Warum lügen die beiden und behaupten, die Anrufe hätte es nicht gegeben?«

»Das ist wirklich merkwürdig«, bestätigte Dr. Starke. »Weißt du eigentlich, mit wem du dich angelegt hast? Wer Böttinger ist?«

Lüder nickte. »Ja, sicher. Ein verdammtes arrogantes Arschloch.« Unbewusst fixierte er dabei sein Gegenüber.

Der Kriminaldirektor klopfte energisch mit dem Zeigefinger auf die Tischplatte. »So etwas will ich nicht hören, auch nicht, wenn wir einen vertrauten Umgang miteinander pflegen.«
Lüder unterdrückte den Gedanken, zu sagen, dass der Abteilungsleiter mit Böttinger und dessen Partnerin sprechen solle. Die beiden würden in ihrer Arroganz auf gleicher Wellenlänge funken. Arschloch zu Arschloch, fügte er im Stillen an. Laut sagte er: »Ein Möchtegern.«
»Da liegst du völlig falsch. Friedhelm Böttinger ist eine der Lichtgestalten im Land. Seine Unternehmen sind eine bedeutende Säule der hiesigen Industrie. Er selbst ist persönlich haftender Gesellschafter des Familienunternehmens, das seinen Sitz in Norderstedt hat.«
»Ich erinnere mich«, unterbrach Lüder die Lobpreisungen seines Chefs, »welche Aufregungen es gab, als die Unternehmen vor zehn Jahren von Hamburg nach Schleswig-Holstein wechselten. Damals war die Atmosphäre zwischen den beiden Nordstaaten nahezu vergiftet, weil Hamburg dem nördlichen Nachbarn Raubrittertum vorwarf.«
»Es ging um tausend Arbeitsplätze«, erklärte Dr. Starke.
»Ein sicher gewichtiges Argument«, stimmte Lüder zu. »Auch wenn damit jedes abgewogene Lass-uns-die-beste-Lösung-finden erschlagen wird. Wir kennen diese Drohgebärde. Damit hat man unendlich viele Subventionen ausgeschüttet, und manche Kommune stand hinterher mit leeren Taschen da, als die Fördergelder verbraten waren und das so heiß umworbene Unternehmen weiterzog.«
»Das mag es gegeben haben, aber Böttinger ist immer noch in Norderstedt. Und er hat seinen Betrieb erweitert. Der Mann engagiert sich auch gesellschaftlich. Er ist Präsident des Wirtschaftsverbandes Schleswig-Holstein, Vizepräsident bei Gesamtmetall, in gleicher Funktion bei der Industrie- und Handelskammer zu Lübeck und vieles mehr.«
»Na und? Ein Multifunktionär.«
»Der Mann hat Einfluss. Er agiert auch im politischen Umfeld und wird vermutlich für den nächsten Landtag kandidieren. Unter der Hand wird er als möglicher Minister gehandelt.«

»Und deshalb genießt er schon heute Immunität vor Strafverfolgung?«, fragte Lüder bitter.

Dr. Starke lehnte sich zurück. Das arrogante Lächeln, das Lüder nicht ausstehen konnte, umspielte seine Mundwinkel. »Ist es der Neid, der dich treibt? Was ist Böttinger konkret vorzuwerfen?«

»Er lügt. Und ich möchte wissen, warum.«

Der Kriminaldirektor schüttelte den Kopf. »Das ist kein Argument. Warum sollte Böttiger den Mord an von Herzberg in Auftrag gegeben haben? Außer der Ehefrau, die Böttinger dem Richter abgenommen hat, gibt es keine Berührungspunkte. Und wir glauben beide nicht, dass Böttinger den formellen Noch-Ehemann seiner Lebenspartnerin aus dem Weg geräumt hat, weil der sich einer Scheidung widersetzt hat. Warum sollte er so etwas tun? Er hat die Frau. Und heiraten kann er sie auch nicht, weil er selbst noch verheiratet ist.«

Jens Starke hatte recht, dachte Lüder. Es gab wirklich keinen triftigen Grund, der ein weiteres Vorgehen gegen Böttinger gerechtfertigt hätte. Er wollte seinem Vorgesetzten aber nicht zustimmen. Deshalb unterdrückte er den Gedanken, dass es eine mögliche Erklärung für die Lügen der beiden aus Quickborn gab. Was ist, wenn von Herzberg stundenlang mit seiner Ehefrau telefoniert hatte und Böttinger nichts davon wissen durfte? Das wäre auch eine mögliche Erklärung für das kurze Telefongespräch an Herzbergs Todestag. Vielleicht kam der Anruf ungelegen, und sie musste von Herzberg abwimmeln. Böttinger war nicht dumm. Wenn er wirklich nicht mit dem Richter telefoniert hatte, würde er Katharina von Herzberg die Hölle heißmachen. Lüder empfand eine gewisse Genugtuung bei dieser Vorstellung. Dennoch hätte er gern gewusst, worüber die beiden so lange gesprochen hatten.

Lüder kehrte in sein Büro zurück und rief in Husum an. Er tauschte mit Große Jäger ein paar private Gedanken aus, bevor er seine Vermutungen zu den Telefonaten von Herzbergs mit dem Quickborner Anschluss vorbrachte.

»Wir könnten es herausfinden, wenn wir uns die Anruflisten der Handys von Böttinger und Frau von Herzberg ansehen könnten. Wenn einer von beiden während des langen Telefonats mit dem Richter sein Handy benutzt hat, wäre er entlastet. Das wird uns mit dieser dürftigen Erklärung aber nicht genehmigt. Deshalb habe ich die Idee, dass wir jemanden losschicken, der versucht, herauszufinden, wo sich Katharina von Herzberg zum jeweiligen Zeitpunkt der Telefonate aufgehalten hat.«

»Bitte?« Große Jäger konnte diesem Gedanken nichts abgewinnen. »Wie soll das gehen? Da soll jemand aus Pinneberg losmarschieren –«

»Nicht aus Pinneberg«, unterbrach ihn Lüder. »Aus Husum.« Der Oberkommissar stöhnte auf. »Noch schlimmer. Unmöglich. Das geht nicht. Dieser ganze Aufwand, so gut wie keine Erfolgsaussichten und das alles nur, um in Erfahrung zu bringen, wer von den beiden mit von Herzberg telefoniert hat.«

»Ja«, sagte Lüder. »Man spricht nicht zwei Stunden am Telefon, wenn es um nichts geht. – Schön«, korrigierte er sich selbst. »Frauen bekommen das wohl hin. Aber das ist etwas anderes.«

»Ich weiß nicht.« Große Jäger blieb skeptisch. »Ich würde das nicht machen. Ich weiß auch nicht, wie das funktionieren soll.«

»Du bist der Einzige, der das organisieren kann«, sagte Lüder mit schmeichelnder Stimme und ließ einen ratlosen Husumer Oberkommissar zurück.

Im Display sah Lüder, dass ein weiterer externer Anruf auf ihn wartete. Er war erstaunt, als sich Professor Scherenberg meldete. Der Kieler Jurist galt als einer der profiliertesten Anwälte im Land. Zu seiner Klientel gehörten die großen Unternehmen und die Reichen und Mächtigen.

»Ich hätte nicht gedacht, so schnell wieder mit Ihnen zu tun zu bekommen«, eröffnete der Professor das Gespräch. »Wenn ich damals, als Sie in meinen Vorlesungen waren, geahnt hätte, wie Sie das Recht im Alltag auslegen, hätte ich Sie durchfallen lassen. Ich meine es gut mit Ihnen, Herr Lüders. Sie haben sich schon einmal eine blutige Nase geholt. Sie und die übereifrigen Leute vom Finanzamt.«

Die Aussage war nur bedingt richtig. Es ging um die Untersuchung in Sachen Steuerhinterziehung gegen Baron Meyer zu Reichenberg, der in Bad Segeberg auf spektakuläre Weise während der Karl-May-Festspiele erschossen worden war. Die Ermittlungen gegen den Steuerbaron wurden eingestellt. Es galt der Grundsatz, dass gegen Tote nicht ermittelt wird. Staatsanwaltschaft und Steuerfahndung hatten alle Möglichkeiten ausgeschöpft, um den Herzog von Plön als Urheber des Deals überführen zu können. Vergeblich. Jeder ahnte, dass »Seine Hoheit« dahintersteckte, auch wenn er die Morde nicht in Auftrag gegeben hatte, aber Professor Scherenberg hatte seinen Mandanten bisher aus allem heraushalten können. Scherenberg war unbestritten das Trumpf-Ass der Rechtsanwälte im Lande. Kein Staatsanwalt wünschte ihn als Gegner. Selbst die Richter hatten Respekt vor dem Mann.

»In das steuerliche Verfahren war ich nicht involviert«, sagte Lüder. »Und den Mörder haben wir überführt.«

»Spreche ich jetzt mit einem kleinen Polizeibeamten oder mit einem Juristen, der sogar promoviert ist?«, fragte Scherenberg spitz. »Ich möchte nicht, dass meine ehemaligen Studierenden ins Messer laufen. Im schlimmsten Fall fällt es auf mich zurück. Daher versuche ich immer, zu vermeiden, dass man sich vor Gericht begegnet.«

Lüder überlegte, ob er Professor Scherenberg Arroganz vorwerfen sollte. Er entschied sich dagegen. Der Kieler war bekannt dafür, dass er Demütigungen wie ein Elefant ein Leben lang hütete und seinen Widersacher bei passender Gelegenheit zermalmte.

»Man lernt ein Leben lang«, sagte er. »Ich bin für neue Ideen immer offen.«

»Gut«, erwiderte Scherenberg nach einer kurzen Pause. »Ich meine Ihre Rhetorik. Andere hätten mit einem unterwürfigen ›Ich danke Ihnen, Herr Professor‹ geantwortet. Und Sie sprechen von *Ideen*, nicht von *Ratschlägen*. Um es kurz zu machen: Sie sind bei einem meiner Mandanten ins Fettnäpfchen getreten.«

»Hat sich Böttinger bei Ihnen beschwert?«

»*Herr* Böttinger ist mein Mandant, sowohl persönlich wie

auch mit seinen Unternehmen. Sie wissen, welches wirtschaftliche Schwergewicht er im Lande darstellt.«

»Niemand stellt sein unternehmerisches Wirken in Frage«, erwiderte Lüder.

»Sie können die Bedeutung eines Leistungsträgers unserer Gesellschaft und seine persönliche Integrität nicht trennen. Es gibt keinen Grund, Herrn Böttinger misstrauisch entgegenzutreten. Oder liegen Ihnen konkrete Verdachtsmomente vor? Ich habe mit den Staatsanwaltschaften in Kiel und Lübeck gesprochen. Kiel ist für den Wohnsitz, Lübeck für den Firmensitz zuständig. Dort weiß niemand etwas von Verdächtigungen gegen meinen Mandanten. Ihr Auftreten in dessen Wohnung war eine Entgleisung. Wenn Sie sich entschuldigen und versichern, dass es keine Wiederholung gibt, will mein Mandant es auf sich beruhen lassen.«

»Ich habe eine hervorragende Ausbildung an der Uni in Kiel genossen«, sagte Lüder. »Unser Prof hat uns stets eingebläut, dass wir auch links und rechts des Weges gucken müssen, dabei aber nie die Gradlinigkeit aus den Augen verlieren dürfen. Wenn ich diese Worte von einem anderen Juristen gehört hätte, würde ich ihn in die Ecke der Abmahnanwälte stellen wollen. Ich weiß, Professor Scherenberg, dass Sie ganz weit davon entfernt sind«, nahm Lüder die Anschuldigung sofort zurück.

Natürlich war dem alten Fuchs Scherenberg die Spitze nicht verborgen geblieben.

»Lüders. Es kommt nicht oft vor, dass ich Ratschläge erteile, ohne dafür eine Gebührenrechnung zu schreiben.«

Das kommt alles bei Böttinger auf die Rechnung, dachte Lüder. Und die dürfte nicht zu knapp ausfallen. Alle wussten, dass in Travemünde eine große Yacht lag, mit der Scherenberg oft und leidenschaftlich durch die Ostsee pflügte, auf der er sich auch schon einmal eine Auszeit nahm und damit bis zu den Kapverden segelte.

»Es geht um Mord«, sagte Lüder. »Und Böttinger sowie seine Lebenspartnerin haben sich in Widersprüche verwickelt. Es ist eindeutig, dass einer von ihnen mit dem Mordopfer telefoniert hat. Ich wollte wissen, wer es war und um was es ging.«

»Sie haben einen technischen Hinweis, dass von dem Festnetzanschluss im Hause Böttinger telefoniert wurde«, sagte Scherenberg. »Gilt das als Beweis? Dort könnte sonst wer das Gespräch geführt haben.«
»Das widerspricht aller Logik. Richter von Herzberg dürfte keine zwei Stunden mit der Putzfrau gesprochen haben. Und dass die Hauskatze nicht telefonieren kann ... Das werden wir gutachterlich nachweisen.«
»Lüders! Sie haben im Studium und auch im Referendariat gelernt, dass die Jurisprudenz nichts mit Logik zu tun hat. In unserer Wissenschaft gelten andere Maßstäbe. Also lassen Sie das. Wenn Sie auf solche Thesen Ihre Untersuchungen stützen, werden Sie bei der Staatsanwaltschaft und auch beim Untersuchungsrichter grandios scheitern. Vergessen Sie nicht: Das sind auch Juristen, die ähnlich denken wie das, was ich Ihnen eben erklärt habe. Nur beweisbare Fakten zählen.«
Leider hatte Professor Scherenberg recht.
»Um was geht es eigentlich in dem anstehenden Verfahren, mit dem sich Richter von Herzberg beschäftigt hat? Er hat sich auf dünnem Eis bewegt und hätte erst aktiv werden dürfen, wenn eine Klageschrift vorliegt. Haben Sie vorprozessual vorgefühlt?«
Scherenberg ließ ein dröhnendes Lachen hören. »Sie sind wie ein Eichhörnchen, Lüders. Das sammelt überall und versteckt seine Beute, vergisst dabei manchmal dieses oder jenes, was es zusammengetragen hat.«
»Till Kauffmann hat auch bei Ihnen studiert. Halten Sie Ihre schützende Hand auch über ihn?«
»Nun reicht es«, sagte Scherenberg entschieden.
»Sind Sie der deutsche Korrespondenzanwalt von John Katz aus New York? Ich habe Katz getroffen. Er sagte, er würde für eine bedeutende Kanzlei in der Manhattan-Metropole arbeiten. Das würde zu Ihnen passen. Katz recherchiert gründlich und überlässt nichts dem Zufall. Er wird herausgefunden haben, dass Sie der Beste zwischen Nord- und Ostsee sind.«
»Nicht nur zwischen Nord- und Ostsee«, erwiderte Scherenberg selbstbewusst. »Und nun ist Ihre Redezeit abgelaufen.

Denken Sie an meine Worte. Es wäre schade, wenn jemand wie Sie versetzt würde und Asylanträge prüfen müsste.«

Das war eine unverhohlen vorgetragene Drohung. Scherenberg war als Gegner ein Schwergewicht. Solche Warnungen waren ernst zu nehmen. Aber was braute sich dort im Hintergrund zusammen? Wer stand sich in diesem Zivilverfahren als Gegner gegenüber?

Für Beteiligte konnten Zivilprozesse folgenreich sein. Manchmal ging es um viel Geld, sogar um Existenzen. Da war es nicht verwunderlich, wenn sich die Parteien erlaubter, manchmal auch fragwürdiger Methoden bedienten. Waren hier schon Dinge passiert, die außerhalb des legalen Rahmens lagen?

Immer wieder beschäftigte Lüder die Frage, welche Rolle der Richter spielte. War von Herzberg bewusst geworden, dass er Grenzen überschritten hatte, und wollte er aussteigen? Musste er deshalb sterben? Aber warum hatte man ihn dann nicht einfach beseitigt, sondern durch einen Ritualmord sterben lassen?

Lüder war so in Gedanken vertieft, dass er Edith Beyer nicht sofort bemerkt hatte, die im Türrahmen stand und ihn stumm ansah.

»Ja?«

»Da war eben ein merkwürdiger Anruf«, sagte die Sekretärin. »Jemand von der Polizeistation Uetersen. Die suchen einen Polizeiadvokaten Luder.«

Lüder fragte nach. Genauso habe es der Beamte formuliert, bestätigte Edith Beyer. »Er schien ziemlich verzweifelt. Ich dachte, Sie heißen so ähnlich.«

»Ich bin aber kein Polizeiadvokat«, entgegnete Lüder. »Was sind das für Trottel in der Provinz. Auch dort sollte man wissen, dass wir so etwas nicht haben.«

»Das habe ich mir auch gedacht«, antwortete Edith Beyer. »Mir hat nur der junge Kollege leidgetan.« Sie wollte wieder gehen, als Lüder sie zurückrief. »Uetersen? Haben Sie einen Namen?«

»Irgendwas mit ›Bom‹. Ich habe mir nichts notiert, weil ich es merkwürdig fand.«

Lüder versprach, sich darum zu kümmern, suchte die Rufnummer der Uetersener Polizei heraus und rief dort an.

»Polizei Uetersen. Bomlitz«, meldete sich eine jugendlich klingende Stimme.

Lüder fragte nach, ob Bomlitz eben mit dem LKA gesprochen habe.

»Nicht nur mit dem LKA. Und dort mit verschiedenen Abteilungen. Ich bin erst seit einer Woche hier und habe den Auftrag, nach einem Polizeiadvokaten Luder zu suchen.«

Lüder lachte. »Manchmal erlauben sich die älteren Kollegen mit jungen Polizisten derbe Scherze. Sie sollen einen Herrn Loewe als Zeugen befragen. Als Telefonnummer ist der örtliche Zoo angegeben. Ich kenne auch den Fall, dass immer wieder ein Zeuge genannt wurde, von dem behauptet wurde, er gerate unendlich ins Schwafeln. Man möge sich kurzfassen. Der unglückliche Bürger hatte die Angewohnheit, sich am Telefon mit ›Grüß Gott. Mein Name ist Lang‹ zu melden. Böse Zungen sagten, dass ein Anrufer geistesgegenwärtig geantwortet hat: ›Macht nichts. Ich habe Zeit.‹«

»Nein«, erwiderte Bomlitz zaghaft. »So ist das nicht. Ich bin Kommissaranwärter und seit einer Woche in Uetersen zu einem Praktikum. Ich war als dritter Mann bei dem Einsatz dabei. Aufmerksame Bürger hatten einen Einbrecher bemerkt, der in ein Reihenhaus in der Jochen-Klepper-Straße eingedrungen ist. Wir konnten ihn noch vor Ort festnehmen.«

»In Uetersen?«, unterbrach Lüder den jungen Polizisten. »Bei von Herzberg?«

Bomlitz bestätigte es.

»Dann sind Sie bei mir richtig.« Plötzlich verstand Lüder die Konstellation. »Der Einbrecher war ein Amerikaner? Sein Name lautet John Katz?«

»Ja, aber woher wissen Sie …«

Katz hatte im Gespräch mit Lüder irrtümlich verstanden, dass Lüder ein »Rechtsanwalt« der Polizei sei. Er hatte es daraus abgeleitet, dass Lüder ihm erklärte, er habe Jura studiert.

»Sprach Katz deutsch?«, fragte Lüder.

»Ja«, bestätigte Bomlitz. »Wenn auch mit Akzent.«

Aus dem »Rechtsanwalt« hatte Katz einen »Polizeiadvokaten« gemacht. Und das »ü« war dem Amerikaner auch fremd. So hatte er sich auf einen »Luder« bezogen.

»Wie kommen Sie auf mich?«

»Der Beschuldigte ließ sich widerstandslos festnehmen und wies sich durch einen amerikanischen Pass aus. Er behauptete, Anwalt zu sein und im Zuge eines Verfahrens bei seinem Mandaten Unterlagen abholen zu wollen. Da der verreist war, Katz die Unterlagen aber dringend benötige, um keine Gerichtsfristen zu versäumen, sei er in das Haus eingedrungen. Das diene nur dazu, dass seinem Klienten kein Schaden zugefügt werde. Außerdem bezog er sich auf den Polizeiadvokaten Luder, der angeblich von seinem Vorhaben wisse.«

Lüder erfuhr, dass man Katz wieder freigelassen habe. Der Einbruch war nicht so schwerwiegend, dass er eine längere Gewahrsamsnahme gerechtfertigt hätte. Außerdem hatte man bei Katz nichts gefunden, das auf einen klassischen Diebstahl hinweisen würde. Man hatte ihm allerdings das Tablet abgenommen, mit dem er offenbar fotografiert hatte. Dieses sei noch auf der Polizeistation Uetersen, bestätigte Bomlitz. Der Kommissaranwärter war sichtlich erleichtert, dass seine aussichtslos erscheinende Suche doch noch erfolgreich war. Lüders »Gut gemacht« war ein zusätzliches Sahnehäubchen.

Die Polizei auf Föhr war auch vorangekommen. Hauptkommissar Thomsen und seine Leute hatten noch einmal die angetrunkenen Kegelbrüder befragt, die von Herzberg und seinen beiden Begleitern auf dem Wyker Sandwall begegnet waren.

»Sie sagen, die hätten komisch gesprochen. Wir haben nachgehakt, was komisch sei. So genau konnten es die Zeugen nicht definieren. Anders, sagten sie. Nicht wie Einheimische. Eher wie Ausländer. Einer meinte, die hätten auch finster ausgesehen. Wie soll man das definieren? Wir bleiben am Ball«, versprach Thomsen, nachdem er hinterhergeschickt hatte, dass eine Phantomzeichnung nichts bringen würde.

Lüder nahm Kontakt zum Itzehoer Hotel auf und ließ sich mit Katz verbinden. Er hatte Glück. Der Amerikaner war in seinem Zimmer. Erst nach einigem Zögern und sanften Androhungen von unbestimmten weiteren Maßnahmen erklärte sich Katz bereit, mit Lüder erneut zu sprechen. Sie verabredeten sich für drei Stunden später.

Lüder fuhr nach Uetersen. Die Polizeistation lag in der Marktstraße, die allerdings einen guten halben Kilometer vom Markplatz entfernt war. Ein Schild wies darauf hin, dass die Station zurzeit nicht besetzt und im Notfall Hilfe über die Notrufnummer 110 zu erreichen sei. Nach einer halben Stunde Wartezeit kehrte der Streifenwagen von einem Einsatz zurück.

Bomlitz? Ja, den gebe es. Aber der habe frei. Rückfrage beim LKA? Davon wisse man nichts. Der Einbruch in der Jochen-Klepper-Straße? Jaaaa. Da sei was gewesen. Wieso sich das LKA dafür interessiere? Ach so. Lüder sei der Polizeiadvokat Luder? Gelächter. Seit wann gebe es so etwas in Kiel? Das Tablet? Richtig. Das sei sichergestellt worden. Er wolle das mitnehmen? Man war sich nicht sicher. Erst nach Rücksprache mit Pinneberg war man bereit, ihm das iPad gegen Quittung auszuhändigen, begleitet von weiteren Fragen nach dem Wieso und Weshalb. Das Ganze hatte eine weitere halbe Stunde gedauert.

Katz empfing ihn ungeduldig in der Lobby des Hotels. Der Amerikaner sah herausfordernd auf seine Armbanduhr.

»Sie sind zu spät«, stellte er fest. »Ich denke, die Deutschen sind stolz auf ihre Pünktlichkeit.«

»Wir sind pünktlich *und* genau«, erwiderte Lüder und legte seine Hand auf das iPad, nachdem Katz beiläufig seine Hand danach ausgestreckt hatte.

»Das ist meins.«

»Es ist beschlagnahmt.«

»Warum?«

»Beweismittel. Sie sind eingebrochen.«

»Ich war bei meinem Mandanten und habe Unterlagen gesucht.«

»Haben Sie eine Vollmacht?«

»Warum so formell?«

»Weil Sie bei den Preußen sind.«

»Time is money. So sagen wir Amerikaner.«

»Wissen Sie, weshalb man Sie erwischt hat?«, fragte Lüder und tippte Katz aufs Knie. »Sie waren nicht schnell genug. Lügen haben kurze Beine, so sagen wir Deutschen.«

Der Amerikaner grinste und legte den Zeigefinger auf das iPad. »Das Tablet – es ist mit Passwort gesperrt. Auch die CIA oder das FBI haben es kaum knacken können. Was nützt es Ihnen?«

Lüder grinste zurück. »Wir Deutschen haben das Auto erfunden. Einstein war einer von uns. Und vieles mehr. Meinen Sie nicht, dass wir auch so ein Ding knacken können? Ihre Leute haben einen Fehler gemacht. Sie haben nicht Frau Dr. Braun gefragt.«

»Who the hell ... Wer ist das?«

»Die Wissenschaftlerin, die das Ding in der Frühstückspause knackt«, erwiderte Lüder und registrierte, dass Katz für einen Moment verunsichert war. »Noch einmal. Was wollten Sie im Haus des Richters?«

»Ich sagte es schon.«

»Nein. Von Herzberg hat Sie nicht beauftragt.«

»Woher wollen Sie das wissen?«

»Wir haben unsere Methoden. Raten Sie einmal, wer die Panama-Papers aufgedeckt hat?« Lüder beugte sich vor. »Ganz im Vertrauen.« Dann zeigte er auf sich.

Katz schnaufte verächtlich durch die Nase. »Nie.«

»Vergessen Sie es wieder. Ich habe Sie am Haken. Mir entkommen Sie nicht.«

Zum ersten Mal wich der Amerikaner Lüders Blick aus. »Ich kann es Ihnen nicht sagen. Es fällt unter die anwaltliche Schweigepflicht.«

»Wer ist Ihr deutscher Korrespondenzanwalt?«

»Wieso? Was ist, wenn der Prozess vor einem amerikanischen Gericht stattfindet?«

»Welcher Prozess?«

Der Anwalt hatte sich gefangen. »Sie fragen immer das Gleiche. Vergeblich. No comment.«

»Gut. Dann begleiten Sie mich nach Kiel. Dort werden Sie von Spezialisten verhört.«

Katz sah nervös auf seine Armbanduhr. »Das geht nicht. Ich habe einen Termin.«
»Sagen Sie den ab.«
»Es war schwer genug, ihn zu bekommen. Ich muss jetzt aufbrechen.«
»Nein!«, sagte Lüder entschieden und hob das iPad kurz an. Der Amerikaner nagte an seiner Unterlippe. »Gut«, sagte er. »Ich kann gehen, wenn wir gemeinsam auf das Gerät sehen.«
Lüder hätte Katz nicht aufhalten können. Auch die zwangsweise Vorführung zum Verhör nach Kiel wäre nicht angemessen gewesen. Der Mann war Anwalt. Und nicht dumm. So willigte Lüder ein.
Katz zog das Gerät zu sich herüber, schaltete es ein und verdeckte die Passworteingabe mit der linken Hand. Dann suchte er die entsprechenden Dateien heraus, nickte zufrieden und drehte das Gerät um. »Hier.«
»Das haben Sie fotografiert?« Lüder sah erstaunt auf die Bilder, die in von Herzbergs Wohnung an der Wand hingen. »Aber warum denn?«
Katz lächelte überlegen. »Ich bin an Kunst interessiert.«
»Aber doch nicht an Drucken? Das sind keine Originale.«
»Ist das verboten?«
»Sie können Ihr iPad mitnehmen, wenn ich mir die Bilder auf mein Gerät übertragen kann«, sagte Lüder.
»Das verstehe ich nicht«, sagte Katz irritiert. »Was wollen Sie damit anfangen?«
»Ich will verstehen, weshalb Sie in die Wohnung eingedrungen sind und diese Bilder fotografiert haben. Ihr allgemeines ›Ich interessiere mich für Kunst‹ ist gelogen.«
Katz zog die Schultern resignierend in die Höhe. Er sah ein, dass ihm Lüder das Gerät sonst nicht aushändigen würde. Mittels Bluetooth transferierte Lüder die Fotos auf sein Smartphone.
Der Amerikaner schaltete das iPad aus und nahm es an sich. »Ich muss jetzt gehen«, sagte er. »Wie sagt man auf Deutsch? Tschüss. Auf Wiedersehen – das möchte ich nicht.«
Mit schnellen Schritten wandte er sich zum Ausgang.
Lüder folgte ihm unauffällig. Misstrauisch sah Katz sich immer

wieder um. Als er Lüder nicht entdecken konnte, steuerte Katz den Parkplatz an. Scheinbar ziellos irrte er zwischen den Fahrzeugen umher und passierte mehrfach dieselben Stellen. Schließlich schien er überzeugt zu sein, nicht verfolgt zu werden, und stieg in einen silberfarbenen Golf ein. Lüder hatte Deckung hinter einem anderen Fahrzeug in der nächsten Reihe gefunden und sah, wie Katz etwas von einem Zettel ablas und es dann ins Navi eingab. Dann startete er den Wagen und fuhr los.

Lüder sprintete zu seinem BMW und versuchte Katz zu folgen. Es erwies sich als schwieriger als gedacht. Itzehoe war keine Riesenmetropole. Trotzdem knubbelte sich der Verkehr. Immer mehr Fahrzeuge schoben sich zwischen Lüder und den Golf. Er hatte Mühe, den Amerikaner nicht aus den Augen zu verlieren. Katz fuhr Langer Peter entlang, bog in die Lindenstraße ab und zeigte Unsicherheiten am Kreisverkehr. Als er den überwunden hatte, folgte er der Ausfallstraße und nahm die Autobahn Richtung Hamburg.

Lüder ließ stets ein paar Fahrzeuge zwischen sich und dem Amerikaner. Das erwies sich als schwierig, weil Katz nicht schnell fuhr und sie von vielen anderen Fahrzeugen überholt wurden. Der Tachometer pendelte zwischen neunzig und hundert Stundenkilometern, und selbst Lkws zogen an ihnen vorbei. Der Golf hatte ein Münchener Kennzeichen. Am quer angebrachten Strichcode erkannte Lüder, dass es ein Leihwagen war.

Sie überquerten die Störbrücke. Von dort oben hatte man an guten Tagen einen wunderbaren Blick über die Marsch, durch die sich der kleine Fluss wand.

Zwischendurch notierte sich Lüder das Kennzeichen des Golfs auf seinem Smartphone. Er wusste, dass diese Beschäftigung während des Fahrens nicht korrekt war. Überraschend verließ Katz in Hohenfelde die Autobahn und nahm ab dem kleinen Dorf Steinburg, das dem ganzen Landkreis den Namen gab, die Landesstraße mit dem ungewöhnlichen Namen »Fegefeuer«. Es wurde immer spannender, als Katz nach Elmshorn abbog, am Zentrum vorbeifuhr und die B 431 nutzte. Die führte nach Uetersen. Sollte Katz die Dreistigkeit besitzen, erneut bei von Herzberg einzubrechen in dem Glauben, man würde es ihm nicht zutrauen?

Die Spannung wich ein wenig von Lüder, als Katz auch an Uetersen vorbeifuhr. Der Amerikaner zeigte immer wieder Unsicherheiten. Man merkte, dass er sich ausschließlich an den Ansagen des Navis orientierte.

In Wedel tastete sich Katz förmlich durch die Stadt, bis er schließlich vor einem respektablen Einfamilienhaus in der Elbstraße hielt, sich noch einmal umsah und dann zielstrebig dem Eingang zustrebte. Er musste nach dem Klingeln nur kurz warten, bis ihm geöffnet wurde. Offenkundig wurde er erwartet.

Lüder zog sein Smartphone hervor und rief auf seiner Dienststelle an. Oberkommissar Habersaat übermittelte ihm kurz darauf, wer in diesem Haus wohnte. Lüder war überrascht. Was wollte der amerikanische Anwalt von Professor Schröder-Havelmann, dem Stuhlmeister von Herzbergs Heimatloge? Ging es doch um eine Freimaurersache? Woher kannten sich die beiden? Lüder erinnerte sich an den Letter of good standing, das Dokument, mit dem Freimaurer rund um den Erdball ihre Zugehörigkeit zur Bruderschaft nachweisen und Hilfe oder Unterstützung einfordern konnten. Weshalb mauerte Till Kauffmann und verweigerte jede Auskunft? Der Studienkollege war kein Freimaurer. Noch etwas fiel Lüder ein. Als er mit dem Innenminister gesprochen hatte, schien der auch informiert zu sein. Er hatte erwähnt, dass dort »ein richtig großes Ding« anrollte. Offenbar war der Kreis der Eingeweihten doch nicht so klein und intim, wie es zunächst den Anschein gehabt hatte.

Gedankenverloren starrte er auf sein Mobiltelefon. Er rief noch einmal die Fotos auf, die Katz gemacht hatte, und besah sie sich. Sein laienhafter Kenntnisstand reichte nur so weit, dass er den Maler oder zumindest die Stilrichtung erkennen konnte. Was war an diesen Bildern so geheimnisvoll? Mit Sicherheit waren es keine Originale. Die hätte sich von Herzberg kaum leisten können. Was hatte Lüder übersehen?

Mit dieser Frage beschäftigte er sich auf der Rückfahrt nach Kiel. Unterwegs fasste er den Entschluss, seinen Freund Horst

Schönberg aufzusuchen. Es bereitete Mühe, in der Nähe der Medienagentur in der Wik einen Parkplatz zu finden.

Lüder klingelte mehrfach, auch ausdauernd. Er schalt sich einen Narren. Den Weg hätte er sich sparen können. Ein Anruf von unterwegs hätte ihm gezeigt, dass Horst außer Haus war.

Lüder trottete Richtung Auto, als er hinter sich Horsts Stimme hörte. »Eh, Meister Ungeduld. Was ist? Wo brennt es?«

Lüder drehte sich um und sah Horst im Hauseingang stehen und winken. Dann lachte er. Der Freund hatte sich eine Hose übergeworfen. Das Hemd war nur halb in den Hosenbund gesteckt. Er kehrte um und ließ sich umarmen. Dann ballte Lüder die Faust und schlug Horst vorsichtig aufs Herz. »Alter Schwede. Störe ich dich?«

»Wie immer«, knurrte Horst. »Mittendrin.«

»So genau wollte ich es nicht wissen. Blond? Brünett? Schwarzhaarig?«

Horst grinste breit. »Alles«, sagte er vieldeutig. »Was'n los?«

»Ich brauche —«, begann Lüder.

Aber Horst unterbrach ihn sofort. »Nix da. Kommt nicht in die Tüte.«

Lüder zupfte an dem herausragenden Hemd. »Du verkörperst vom Scheitel bis zur Sohle den perfekten Genießer. Deshalb brauche ich deinen Rat. Und natürlich als Freund.«

Horst beäugte ihn misstrauisch aus zusammengekniffenen Augen. »Ich kenne dich. Die Sache hat einen Haken.«

Lüder holte das Smartphone hervor.

Der Freund hob abwehrend die Hände in die Höhe. »Ist das schon wieder ein geklautes Handy? Das letzte Mal sollte ich dir helfen, arabische Texte zu interpretieren.«

»Das hat ja auch prima geklappt. Dank deiner Hilfe konnten wir das Rattennest in Gaarden ausheben.« Lüder fasste sich an den Kopf. »Ach. Ich verstehe. Du bist enttäuscht, dass dein Name nicht in der Zeitung stand. Das holen wir nach. Ich rufe gleich Dittert vom Boulevardblatt an und erzähle ihm die Story.«

Horst packte ihn am Arm und zog ihn ins Haus. »Bloß nicht, du Hundesohn«, sagte er lachend.

Lüder hielt ihm das Smartphone hin. »Du hast Kunstgeschichte studiert.«

»Angefangen«, redete Horst sein Wissen klein.

»Ich habe hier ein paar Bilder. Kannst du mir dazu etwas sagen?«

»Zeig mal.« Horst sah auf das Display. »Das kann ja niemand erkennen. Komm mal mit.« Er führte Lüder in sein Atelier. Es sah aus, als wäre ein Tsunami durch den großen Raum gefahren.

»Hast du einen Kompass, um dich hier zu orientieren?«, fragte Lüder.

»Das kann auch nur ein Beamter fragen.« Horst nahm Lüder das Smartphone aus der Hand, schaltete einen Mac an und wartete, bis der Rechner hochgefahren war. Er stöpselte ein Kabel in das iPhone und ließ sich von Lüder zeigen, wo die Bilder gespeichert waren. Kurz darauf erschienen die Aufnahmen in bestechender Qualität auf dem überdimensionierten Bildschirm.

»Hm«, knurrte Horst und kratzte sich das Kinn. Das »Hm« wiederholte er mehrfach.

»Wir hatten Kunstunterricht«, gestand Lüder, »aber das war nie meine Stärke. Ich verstehe das nicht. Was haben die Maler mit ihren Werken ausdrücken wollen? Und warum ausgerechnet diese? Liegt darin eine besondere Mystik, die ich nicht sehe? Der Mensch, der sich diese Drucke ins Wohnzimmer gehängt hat, verfügte auch über eine respektable Sammlung von Bildbänden. Louvre, Prado, Eremitage, Florenz, Mucha-Museum in Prag.«

Horst stieß einen leichten Pfiff aus, griff sich eine Halbbrille, die herumlag, und näherte sich mit der Nasenspitze dem Bildschirm. »Was ist mit dem passiert?«

»Er ist ermordet worden.«

»Aber nicht der Bilder wegen.«

»Das weiß ich nicht. Der Mensch, dem ich die Bilder abgenommen habe, ist in die Wohnung des Toten eingebrochen und hat diese Fotos gemacht.«

»Aber warum?«

»Das versuche ich herauszufinden. Dabei sollst du mir helfen.«

Horst sah Lüder ratlos an. »Aber wie?« Er stand auf und kehrte kurz darauf mit einer Flasche Bowmore und zwei Gläsern zurück. Lüders Protest war zwecklos. Er musste mittrinken. Nach einem lang gezogenen »Ahhhh« widmete sich Horst wieder den Aufnahmen.

»Erzähle mir etwas über den Toten.«

Lüder berichtete, dass der Mann Richter gewesen war und sich für Bilder und für Schallplatten interessierte.

»Sonst noch was?« Horst wedelte mit den Händen. »Das sagt alles noch nicht viel.«

»Freimaurer«, schob Lüder hinterher.

Horst fuhr in die Höhe. »Sag das doch gleich, Kerlemann. Ich bin kein Kunsthistoriker, glaube aber, dass Mucha Freimaurer war. Und Lovis Corinth auch. Ich habe mal gehört, dass im Dritten Reich Teile eines Schröder-Gemäldes – Schurz und Bijous – übermalt worden sind, weil das Insignien der Freimaurerei sind. Man hat es neutralisiert. Erst später hat eine Restauratorin es von der Übermalung befreit. Es gibt eine Tendenz, Freimaurerei mit den Vermächtnissen großer Maler in Verbindung zu bringen. Am bekanntesten ist vielleicht Hieronymus Bosch, der sich auf seiner bildhaften Flucht vor der Inquisition in einen Metaphernreichtum stürzte, der heute noch an LSD als Malmittel denken lässt. Bosch gehörte tatsächlich einer Loge an, der Bruderschaft ›Unserer Lieben Frau‹. In seinen Bildern gibt es deutliche Hinweise auf spätere freimaurerische Symbolik.«

Lüder klopfte Horst anerkennend auf die Schulter. »Donnerwetter, Horst. Ich habe immer geglaubt, deine Talente reduzieren sich auf Frauen, Whisky und andere schöne Dinge des Lebens. Das Opfer war auch Jude. Denen wird oft nachgesagt, dass sie besonders feinfühlig gegenüber Kunstwerken sind.«

»Hier komme ich ins Stocken. Paul Wunderlich? Friedensreich Hundertwasser? Waren das Juden?« Dann spitzte Horst die Lippen und drehte sich zu Lüder um. »Sag mal. Du weißt aber auch gar nichts. Aber davon eine Menge. Sagt dir der Name Gurlitt etwas?«

»Klar. Der hat in seiner Schwabinger Wohnung über eintausendfünfhundert bedeutende Kunstwerke gehortet. Die stellen einen unschätzbaren Wert dar. Man untersucht jetzt, ob sich darunter Raub- und Beutekunst befindet. Als Beutekunst definiert man Kulturgüter, die sich jemand in einem Krieg oder in kriegsähnlichen Zuständen widerrechtlich angeeignet hat«, sagte Lüder.

»Prima«, lobte ihn Horst. »Da spricht der Jurist.«

»Gurlitts Vater war im Dritten Reich als Kunsthändler unterwegs und hat im Namen Hitlerdeutschlands die sogenannte entartete Kunst, die man beschlagnahmt hatte, gewinnbringend ins Ausland verkauft.«

»Siehste. Da kommen wir der Sache schon näher. Diese Bilder hier – Matisse, Cézanne, Mucha und Nolde – fielen in diese Kategorie.«

Horst fuhr zusammen, als Lüder ihm einen kräftigen Schlag zwischen die Schulterblätter verpasste. »Mensch, Horst. Du bist ein Genie.«

»Das weiß ich. Aber – warum?«

»Die Bilder hat ein Amerikaner fotografiert. Ein Anwalt namens Katz.«

In Horsts Augen tauchte ein Leuchten auf. »Ein Jude?«

Lüder nickte.

»Es wäre nicht der erste Amerikaner, der im Namen der enteigneten Alteigentümer in Europa auf der Suche nach den Kulturgütern unterwegs ist.«

»Aber warum fotografiert er Bilder im Wohnzimmer des toten Richters?«

Horst streckte sich. »Das ist dein Job.« Er griff zur Flasche. »Nimm noch einen. Whisky heißt ›Wasser des Lebens‹.«

Lüder wehrte ab. »Ich muss noch fahren.«

»Na und?«, sagte Horst. »Ich erklärte es eben: Wasser des Lebens. Dann sagst du bei einer Kontrolle einfach: ›Ich habe nur Wasser getrunken.‹«

Lüder bedankte sich bei seinem Freund und fuhr nach Hause.

War das eine Spur? Ging es um Beutekunst? Dann war es erklärlich, dass alle Beteiligten schwiegen. Wo hatte Katz die Kunstwerke entdeckt? In Museen? Im öffentlichen Besitz? Oder gab es einen zweiten Fall Gurlitt, der noch nicht publik geworden war? Da von Herzberg sich für Malerei interessierte und möglicherweise auch über Sachverstand verfügte, mochte er sich im Vorfeld mit den Informationen des Amerikaners auseinandergesetzt haben. Der Richter hatte geprüft, ob die Forderungen von Katz' Auftraggebern berechtigt waren. Legal war das nicht.

 Spielte es hier eine Rolle, dass von Herzberg auch Jude war und Menschen seines Glaubens so viel Unrecht widerfahren war? Das waren alles Vermutungen. Katz hatte nicht geleugnet, mit dem Richter in Kontakt gestanden zu haben. Aber auf welchem Weg? Bisher hatten sie keine Hinweise darauf gefunden.

 Lüder war auf dem Weg nach Kiel und mochte Margit nicht erklären, weshalb er wortkarg am Abendbrottisch saß und sich auch später nicht sehr kommunikativ zeigte.

SIEBEN

Dr. Starke gehörte zu den Beamten in der Abteilung, die morgens als Erste auf der Dienststelle erschienen. So war Lüder nicht überrascht, als er eine Nachricht auf seinem Schreibtisch vorfand. Er wurde zwecks Rücksprache zum Abteilungsleiter gebeten.

Starke erkundigte sich nach dem Stand der Ermittlungen.

»Es ist mir nicht recht«, erklärte er, »dass meine Mitarbeiter mit Aufgaben betraut werden, die nicht zu unserem Aufgabenbereich gehören. Die Terrorismusgefahr ist latent gegeben. Von rechts. Von links. Und von den radikalen Islamisten. Wenn etwas passiert, stehen wir im Fokus der Öffentlichkeit, und alle Welt fragt sich: Wie konnte das geschehen? Warum hat unsere Polizei das nicht mitbekommen? Niemand möchte dann hören, dass wir versucht haben, einen bizarren Mord an einem Richter aufzuklären. Kommst du mit der Gefahrenanalyse Gaarden weiter?«

Lüder verneinte bedauernd und schob hinterher: »Der Innenminister hat mich direkt beauftragt.«

»Dann sage ihm das nächste Mal, er soll sich an mich wenden. Ich stehe in der Verantwortung.«

Lüder zeigte auf das Telefon. »Ruf ihn doch an. Dein Wort gilt mehr als meins. Wer hört auf einen kleinen Kriminalbeamten?«

»Du wirst immer wieder für Sonderaufgaben abgezogen. Wenn dem Ministerium so viel an deiner Mitarbeit liegt, sollen sie dich übernehmen. Dann könnte deine Stelle neu besetzt werden.«

Ähnlich hatte sich der Minister ihm gegenüber auch schon geäußert. Margit würde es beruhigen. Besonders seit der Geiselnahme im vergangenen Jahr war sie besorgt, wenn er zum Dienst ging. Seinen Beteuerungen, er würde einen Bürotag erleben, schenkte sie schon lange keinen Glauben mehr. Das schlechte Gewissen begleitete ihn oft. Bei seinem gefährlichen Einsatz in Afrika hatte er ihr erzählt, er sei zu einem Polizeikongress in

Südafrika. Stattdessen schlug er sich mit Rebellen in Somalia herum. Vor einiger Zeit hatte er sich bemüht, als Rechtsanwalt tätig zu werden. Der Versuch war gescheitert. Er musste feststellen, dass er dafür zu alt war. Andererseits waren Beamte seiner Laufbahngruppe inzwischen an ihm vorbeigezogen und schneller als er zum Oberrat befördert worden. Lüder wartete schon lange auf diesen Karrieresprung. Und die rund fünfhundert Euro mehr im Monat würden dem schmalen Familienbudget auch guttun.

Lüder wich aus. Er berichtete dem Kriminaldirektor über den bisherigen Erkenntnisstand. Von »Ermittlungsstand« wollte er nicht sprechen.

»Es muss doch möglich sein, in Erfahrung zu bringen, um was für einen Prozess es sich handelt«, sagte Dr. Starke erstaunt. »Was ist daran so geheimnisvoll, wenn es um Raubkunst geht? Ich stimme dir zu, dass die Erben der ursprünglichen Eigentümer ein großes Interesse daran haben könnten, die Kulturgüter zurückzubekommen. Wer hat sich die angeeignet? In wessen Besitz sind sie? Ist es der Staat? Liegen die Kunstschätze in irgendwelchen Museumskellern? Das wäre natürlich ein Skandal, wenn es ans Licht käme. Man würde fragen, weshalb man die Werke versteckt hat und nie zeigte. Die Vermutung könnte lauten: Man wusste um die Herkunft und befürchtete, dass man sie herausgeben müsse. Und wenn hinter den Anspruchstellern amerikanische Juden stecken, würde die Weltöffentlichkeit wieder einmal über Deutschland und seine Vergangenheit herfallen. Die Türkei würde genüsslich mit dem Finger auf uns zeigen und uns vorhalten, dass wir ihnen beim Feldzug gegen die Armenier Völkermord vorhalten, selbst aber keinen Deut besser sind. Und rechte Scharfmacher würden propagieren, dass die Juden unsere rechtmäßig erworbenen Kulturgüter rauben wollen. Die alte These von der jüdischen Weltverschwörung.« Dr. Starke trommelte leicht mit den Fingerspitzen auf der Tischplatte herum. »Das ist natürlich eine fatale Situation für die Politik. Da verstehe ich den Innenminister. Das Beste wäre, wenn die ganze Sache nicht öffentlich würde.«

Lüder war erstaunt. Solche Analysegespräche hatte er früher mit Jochen Nathusius geführt. Dass Jens Starke jetzt solche Gedanken mit ihm austauschte, war neu. Sein Gegenüber war ein Mensch mit einem undurchsichtigen Charakter. Nicht umsonst nannte ihn Große Jäger den »Scheiß-Starke«. Das hieß aber nicht, dass der Kriminaldirektor dumm war.

»Wir hätten damit eine Erklärung, weshalb alle Beteiligten so geheimnisvoll tun. Man könnte auch vermuten, dass Richter von Herzberg im Vorfeld eines anstehenden Prozesses gebeten wurde, die Erfolgsaussichten auszuloten. Das wäre Aufgabe der Anwälte gewesen. Die sind natürlich nicht objektiv, sondern versuchen das Ganze aus der Sicht ihrer Mandanten zu sehen. Das ist bei einem Richter anders. Ich kann mir nicht vorstellen, dass von Herzberg dieses auf Bitten des amerikanischen Anwalts gemacht hat. Nehmen wir an, die vermeintliche Gegenseite wäre die öffentliche Hand, also der Staat oder eine seiner Körperschaften. Das würde erklären, warum der Richter die Erfolgsaussichten geprüft hat, auch wenn es nicht legal ist.«

»Aber weshalb wurde er ermordet?«

»Tja«, sagte Lüder gedehnt. »Wenn von Herzberg bei seiner Expertise zu einem Ergebnis gekommen ist, dass einer potenziellen Prozesspartei nicht genehm ist, dann könnte das ein Motiv für einen Mord sein.«

»Also«, überlegte Dr. Starke laut, »die Auftraggeber von John Katz.«

»Der zeigte sich überrascht, als ich ihn über von Herzbergs Tod informierte«, warf Lüder ein.

»Das kann eine Finte gewesen sein. Katz ist Profi. Als Anwalt weiß er, wie man vor Gericht lügt, ohne es offen zu zeigen.«

Das traf natürlich zu, dachte Lüder. »Auf der anderen Seite kann ich mir auch mit viel Phantasie nicht vorstellen, dass jemand, der aufseiten der öffentlichen Hand steht, einen Mord in Auftrag gibt.«

»Wer kann in das Hirn eines fanatischen, durchgeknallten Museumsmenschen blicken?«, gab Dr. Starke zu bedenken. »Wir haben es hier nicht mit einem triebgesteuerten Täter zu tun. Bleibt noch die Frage, warum man diese mysteriöse Tötungsart gewählt hat.«

»Das macht Sinn«, erwiderte Lüder. »Man lenkt damit den Verdacht auf die Freimaurer und ihre geheimnisumrankte Welt. Das hat ja auch geklappt. Wir sind prompt darauf hereingefallen. Wenn wir alles zusammen betrachten, verstehen wir auch das Interesse des Innenministers. Der Vorgang käme einem mittleren Erdbeben gleich. Und das kann nicht im Interesse der Politik sein.«

Dr. Starke nickte versonnen. »Also ist es doch ein Fall für unsere Abteilung, auch wenn man uns die wahren Beweggründe für unseren Einsatz vorenthalten will. Aber«, er schwenkte dabei den Zeigefinger, »wir dürfen darüber die Gefährdungsanalyse Gaarden nicht aus den Augen verlieren.«

Lüder stimmte ihm zu und kehrte in sein Büro zurück. Von dort aus beauftragte er Oberkommissar Habersaat, alle Kommunikationswege von Herzbergs überprüfen zu lassen, Ausgänge wie Eingänge, ob dort etwas in Richtung Amerika gelaufen sei.

»Morgen komme ich im Kleid«, murrte Habersaat. »Dann ist auch äußerlich erkennbar, dass ich zu Ihrer Sekretärin mutiert bin. Aber eins sage ich Ihnen: Auf Ihren Schoß setze ich mich nicht.«

»Und wie ist es mit dem Kaffee?«, fragte Lüder.

»Den trinke ich allein.«

Lüder rief im Landgericht Itzehoe an und verlangte, Till Kauffmann zu sprechen. Er erfuhr, dass der Richter heute zu Hause arbeiten würde. Es gehörte zur Freiheit des Richteramtes, nicht an feste Arbeitszeiten am Schreibtisch gebunden zu sein. So nahmen manche Richter die Möglichkeit wahr, diffizile Fragestellungen oder Urteilstexte in der Stille des häuslichen Arbeitszimmers zu bearbeiten. Kauffmann wohnte in Wrist, dem Nachbarort von Lüders Geburtsort Kellinghusen. Nach der Stilllegung der Strecke von Wrist über Kellinghusen nach Itzehoe war das beschauliche Dorf als Haltestelle des Regionalexpresses Hamburg–Kiel von Bedeutung.

Kauffmann war nicht begeistert, als Lüder ihn anrief und sein Kommen avisierte. Er versuchte sich »mit dringenden Arbeiten, die ein hohes Maß an Konzentration« erforderten, herauszureden. Lüder blieb hartnäckig.

Lüder nahm die Autobahn bis Brokenlande und entschied sich, nicht über die Dörfer zu fahren, sondern den Weg über Bad Bramstedt zu nehmen. Kauffmann wohnte in einem schönen Einfamilienhaus in einer – so würde man es plakativ formulieren – blitzsauberen Siedlung, die es in Lüders Jugendjahren noch nicht gegeben hatte. In der nach dem niederdeutschen Erzähler und Lyriker Fehrs benannten Straße reihten sich lauter schmucke Häuser aneinander.

Der Vorgarten war gepflegt, das Haus machte einen ebenso guten Eindruck. Dazu passte auch die Frau mit dem dunklen Pagenschnitt, die ihm die Tür öffnete. Sie war leger gekleidet. Das unterstrich ihre sportliche Figur. Ein so attraktives Wesen hätte Lüder seinem Studienkollegen nicht zugetraut.

»Herr Lüders?«, fragte sie mit angenehmer Stimme und reichte ihm die schlanke Hand. »Till erwartet Sie.«

Der Richter saß in Jeans und Sporthemd in einem beengten Büro. Auf dem gegen die Wand gestellten Schreibtisch stapelten sich aufgeschlagene Gesetzestexte, noch mehr aber Kommentare. Kauffmann hatte einen Desktop und ein Notebook in Betrieb gesetzt.

»Lüder«, sagte er und streckte die Hand vor. Dann wies er auf den Schreibtisch. »Ich habe enge Termine. Alle Welt beklagt sich, dass es lange dauert, bis ein Prozess terminiert wird. Von der Überlastung der Justiz hingegen spricht keiner. Um was geht es? Bist du weitergekommen? Ach, Entschuldigung. Möchtest du einen Kaffee? Ein Wasser? Etwas anderes?«

Lüder entschied sich für einen Kaffee. »Schön habt ihr es hier«, sagte er. »Wie kommst du nach Wrist?« Er berichtete, dass er in der Nachbarschaft groß geworden sei.

»Es passte alles zusammen. Das Grundstück, die Umgebung. Es war finanzierbar. Nun wohnen wir hier schon eine Weile und fühlen uns wohl. Der Schulweg nach Kellinghusen ist auch überschaubar. Und mit dem Auto kommst du überall schnell hin.«

Kauffmanns Frau brachte eine Kaffeetasse. »Habt ihr noch?«, fragte sie und zeigte auf die Thermoskanne, die auf dem Schreibtisch stand.

»Ich dope mich damit«, gestand Kauffmann und schüttelte die Kanne. »Könntest du uns noch neuen machen, Nina?«, fragte er.

»Ihr habt euch schon bekannt gemacht? Ninette, meine Frau. Das ist Lüder. Wir haben zusammen studiert. Heute ist er beim Landeskriminalamt.«

Als Kauffmanns Frau gegangen war, unterbreitete Lüder dem Richter die These von der Raubkunst. Sein Studienkollege hörte aufmerksam zu, ohne ihn zu unterbrechen. Kauffmann war die geballte Konzentration. Er spielte nicht mit den Fingern, bog keine Büroklammern oder drehte einen Kugelschreiber.

Lüder schloss seinen Bericht mit der Frage: »Wer tritt in von Herzbergs Fußstapfen am Landgericht? Diese Frage hatte ich dir schon einmal gestellt.«

»Das wird sich herausstellen«, wich Kauffmann aus.

»Till! Welche Rolle spielst du dabei?«

»Ich? Rolle?« Kauffmann war für einen Moment irritiert. »Ich versteh dich nicht.«

»Du bist nicht irgendwer. Du willst mir auch nicht weismachen, dass du nicht mit einem Auge auf den nächsten Karriereschritt siehst.«

»Du weißt, wer über die Berufung oder Beförderung von Richtern entscheidet? Das ist in der Landesverfassung und im Richtergesetz definiert.«

Lüder winkte ab. »Formell – ja. Aber man muss sich durch gute Arbeit hervorgetan haben. Du wirst wissen, wo du stehst.«

Kauffmann spitzte die Lippen. »Na ja«, sagte er gedehnt. »Das ist schon richtig.«

»Also?«, drängte Lüder.

»Es ist ein bisschen unangenehm, wenn man durch ein solches Ereignis auf der inoffiziellen Warteliste nach oben rutscht. Niemand weiß, welche Entscheidung durch den Richterwahlausschuss und das Ministerium getroffen wird.«

»Rede nicht um den heißen Brei herum. Machst du dir Hoffnungen?«

Kauffmann ließ sich Zeit mit der Antwort. »Es würde keine große Überraschung bedeuten, wenn ich mit in die engere Wahl käme.«

Lüder beließ es dabei. Er würde nichts Konkretes von Kauffmann hören.

»Wir haben auch ein Haus in Kiel. Keinen Neubau«, sagte Lüder. »Dank der Unterstützung meiner Eltern haben wir damals den Sprung wagen können.«

Kauffmann nickte zustimmend. »Wir haben es allein geschafft. Man musste sich in den ersten Jahren ganz schön krummlegen und auf manches verzichten. Damit ist es aber noch nicht vorbei. Jetzt steht das Studium der Kinder bevor. Da sind wir wieder gefordert.« Der Richter seufzte. Plötzlich schien ihm etwas einzufallen. »Sag mal. Ist das ein Ausforschen meiner wirtschaftlichen Verhältnisse? Ich habe den leisen Verdacht, du verhörst mich.«

Lüder spielte den Unschuldigen. »Ich? Warum denn? Gäbe es einen Grund?«

»Glaubst du, es käme mir gelegen, von Herzbergs Position zu übernehmen?«

Lüder bestritt vehement, solche Gedanken gehegt zu haben. Hoffentlich schenkte ihm Kauffmann Glauben. Kauffmann war immer schon extrem ehrgeizig gewesen. Ein Prozess, der international Aufsehen erregen würde, war für das weitere Vorankommen eines Richters von unschätzbarem Vorteil. Kauffmann hatte Lüder eingeschaltet. Das war richtig. Aber was war, wenn er mittlerweile so umtriebig war und ein Spiel über Bande betrieb und nach außen tat, als habe er Hilfe eingefordert? Es war ein gewagtes Gedankenspiel. Bei Mordermittlungen durften keine Optionen außer Acht gelassen werden. Lüder brachte das Gespräch wieder auf die Raubkunst zurück. »Es hätte mir Umwege erspart, wenn du mir das gleich erzählt hättest, anstatt geheimnisvoll zu tun.«

»Im Detail bin ich auch nicht informiert«, sagte Kauffmann. »Ich will aber nicht ausschließen, dass es so sein könnte. Von Herzberg und ich haben ganz zwanglos Gedanken zu einem solchen Fall ausgetauscht. Rein hypothetisch. Ich habe dir gegenüber geschwiegen, weil ich den Kollegen schützen wollte. Von Herzberg hat nie etwas Unrechtes getan. Er war Richter aus Leidenschaft, immer Recht und Gesetz verpflichtet. Manchmal erschien er mir fast ein wenig unheimlich, so fanatisch war er. Er hat mir einmal anvertraut, dass ihn gelegentlich die Frage belastete, ob er mit seinen Urteilen immer richtigläge.«

»Neigte er zu Depressionen?«, wollte Lüder wissen. Kauffmann schüttelte den Kopf. »Nein. So weit würde ich nicht gehen. Ich habe es dir schon erklärt. Von Herzberg war besessen davon, es richtig zu machen.«

»Hast du eine Vermutung, wer die Parteien in einem solchen Prozess sein könnten?«

»Ich habe für mich selbst schon Überlegungen dazu angestellt, allerdings ohne Ergebnis. Deine Idee, dass amerikanische Interessen dahinterstecken könnten, ist nicht von der Hand zu weisen.«

»Und die andere Partei?«

»Keine Ahnung.« Es klang überzeugend. »Ich möchte auch keine Spekulationen anstellen. Wenn ich ein Resümee aus unserem Gespräch ziehen würde ... Ich kann mir nicht vorstellen, dass bei einem noch so bedeutsam erscheinenden Prozess eine der Parteien zum Mörder wird. Mir ist kein Fall bekannt, dass man einen Richter aus solchen Motiven heraus getötet hat.«

»Vieles ist unvorstellbar und geschieht das erste Mal«, sagte Lüder vage und bat Kauffmann, sich zu melden, wenn sich Neuigkeiten ergeben würden.

Er fuhr die vier Kilometer bis Kellinghusen. Viel zu selten besuchte er seine Eltern, stellte er unterwegs fest. Als Kind, aber auch als Schüler hatte er sich nicht vorstellen können, das Paradies in Mittelholstein einmal zu verlassen. Irgendwie war die Stadt stehen geblieben oder hinkte zumindest ein wenig der Zeit hinterher.

Das war gut so, dachte er, als er durch die Hauptstraße fuhr und in Erinnerungen an »damals« schwelgte. Die Eisenbahn gab es nicht mehr, und das kleine Krankenhaus in der Lornsenstraße, in dem er das Licht der Welt erblickt hatte, war auch verschwunden. »Was sollte nach dir auch noch kommen«, hatte Margit diesen Umstand einmal kommentiert.

Der Vater hatte den Zimmereibetrieb schon vor langer Zeit

verkauft. Die Eltern wohnten aber immer noch in dem Einfamilienhaus auf dem Betriebsgelände. Lüders Frage, ob sie sich nicht ein anderes lauschiges Plätzchen suchen sollten, hatte sein Vater zurückgewiesen und den Spruch mit dem Baum gebracht, den man nicht mehr verpflanzen würde.

Seine Mutter sah ihn erstaunt an, als er vor der Tür stand. »Kind? Du? Wo kommst du denn her?« Dann schlang sie ihre Arme um ihn und drückte ihn an sich. Sie trug einen bunten Kittel. Lüder konnte sich nicht erinnern, sie jemals anders bekleidet gesehen zu haben, wenn sie in Haus und Garten tätig war. Er musste lachen, als sie »Komm her, mein Kleiner« sagte. Dabei reichte sie ihm gerade bis zur Schulter. Dann nahm sie ihn bei der Hand und zog ihn ins Haus. »Papa hat sich ein wenig hingelegt. Wie immer nach dem Mittag«, sagte sie.

Lüder wurde mit Kaffee versorgt. Protestieren half nichts. Er musste zwei Teller voll selbst gemachter Erbsensuppe essen und Rede und Antwort stehen. Mit Mühe konnte er den dritten Teller Suppe verweigern, als sein Vater auftauchte und meinte, das Kind müsse etwas zu essen bekommen. Mit einem schlechten Gewissen und dem Versprechen, bald wieder einmal mit seiner Familie zu kommen, verabschiedete er sich nach einiger Zeit wieder. Die Rückfahrt nach Kiel verlief ereignislos.

Am frühen Nachmittag lag das Ergebnis der Auswertung vor. Oberkommissar Habersaat hatte alle Kommunikationswege von Herzbergs überprüft, die ausgehenden wie die ankommenden. »Festnetz, Mobil und Mailverkehr«, ergänzte Habersaat. »Zumindest die, die wir lokalisieren konnten. Es ist nicht ausgeschlossen, dass von Herzberg noch weitere Mailadressen unter anderen Namen benutzt hat, die wir so schnell nicht ermitteln konnten. Auf Handy und Rechner, den Sie mitgebracht haben, war nichts dergleichen zu finden.«

»Ich halte es für ausgeschlossen, dass von Herzberg von einem konspirativen Rechner unter dem Pseudonym ›Blonder Deichaffe‹ oder ähnlich phantasievoll mit Katz in Amerika korrespondiert hat«, sagte Lüder. »Aber irgendwie müssen sie zueinandergekommen sein.«

»Wir haben auch die Daten des Telefonproviders ausgewertet«, fuhr Habersaat fort. »Nichts. Nirgendwo gibt es einen Hinweis auf Kontakte nach Amerika.«

»Warum sollte Katz mich in diesem Punkt belügen?«, überlegte Lüder laut. »Es würde ihm keinen Vorteil bringen. Es sei denn, dem Amerikaner wäre daran gelegen, von Herzberg in ein schlechtes Licht zu rücken, indem er uns suggeriert, der Richter habe ihm unsauber vor Prozessbeginn Informationen und eine Einschätzung zukommen lassen. Katz ist clever. Er würde so etwas nie direkt behaupten, sondern den Ball über Bande spielen, hoffen, dass wir selbst auf diese Idee kommen und sie als wahrscheinlich betrachten, weil sie von uns stammt.«

Kurz vor Feierabend traf eine Erfolgsmeldung ein. Die rührige Föhrer Polizei hatte weiter auf der Insel Erkundigungen eingezogen. Die angetrunkenen Kegelbrüder, die vermutlich von Herzberg und seinen beiden Begleitern auf der Promenade in Wyk begegnet waren, wagten die Vermutung, es könnten Osteuropäer gewesen sein.

»Mit Sicherheit waren es keine Nordfriesen«, hatte der Zeuge behauptet.

Hauptkommissar Thomsen und seine Leute waren vom Jagdfieber gepackt. Großstadtermittler hätten einen solch vagen Hinweis abgetan. Thomsen hatte den Ball aufgenommen. Während Menschen fremder Herkunft in den Metropolen das Straßenbild mitbestimmten, fielen sie in Wyk auf.

»Ja«, hatte der Betreiber eines kleinen Hotels bestätigt. Da seien zwei Gäste gewesen, die nur radebrechend Deutsch sprachen. Sie hätten für eine Nacht ein Zimmer gebucht. Thomsen hatte sich die Namen notiert, die die Männer angegeben hatten. Leider hatten sie das Zimmer bar bezahlt. Sonst, so hatte der Hotelier bedauert, könne er nichts sagen.

ACHT

Das Wochenende hatte Lüder mit der Familie zugebracht und den Mord, die Riten der Freimaurer und jeden Gedanken an Raubkunst verdrängt. Familie? Die beiden Großen gingen meist ihre eigenen Wege. Auch von Jonas hatte er nicht viel gesehen. Sinje hatte eine Freundin über Nacht zu Besuch. Wie gut, dass es noch nicht der Freund ist, dachte Lüder.

Ganz unbeschwert waren die freien Tage trotzdem nicht. Margit war noch nicht wieder die Alte. Immer noch litt sie unter dem Trauma der Geiselnahme. Lüder hatte mehrere Gespräche mit dem Psychologen geführt. Es gab keinen Königsweg, wie er sich verhalten sollte. Das Thema totschweigen? Dann würde sich Margit alleingelassen fühlen, hatte der Psychologe gesagt. Darüber sprechen? Dann kämen die Erinnerungen nicht zur Ruhe. Psychologen! Es war ungerecht, wie Lüder einmal voller Bitternis seinem Freund geklagt hatte. »Das sind die Leute, die einen verschleiert ansehen und sagen: ›Sie hatten eine schwere Kindheit.‹« Nein. Hatte Lüder nicht.

Große Jäger hatte eine Mail geschickt, in der er ankündigte, sie würden sich die Kameraaufzeichnungen am Kassenautomaten des Inselparkplatzes in Dagebüll ansehen, weil Thomsen aus Wyk überzeugt war, dass die Männer nicht mit dem Auto auf Föhr gewesen waren. Sie hielten es für unwahrscheinlich, dass die beiden mit dem Zug angereist waren.

Von der Staatsanwaltschaft erfuhr Lüder, dass die sterblichen Überreste von Herzbergs zur Beerdigung freigegeben worden waren. Er war erstaunt, als er erfuhr, dass sich nicht etwa die Witwe, sondern ein Bevollmächtigter namens Josef Riemenschneider darum kümmerte. Das war der Sekretär der Loge von Herzbergs. Auf Lüders Nachfrage versicherte die Mitarbeiterin der Staatsanwaltschaft, dass Riemenschneider sich durch ein notariell beglaubigtes Schriftstück ausgewiesen habe.

»Wie hieß der Notar?«, wollte Lüder wissen.

»Moment.« Im Hintergrund hörte Lüder, wie die Frau »Wo

ist meine Brille?«, murmelte. »Rechtsanwalt und Notar Feuerborn aus Barmstedt.«

Lüder rief anschließend die Webseite der Kanzlei auf. Dort war nichts Außergewöhnliches erkennbar. Lüder war auch nicht sonderlich überrascht, als er den Namen Heinrich Feuerborns im Vereinsregister fand. Feuerborn war dort als Vorstandsmitglied der Loge Neocorus zum Nordmeer eingetragen. Ob es auch ein Testament gab? Sein Versuch, den Barmstedter Notar telefonisch zu erreichen, scheiterte. Man wollte ihm keine Auskunft erteilen, wann Feuerborn zu sprechen sei, und nahm seine Bitte um Rückruf zur Kenntnis. Auch das Bemühen, Katharina von Herzberg zu sprechen, scheiterte. Ob die Witwe wieder im Golfclub war?

Die Freimaurer umgaben viele Geheimnisse. War es üblich, für den Todesfall einem Mitbruder eine Vollmacht zu hinterlassen? Und wenn es ein Testament gab – wer war der Erbe? Sie hatten sich bisher nicht mit der Familie des Toten beschäftigt. Lüder wusste lediglich, dass es keine Kinder gab. Also war die Witwe die Nutznießerin. Selbst wenn von Herzberg etwas anderes verfügt haben sollte, stand ihr der Pflichtanteil zu. Lüder versuchte sein Glück und erreichte den Sekretär der Loge in Elmshorn. Auf die Frage, was es mit der Vollmacht auf sich habe, wollte Riemenschneider ebenso wenig antworten wie darauf, ob es den üblichen Usancen entsprach.

»Verdammt«, fluchte Lüder. »Was soll diese Geheimniskrämerei? Warum kümmern Sie sich um die Beerdigung?«

»Wir sind uns auch über den Tod hinaus zugetan«, antwortete Riemenschneider ausweichend.

»Wurde die Loge im Testament bedacht?«, wollte Lüder wissen.

»Ich bin hier nur für die administrativen Dinge zuständig«, wich der Sekretär aus.

»Kommt es oft vor, dass Brüder nach ihrem Tod ihren Logen etwas vermachen?«

»Das ist tatsächlich früher häufiger der Fall gewesen. So wurden die stattlichen Logenhäuser finanziert. Heute kommt das nur selten vor, weshalb neue Logenhäuser auch immer bescheidener ausfallen.«

»Und wie war es bei Ulrich von Herzberg?«
»Das kann ich Ihnen nicht sagen.«
Es war sinnlos. Lüder würde von Riemenschneider keine weiteren Auskünfte erhalten.
Lüders Handy meldete sich. Auf dem Display sah er, dass Große Jäger versuchte, ihn zu erreichen.
»Was gibt es Neues in Husum?«, fragte er zur Begrüßung.
»Nichts«, erwiderte Große Jäger. »Die Tine stellt immer noch den rechten Fuß vor.« Er spielte damit auf die gern gestellte Frage an Husum-Besucher an, was die Tine, die Bronzefigur auf dem Marktbrunnen – Husums Wahrzeichen –, vorstelle. Die Befragten sahen lange auf die Fischerfrau in Holzpantinen und stellten vielerlei Vermutungen an, um sich anhören zu müssen, dass die Tine eben ihren rechten Fuß vorstellte.
»Ich war ja skeptisch«, begann Große Jäger. »Um ehrlich zu sein: Ich hielt die Frage, wer sich wo aufgehalten hat, als der Richter mit dem Quickborner Anschluss telefonierte, für bescheuert. Ich habe unseren jungen Kollegen hingeschickt. Zugegeben – auch mit dem Hintergedanken, ihn einmal auflaufen zu lassen. Auch das muss ein Polizist lernen.«
»Schön«, sagte Lüder. »Mit welchem Ergebnis?«
»Cornilsen ist ein Terrier, der so lange sucht, bis er sich festbeißen kann. Er ist tatsächlich fündig geworden.«
»Bitte?« Lüder war vor Überraschung laut geworden.
»Das hat zwar Zeit gekostet. Aber die war gut investiert.«
Lüder platzte vor Neugierde. »Raus mit der Sprache.«
»Katharina von Herzberg war am Tage vor dem Mord ...«
»Als das lange Gespräch geführt wurde«, unterbrach Lüder.
»... auf dem Golfplatz. Cornilsen hat zwei Frauen gefunden, die mit ihr in einem Flight unterwegs waren. Beide haben bestätigt, dass die Herzberg die Runde nicht für lange Zeit unterbrochen hat. Sie hat mehrmals auf dem Golfplatz telefoniert. Mit dem Friseur, dem Masseur und ähnlich Wichtigen. Ihre Begleiterinnen konnten sich gut daran erinnern, weil sie es genauso handhaben.«
Lüder bedankte sich bei Große Jäger. Das war ein kleiner Durchbruch. Was veranlasste einen viel beschäftigten Mann

wie Friedhelm Böttinger, zweieinhalb Stunden mit Richter von Herzberg zu telefonieren? Lüder war auf die Erklärung gespannt.

Es kostete Lüder einige Telefonate, bis er wusste, dass sich Böttinger in seinem Unternehmen in Norderstedt aufhielt. Es bedeutete weitere Mühen, bis er Böttinger in dessen Büro gegenübersaß. Der Mann schätzte es anscheinend, auch äußerlich zu zeigen, welche Stellung er einnahm. Während es Unternehmer gab, die sich als Teil eines großen Ganzen präsentierten, residierte Böttinger. Sein Arbeitszimmer glich einem Tanzsaal und war mit Sicherheit von einem guten Innenarchitekten gestaltet worden. Auch in manchen Behörden gab es Richtlinien, welcher Hierarchiestufe ein bestimmtes Einrichtungsequipment zustand. Lüder erinnerte sich, dass man früher von »Achsen« sprach. »Achsen« waren die Anzahl von – kleinen – Fenstern, die jemand für sich beanspruchen konnte. Es herrschte in manchen Köpfen auch die Vorstellung, dass Besucher vom Weg von der Tür bis zum Schreibtisch beeindruckt werden sollten. Lüder ließ sich nicht beirren.

»Moin«, grüßte er salopp und nahm ungefragt auf einem Lederstuhl am Arbeitsmöbel Platz. Er schlug die Beine übereinander und begann sofort mit einer Offensive. »Sie haben gelogen.«

Böttinger wollte antworten, aber Lüder schnitt ihm mit einer Handbewegung das Wort ab. Er zeigte auf das Telefon. »Wollen Sie Professor Scherenberg anrufen und Ihren Anwalt fragen, wie er das sieht? Scherenberg ist ein tüchtiger Mann, aber vor Dummheit kann er seine Mandanten auch nicht schützen. *Sie* haben am Tag vor Ulrich von Herzbergs Ermordung zweieinhalb Stunden mit ihm telefoniert.«

»Wie kommen Sie zu einer solchen Behauptung?« Böttinger hatte Mühe, ruhig zu bleiben. Sein Mienenspiel verriet ihn.

»Ermittlungsarbeit«, sagte Lüder.

»Was fällt Ihnen ein, illegal die Telefone anzuzapfen? Außerdem – es gibt keine Beweise.«

»Es ist nichts Illegales geschehen«, sagte Lüder. »Telefone

anzapfen? Das hätte vor von Herzbergs Tod geschehen sein müssen. Davon ist nicht die Rede. Dass wir seine Anruflisten auswerten – das ist Routine. Aber das ist Ihnen nicht neu.«
»Ich habe Ihnen gesagt, dass weder Katharina noch ich mit Ulrich gesprochen haben.«
»Lügen Sie nicht.« Lüder schnauzte den Unternehmer an. »Es gibt Beweise, dass Sie es waren. Zeugen können es bestätigen.«
»Welche Zeugen? Das ist an den Haaren herbeigezogen.«
»Katharina von Herzberg kann es nicht gewesen sein. Das haben wir festgestellt. Sie bleiben übrig. Also?«
»Ich? Jeder kann den Anruf entgegengenommen haben.«
»Dann müssten Sie Namen nennen. Wer hat sich in Ihrem Haus aufgehalten? Tischen Sie mir nicht das Märchen vom Unbekannten auf, der in Ihre hochgerüstete Villa eingedrungen ist. Glauben Sie wirklich, von Herzberg spricht über zwei Stunden mit einem unbekannten Einbrecher?« Lüder schüttelte energisch den Kopf. »Worum ging es bei diesem Gespräch?«
Böttinger ließ die Schultern nach vorn fallen. Er sah ein, dass Leugnen sinnlos war. »Es war höchst vertraulich. Deshalb wollte ich nicht, dass etwas an die Öffentlichkeit dringt«, sagte er leise.
»Bin ich die Öffentlichkeit?« Lüder tippte sich gegen die Brust.
»Sie erwecken nicht den Eindruck, ein Hort der Verschwiegenheit zu sein.«
»Was haben Sie für Vorstellungen?«, sagte Lüder. »Dinge, die man uns anvertraut, erfährt der Staatsanwalt. Wie der damit umgeht ... Das kann ich nicht einschätzen.« Lüder dachte dabei an Oberstaatsanwalt Brechmann in Kiel, mit dem er nicht warm werden konnte.
Böttinger nahm einen Montblanc-Füller zur Hand und besah sich das Schreibgerät, als hätte er es neu entdeckt.
»Es ging um ein Thema unter Freimaurern«, sagte er schließlich. »Da gilt das Gebot des Schweigens.«
»Sind Sie auch Freimaurer?«, fragte Lüder erstaunt.
Am Gesichtsausdruck seines Gegenübers erkannte Lüder, dass Böttinger begriff, dass er einen Fehler gemacht hatte.
»Weshalb verschweigen Sie Ihre Zugehörigkeit? Es ist kein

Verbrechen, Freimaurer zu sein. In Amerika bekennen die Leute freimütig ihre Zugehörigkeit zu einer Loge, sogar zu mehreren. Proud to be a Mason.«

»Hier gelten unsere Regeln.«

»Wer gehört eigentlich nicht zu Ihrer Truppe?«

Bei »Truppe« zuckte Böttinger zusammen. »Ich verbitte mir solche Anspielungen«, sagte er scharf.

»Sind Sie auch in der Loge Neocorus zum Nordmeer?«

Böttinger verneinte es.

»Sondern? Was ist da so geheimnisvoll dran? Gehören Sie zur P2 oder zu einer Nachfolgeorganisation?«

Böttinger holte tief Luft. Seine Brustmuskulatur spannte sich. »Man kann der Bundesrepublik nicht vorwerfen, rassistisch zu sein. Dieses Land garantiert auch die Religionsfreiheit. Es ist schlimm, was im Dritten Reich geschehen ist. Ich verwahre mich aber dagegen, dass die heute lebenden Menschen persönlich für diese Verbrechen verantwortlich gemacht werden. Es gibt die historische deutsche Schuld. Ja! Aber weder Sie noch ich waren an den Verbrechen der Nazi-Schreckensherrschaft beteiligt. Mit dem gleichen Recht weise ich zurück, dass die Loge P2 etwas mit dem Freimaurertum zu tun hat.«

»Trotz Ihrer langen Erklärung haben Sie mir noch nicht gesagt, zu welcher Loge Sie gehören.«

»Meine Loge ist die Aurora Borealis am Nordmeer.«

»Aurora Borealis«, wiederholte Lüder. »Das Polarlicht.«

»Korrekt müsste es ›das Nordlicht‹ heißen«, sagte Böttinger. »Wissenschaftlich eben Aurora Borealis.«

»Freimaurer scheinen es zu lieben, zu latinisieren. Wollen Sie damit einen gewissen Bildungsanspruch signalisieren?«

»Früher fanden sich viele Akademiker in den Logen zusammen. Aus dieser Zeit stammen die Logennamen. Das ist Historie. Heutige Gründungen sind schnörkelloser. Es hat sich durchgesetzt, im alltäglichen Gebrauch auch bei alten Logennamen wie dem unsrigen von den Aurora-Brüdern oder der Aurora-Bruderschaft zu sprechen.«

»Von Herzberg war Lateiner«, stellte Lüder für sich fest. Plötzlich fiel ihm das Dokument ein, das sie im Haus des Richters in dem Schrank mit dem Sicherheitsschloss gefunden hatten. »Ulrich von Herzberg war Ehrenmitglied in Ihrer Loge. Es liegt eine entsprechende Urkunde vor. Wie kommt man zu einer solchen Ehre?«

»Das können verschiedene Gründe sein, zum Beispiel Unterstützung beim Aufbau der Loge …«

»Trifft das hier zu?«

»Aurora Borealis ist eine alte Loge, lange vor Ulrich von Herzberg gegründet. Da waren schon unsere Väter und Vorväter involviert. Ein Grund könnte sein, dass das Ehrenmitglied häufig als Gastredner aufgetreten ist oder sich durch großzügige Spenden hervorgetan hat.«

»Was trifft in diesem Fall zu?«

Böttinger zuckte nur mit den Schultern.

»Also. Worüber haben Sie so lange mit von Herzberg am Telefon gesprochen?«

Das Lächeln, das Böttingers Mundwinkel umspielte, zeigte Lüder, dass sich der Mann wieder sicherer fühlte. Das unterstrich auch die Handbewegung, mit der er symbolisch Lüders Fragen wegwischte. »Sie sind nicht selbst darauf gekommen. Ulrich von Herzberg war Ehrenmitglied unserer Loge. Er ist nicht nur in seinem Richteramt aufgegangen, sondern war auch sonst ein besonderer und vielseitig interessierter Mensch mit viel Lebenserfahrung.«

»Hören Sie doch auf«, unterbrach Lüder ihn rüde. »Bei meinem Besuch in Ihrem Hause haben Sie und Katharina von Herzberg als von einem spießigen Kleinbürger gesprochen, der in einer muffigen Welt zu Hause war. Und jetzt solch ein Lobgesang. Was wollen Sie damit sagen?«

Böttinger war für einen kurzen Moment irritiert. »Sie müssen etwas missverstanden haben. Davon war nie die Rede.«

»Katharina hat sich darüber ausgelassen, dass ihr von Herzbergs Welt zu klein und zu eng war. Sie konnte es angeblich nicht mehr ertragen, wie ihr Ehemann seiner Geheimniskrämerei bei den Freimaurern nachhing. Dieser ganze Hokuspokus, so sagte sie, widere sie an. Und nun? Ihr neuer Lover ist auch Freimaurer. Wie passt das zusammen?«

Böttinger zog die Stirn in Falten. Für Lüder stand die Antwort fest. Die Frau war eine Motte und flog ins Licht, dorthin, wo die Sonne, wie sie sie interpretierte, am hellsten strahlte. Ob ihr bewusst war, dass die hellen Lampen den Insekten den Tod brachten?

Jetzt glättete sich die Stirn seines Gegenübers wieder. Böttinger hatte eine Antwort gefunden.

»In Ihrem Unverständnis und Nichtwissen interpretieren Sie die Dinge falsch. Sie basteln sich etwas zurecht.« Er zeigte einen kleinen Spalt zwischen Daumen und Zeigefinger. »Die Kleingeister begreifen nicht die Großartigkeit der Bruderschaft. Würden alle Menschen denken und handeln wie die Freimaurer, wäre unsere Welt frei von Krieg und Elend.«

»Es mag sein, dass sich viele Idealisten und Humanisten in den Bruderschaften zusammenfinden. Der Kommunismus ist in der reinen Lehre auch ein Idealzustand. Alles gehört allen. Aber dann tauchten die Funktionäre auf, die ein bisschen gleicher waren. George Orwell hat das Thema in seinem Roman ›Farm der Tiere‹ meisterhaft verarbeitet. Zunächst sollten alle gleich sein, aber dann etablierte sich eine Gewaltherrschaft der Schweine, die schlimmer war als das Joch, unter dem sie zuvor unter der Herrschaft der Menschen leiden mussten. *Schweine*, Herr Böttinger! Das ist wie bei den Menschen.«

»Sie kommen aus Ihrer kleinen Welt einfach nicht heraus, wollen nicht verstehen, dass es Menschen gibt, die universeller denken als Sie.«

»Sie haben mit von Herzberg also zwei Stunden lang die Probleme der Welt erörtert. Und Sie dürfen nichts sagen, weil bei Ihrer Aufnahme in die Bruderschaft die Gutturale, also das symbolische Halsabschneiden, durchgeführt wurde. Sie haben sich darauf eingelassen, dass Ihnen lieber der Kopf abgeschnitten wird, als dass Sie ein Geheimnis verraten.«

Böttinger blinkerte mit den Augen. »Woher wissen Sie das?« Er war überrascht. Lüder erkannte es daran, dass der Mann sich vorbeugte.

»Ich weiß noch mehr«, sagte Lüder. »Ich weiß, dass dem Neophyten, also dem Neuling, der Zirkel aufs Herz gesetzt wird. Der Logenmeister klopft darauf mit dem Meisterhammer. Es folgt noch das Ritual mit der Blutschale —«

»Ist gut«, unterbrach ihn Böttinger unwirsch. »Irgendwie ist es Ihnen gelungen, einen Bruder derart unter Druck zu setzen, dass er Ihnen diese Geheimnisse verraten hat. Das hätte nie geschehen dürfen.«

Lüder ließ unerwähnt, dass John Katz das offenbar anders sah. Der Amerikaner schien keine Probleme damit zu haben, Rituale der Freimaurer offenzulegen. Lüder fand das auch nicht schlimm. Rituale gab es überall. In der christlichen Kirche wurde die Hand aufgelegt. Mit der Oblate verzehrte man den Leib Christi. Ein symbolträchtiger Akt. Das Kreuz, ein Hinrichtungsinstrument, wurde zum weltweiten Symbol des christlichen Glaubens. Aber, und das war der entscheidende Unterschied, das geschah öffentlich. Es wäre aber unergiebig, jetzt mit Böttinger darüber diskutieren zu wollen.

»Ich könnte ins Vereinsregister sehen. Oder Sie verraten es mir. Sind Sie Funktionsträger in der Loge Aurora Borealis?«

Böttinger schien nachzudenken. Er kam zu dem Schluss, dass Lüders Argument zog. »Ich bin Stuhlmeister«, sagte er leise.

»Also Vereinsvorstand.«

Der Mann schüttelte heftig den Kopf. »Sie sind ein Provokateur. Auch wenn Sie nicht verstehen, was wir sind und was wir machen, könnten Sie sich toleranter geben.«

»Wo wir schon so schön über die Geheimnisse der Freimaurer reden … Welche Bedeutung hat der Galgenstrick, mit dem von Herzberg umgebracht wurde?«

»Galgenstrick?« Böttinger sah Lüder fragend an. »Was soll das sein?«

»Spielen Sie nicht den Ahnungslosen. Sie wissen, was ich meine.«

Als Antwort erntete Lüder ein müdes Schulterzucken.

»Sie erwähnten vorhin, dass Ulrich von Herzberg sich auch kulturell interessiert zeigte. Er hat sich für die Malerei begeistert. Ist ihm diese Leidenschaft vielleicht mit zum Verhängnis geworden?«

Böttinger drehte sich auf seinem Schreibtischsessel von Lüder fort und zeigte ihm sein Profil. Der Mann war ein erfahrener Manager und Politiker. Er wusste, dass seine Augen ihn verraten würden. Aber er unterschätzte Lüder und ahnte nicht, dass auch der die Gestik und Mimik seiner Gesprächspartner interpretieren konnte. Was verbarg Böttinger? Was hatte ihn plötzlich erschreckt?

»Es geht um etwas, das seine Wurzeln in der deutschen Vergangenheit hat«, fuhr Lüder fort. Er wusste, dass er sich auf einem schmalen Grat befand. Es war alles hypothetisch.

Böttinger machte den nächsten Fehler. Er knetete seine Finger, während er, ohne Lüder anzusehen, sagte: »Da kann ich nicht mitreden. Ich weiß nicht, worauf Sie hinauswollen.«

»Man nennt es Raubkunst. Aus Amerika ist John Katz gekommen, um die Interessen jüdischer Familien zu verfolgen.«

»John – wer?«

»Ein US-Anwalt. Offenbar sind die Erben und Nachkommen zwangsenteigneter Familien fündig geworden.«

Böttinger hob beide Hände in die Höhe. »Davon weiß ich nichts. Ich habe gehört, dass es solche Forderungen geben soll. Persönlich bin ich mit dieser Fragestellung noch nicht in Berührung gekommen.«

»Plötzlich spielen Sie den Unwissenden.« Lüder fand Gefallen an dieser Auseinandersetzung. Immer besser gelang es ihm, sich auf sein Gegenüber einzustellen. Mittlerweile glaubte er zu erkennen, wann Böttinger log. Es war jedoch trügerisch, sich bei seiner Vermutung zu sicher zu sein. Der Mann war ein Profi. Politiker, dachte Lüder. Man konnte sich nicht sicher sein, ob nicht auch ein Funken Wahrheit vorhanden war. Böttinger log. Schon wieder. Immer.

Lüder stand auf. »So, wie ich herausgefunden habe, wie das Aufnahmeritual vollzogen wird, so werde ich auch andere Geheimnisse lüften. Versprochen.« Er zeigte auf das Telefon. »Jetzt dürfen Sie Professor Scherenberg anrufen und ihm Ihr Leid klagen, dass der hartnäckige Kieler schon wieder bei Ihnen war. Oder spannen Sie Ihre politischen Freunde vor Ihren Karren. Das mögen erstklassige Juristen, Unternehmer oder auch einflussreiche Politiker sein. Mit Sicherheit ist da kein Zahnarzt

drunter, der mir den Biss nimmt. Noch etwas.« Lüder zeigte mit ausgestrecktem Finger auf Böttinger. »Ich bin kein Unmensch und gebe Ihnen einen gut gemeinten Ratschlag. Achten Sie auf Ihre Schwachstelle, auf das Lindenblatt an Ihrer Schulter. Sie sind nicht unverwundbar. Ihre Brunhilde heißt Katharina. Die Witwe von Richter Herzberg könnte irgendwann Verrat üben.«
»Wollen Sie Unfrieden stiften?«, fragte Böttinger erbost.

Lüder verließ ohne Erwiderung das Büro. Hätte er wahrheitsgetreu mit »Ja« antworten sollen?

Es war ein symbolischer Akt, aber vor der Tür atmete er tief durch. Die frische Luft tat ihm gut. Er betätigte auf Distanz die Verriegelung des BMW und wollte die Tür öffnen, als er angesprochen wurde.

»Mensch, Lüders. Was für ein Zufall, dass wir uns hier treffen.« Die Stimme troff vor Ironie.

Lüder musste sich nicht umdrehen. Leif Stefan Dittert, den Reporter des Boulevardblatts, hätte er auch im Finstern erkannt.

»Zeigen Sie mal Ihre Hände«, sagte er.

»Häh?«

»Ich möchte sehen, wie viel Schmutz daran klebt.«

»Arroganter Fatzke«, schimpfte Dittert und tippte ihm auf die Schulter. »Wir sind doch die Guten. Sie von der Polizei. Aber was wäre die Demokratie ohne uns, die Presse? Vergessen Sie nicht, dass wir es sind, die die großen Skandale aufdecken.«

Tatsächlich hatten die Medien manchen Schmutz an die Oberfläche gebracht. Ditterts Zeitung hatte die undurchsichtigen Verstrickungen um den ehemaligen Bundespräsidenten Wulff an die Öffentlichkeit gebracht. Niemand sonst hätte die Fragen gestellt. Allerdings verbissen sich Dittert und seine Kollegen so fest in die Details, dass sie dabei manchmal über Leichen gingen.

»Und wo wittern Sie dieses Mal Unrat?«

»Das war ein bisschen Zufall«, gestand LSD freimütig ein. »Ich kenne ein Vögelchen, das unterbeschäftigt ist. Wenn es nicht auf die Matratze muss, spielt es Golf. Dabei hat es mitbekommen, dass sich die Polizei für Katharina von Herzberg interessiert. Ein Name, der in diesen Tagen durch den Blätterwald rauscht.

Sex and crime. Das mögen die Leser. Ich habe mich ein wenig umgehört und bin auf tolle Verbindungen gestoßen. Geil, was so ein amerikanischer Bischof zustande bringt. Das bringt ein paar gute Storys, wenn man es richtig dosiert. Den Bischof muss der Papst dann woanders unterbringen. Na ja. Das hat er bei Tebartz-van Elst auch geschafft.«

»Dittert, Sie werfen alles in einen Topf und machen daraus einen Brei. Das sieht dann wie Labskaus aus.«

Der Journalist leckte sich über die Lippen. »Stimmt. Das sieht vielleicht nicht appetitlich aus. Aber wenn es gut gemacht und richtig gewürzt ist, ist es eine Delikatesse.«

Das traf zu.

»Also. Das Vögelchen, das nicht nur an der Seite des Sponsors – ›des temporären Ehemannes‹ möchte ich eigentlich nicht sagen – dahinvegetiert, möchte nicht nur Ihren Gönner in der Zeitung sehen, sondern auch sich selbst. In einem knappen Bikini, hingestreckt am Pool. Sie glauben nicht, wie viel solche Girls zu geben bereit sind für diese Publicity.«

»Und weshalb lauern Sie hier auf mich?«

»Ich hatte über Katharina von Herzberg die Verbindung zu Böttinger gefunden. Und da Sie sich für ihn interessieren, habe ich mich an Ihre Fersen geheftet. Haben Sie Bock, sich einmal an meine zu hängen?«

»Bitte?«, fragte Lüder.

»Böttinger will groß in der Politik herauskommen. Das bringt ihm keine Euros, aber es befriedigt sein übersteigertes Ego. Haben Sie noch nicht gemerkt, dass der Mann größenwahnsinnig ist? Wirtschaftsverbände, Industrie- und Handelskammer, Freimaurer. Überall will er die erste Geige spielen. Natürlich wussten Sie nicht, dass er Vorsitzender im Tennisclub ist und manches mehr. Das gefällt nicht jedem.« Dittert sah auf die Uhr. »Ich weiß, wo sich eine Anti-Böttinger-Truppe gerade damit abmüht, ihm das Vorhaben zu versalzen. Wollen Sie mal mit reinhören?«

Lüder war sich nicht sicher. Er wollte einen Mord aufklären, hatte aber keine Ambitionen, bei politischen Ränkespielen mitzumischen.

Dittert nahm ihm die Entscheidung ab und zupfte an seinem Ärmel. »Kommen Sie«, sagte er. »Fahren Sie mir einfach hinterher.«

Lüder staunte, wie gut sich Dittert auskannte. Sie umfuhren nördlich die neue Mitte der aufstrebenden Stadt, die mit großen Schritten dabei war, sich zur drittgrößten im Land zu entwickeln. Die Waldstraße durchschnitt den Rantzauer Forst. Nachdem sie das sich anschließende Quickborn durchquert hatten, bog Dittert am Ende der Straße rechts ab und folgte der alten Altona-Kieler Chaussee, die der dänische König Friedrich VI. hatte erbauen lassen, um den südlichen Teil seines Reiches verkehrsmäßig zu erschließen.

Mitten in einem Waldgebiet verlangsamte Dittert das Tempo und bog auf das Areal eines Hotels ab, das abgelegen an diesem wunderbaren Platz residierte. Lüder hatte von dem Haus gehört, das ursprünglich einem Hamburger Reeder gehörte und heute zu den renommiertesten Häusern des Landes zählte. Das Haus voller Charme, mit kleinen Türmchen und Erkern, wirkte wie ein kleines Jagdschloss, dachte Lüder. Unter den Bäumen parkte eine Reihe größerer Limousinen.

Lüder folgte Dittert, der an der Rezeption von einer freundlichen Mitarbeiterin die Auskunft erhielt, dass die gesuchten Herren im Bootshaus im Park tagen würden.

Lüder bestaunte die gesamte Anlage. Es war ein Idyll. Dittert hatte es mitbekommen.

»Es sind nicht nur die Lage und das Ambiente. Die Küche passt dazu. Sie sollten sich und Ihrer Frau einmal etwas Gutes gönnen. Ein Wochenende in diesem Haus.«

Der Journalist wartete nicht auf eine Antwort, sondern steuerte zielsicher den zwischen Bäumen eingekuschelten Pavillon an. Lüder bemerkte, dass sich bei ihrer Annäherung etwa dreißig Augenpaare auf sie richteten.

Dittert öffnete die Tür, sagte laut: »Guten Tag, Herrschaften. Ich bin von der Presse.« Dann zeigte er auf einen schmächtigen Mann mit fast kahlem Kopf, der am Quertisch saß und den Vorsitz zu führen schien. »Haben Sie einen Moment Zeit für uns?«

Der Mann wirkte irritiert. Erstaunt sah er in die Runde. Sein Blick blieb bei einem anderen Mann haften. »Hast du ...?«, fragte er.

Der Angesprochene verneinte es. Er schien genauso überrascht zu sein.

»Der Pressemann«, wisperte Dittert Lüder zu. Dann winkte er mit dem Finger. Es sah aus wie bei der Hexe, die Hänsel und Gretel in den Wald locken wollte.

Der Mann stand auf und kam ihnen entgegen.

»Ich kenne Sie«, sagte er zu Dittert.

Der nannte seinen Namen und das Blatt, für das er tätig war. Lüder stellte er nicht vor. Dafür erklärte er aber: »Maximilian Drekopf. Innerparteilicher Konkurrent von Friedrich Böttinger.«

»Wir stehen für die gleiche Sache«, warf Drekopf ein und streifte Lüder mit einem Seitenblick.

Dittert lachte auf. »Schöne Phrase. Sie wissen, wir lieben es kurz und knackig. Unsere Leser wollen kein langes Geseier.« Dittert hatte sein Handy hervorgeholt und hielt es Drekopf vor den Mund. »Nicht dass hinterher behauptet wird, die Presse hätte etwas falsch verstanden. Sie haben doch nichts dagegen, oder?«

»Nein ...«, stammelte Drekopf, der sich sichtlich überfahren fühlte.

»Nur einer kann den begehrten Spitzenplatz auf der Landesliste einnehmen. Das Direktmandat zu gewinnen wäre eine Überraschung.«

»Wir sind von unserer Politik überzeugt.«

»Mag sein«, unterbrach Dittert rüde. »Sie können aber nicht als Zwillinge antreten. Derzeit sind Sie Kreisvorsitzender. Böttinger hat seine Kandidatur angemeldet. Das gilt auch für das Landtagsmandat. Sie sind noch jung, Herr Drekopf. Neununddreißig. Und haben Ihre erste Legislaturperiode im Landtag absolviert. Man hat Sie zum wirtschaftspolitischen Sprecher ernannt. Wenn Sie und Ihre politischen Freunde als Sieger aus der Wahl hervorgehen, lockt das Amt des Staatssekretärs im Wirtschaftsministerium.« Dittert wedelte mit dem Handy. »Wollen Sie jetzt erklären, Sie würden nicht wieder für den Landtag kandidieren wollen?«

»Darüber entscheiden die Parteigremien«, erwiderte Drekopf ausweichend.

Dittert nickte in Richtung der im Pavillon versammelten Runde. »Ja. Ich sehe. Ganz demokratisch.« Dann schüttelte er energisch den Kopf. »Nee, Herr Drekopf. Das ist Ihr Hofstaat. Sie sind hier, um Ihre Strategien festzulegen.«

»Alles ist transparent«, versuchte Drekopf zu versichern.

Dittert lachte laut auf. »Natürlich. Ich erinnere an die angeworbenen Stimmen bei mancher Kandidatenkür. Wir wissen, wie es läuft. Wollen Sie das am Beispiel Ihres Wahlkreises in der Zeitung nachlesen?«

»Wir haben nichts zu verbergen«, sagte Drekopf.

»Das trifft sich gut. Ich bin auch immer dafür, mit offenen Karten zu spielen. Was machen Sie, wenn Sie sich nicht gegen Böttinger durchsetzen? Gibt es ein Back-up? Sie haben auf Lehramt studiert, aber nie als Lehrer gearbeitet, sondern sind sehr jung Bürgermeister einer Kleinstadt geworden. Der Job war futsch, als Sie in den Landtag wechselten.« Dittert lachte höhnisch auf. »Man spricht immer von politischen Gegnern. Viel gefährlicher sind die aus den eigenen Reihen. Dort lauern jede Menge Heckenschützen. Über Böttinger weiß man nur Gutes. Ein erfolgreicher Unternehmer, der Arbeitsplätze schafft. Er verfügt über hervorragende Verbindungen zur Wirtschaft und zu maßgeblichen Verbänden. Ein Mann aus gutem Hause. Seine Familie gehört zur ›upper class‹. Was können Sie Lobendes über ihn sagen? Wir würden es gern schreiben. Mit Ihrem Namen als Quelle dürfte das ein Push für Böttinger sein. Ihre Partei wird es Ihnen danken.«

Drekopf sah über die Schulter, als warte er auf einen erlösenden Zuruf, dass man ihn dringend benötige. Lüder registrierte, dass sie von zahlreichen Teilnehmern der Runde beobachtet wurden. Sicher ging man im Bootshaus davon aus, dass ein Interview mit ihrem Kandidaten ihrer Sache dienlich sei.

Lüder mochte Dittert nicht. Jetzt konnte er erleben, wie geschickt der Journalist dem Gesprächspartner die Antworten in den Mund legte. Es erinnerte ihn an die beliebte Partyfrage, die nur mit einem Ja oder Nein beantwortet werden durfte: Schlagen Sie eigentlich Ihre Frau immer noch? Jede Antwort war falsch. In dieser Situation befand sich auch Drekopf. Und ein Artikel in Ditterts Boulevardblatt erreichte mehr potenzielle Wähler als alle Wahlveranstaltungen zusammen. Das wusste auch der Interviewpartner. Lüder unterdrückte ein Grinsen. *Partner!* Drekopf war ein Schlachtopfer. Das schien er auch zu merken.

»Die Schaffung von Arbeitsplätzen, damals, als Böttinger von Hamburg nach Schleswig-Holstein wechselte ... Das war nur ein vordergründiger Erfolg einer guten Ansiedelungspolitik. Man hat verschwiegen, wie viel Geld an Investitionshilfe dabei geflossen ist. Wenn Sie sich vorstellen, dass – hypothetisch und nur angenommen – Böttinger eine Rendite von nur fünf Prozent erzielt, die er sich in die Tasche steckt, dann waren das glatte zwanzig Millionen, die dabei übrig geblieben sind.«

»Wissen Sie das genau?«

»So sagt man«, wich Drekopf aus. »Sie sollten es recherchieren.«

»Böttinger hat ja auch ein verworrenes Privatleben.«

»Das ist nicht unser Thema«, behauptete Drekopf. »Wir sprechen über politische Inhalte.«

Lüder räusperte sich. »Ihr parteiinterner Konkurrent tritt auch als Mäzen auf.«

»Wenn es öffentlichkeitswirksam ist – ja.«

»Er fördert die Kultur und gilt als Sachkenner der Malerei.«

Drekopf sah Lüder an. »Davon weiß ich nichts.«

»Man sagt, hinter den Kulissen würde es brodeln. Was könnte damit gemeint sein?«, fragte Lüder.

»Ein Meinungsaustausch ist in einer Demokratie ganz normal.« Drekopf schien sich wieder ein wenig gefangen zu haben. Lüders Fragen waren nicht so investigativ wie die Ditterts. Auch der Journalist bemerkte es. Er rückte ein wenig näher an Drekopf heran.

»Unter uns. Sie haben nicht oft Gelegenheit, sich einem Forum wie unserem zu öffnen. Wo sind die Schwachpunkte Ihres Kontrahenten?«

»Ich will Politik für Menschen machen, nicht für Institutionen«, sagte Drekopf entschieden. »Böttinger ist ein Multifunktionär mit einer einseitigen Ausrichtung.«
»Es kommt allen zugute, wenn die Wirtschaft floriert«, entgegnete Dittert.
»Theoretisch – ja. Aber es gibt Leute, die die Dinge anstoßen mit einer einzigen Blickrichtung: die Verfolgung eigener Interessen«, sagte Drekopf.
»Sie unterstellen Böttinger, dass er seine Positionen und Ämter nutzt, um sich Vorteile zu verschaffen?«
»Jeder an seiner Stelle wäre dumm, würde er gegen die eigenen Interessen handeln.«
»Das war jetzt zweimal hintereinander ›die eigenen Interessen‹«, merkte Lüder an.
Drekopf nickte. »Man kann es nicht anders formulieren.«
»Rundheraus: Hat Böttinger Dreck am Stecken?«, fragte Dittert.
Drekopf hielt die Hand über das Mikrofon. »Wir sind seit dem Ende des Zweiten Weltkrieges eine der erfolgreichsten Demokratien der Welt. Das verdanken wir nicht zuletzt einer wachsamen Presse«, antwortete der Mann.
Ein hagerer Mann mit dichtem weißen Haar trat zu ihnen.
»Maximilian, wir warten auf dich. Dauert es noch lange?«
»Wir sind fertig, Heinrich«, erwiderte Drekopf.
»Sie sind …?«, fragte Lüder.
»Mein Freund Heinrich Feuerborn. Er gehört zum Kreisvorstand unserer Partei.«
Lüder musterte den Mann mit dem faltigen Gesicht und dem akkurat gezogenen Scheitel. »Heinrich Feuerborn aus Barmstedt?«
Der Rechtsanwalt und Notar nickte. »Warum?«
»Sie sind …« Lüder wollte nicht darüber sprechen, dass Feuerborn Freimaurer war. »Sie haben gleiche gesellschaftliche Interessen wie Friedhelm Böttinger?«
»Ich?« Feuerborn lachte gekünstelt. »Wer hat Ihnen das Märchen aufgetischt? Es gibt gute Gründe, den weiteren politischen Durchmarsch dieses Mannes zu verhindern.« Er sah Drekopf

an.»Sorry, Max, auch wenn es sich um ein Mitglied unserer Partei handelt. Böttinger nutzt diese nur als Steigbügelhalter. Alles Weitere ... Da sollten Sie mit unserem Spitzenkandidaten sprechen.« Er zeigte auf Drekopf.

»Sie kannten Ulrich von Herzberg?«, fragte Lüder.

»Sie meinen den Richter?«, fragte Feuerborn nach.

Lüder nickte.

»Ich glaube nicht, dass Ihre Frage in irgendeinem Zusammenhang mit unseren politischen Absichten steht.«

Lüder packte den überraschten Mann am Arm und zog ihn ein Stück in den Park hinaus. Dort zeigte er ihm seinen Dienstausweis. »Ich hatte um Ihren Rückruf gebeten. Wurde es Ihnen nicht ausgerichtet?«

Feuerborn unterließ es, zu antworten. »Ich werde dort drinnen gebraucht«, erklärte er und begab sich auf direktem Weg zurück ins Bootshaus.

»So. Nun muss ich auch wieder hinein.« Drekopf hatte Feuerborn hinterhergesehen. Er verabschiedete sich von Dittert und Lüder mit einem laschen Händedruck. Wie sehr ihn das Interview gefordert hatte, war an der schweißnassen Hand abzulesen.

»Kommen Sie«, sagte ein zufrieden wirkender LSD. »Trinken wir noch einen Kaffee. Sie bezahlen.«

An das alte Forsthaus hatte man einen Wintergarten angebaut, der sich harmonisch einfügte und den Eindruck vermittelte, man würde direkt im Grünen sitzen.

»Und?«, fragte Dittert mit lauerndem Unterton. »Habe ich Ihnen zu viel versprochen?«

»Sie haben Drekopf ganz schön in die Ecke gedrängt.«

Dittert winkte ab. »Das ist ein kleines Licht. Der ist mir so was von egal. Ein Hinterbänkler.«

»Sie sagten doch, er könne sich Hoffnungen auf einen Staatssekretärsposten machen«, erwiderte Lüder.

»Tünkram. Das gilt für alle hundert Interessenten, die sich um die zwanzig bis fünfundzwanzig aussichtsreichen Plätze an den Fleischtrögen balgen. Jeder glaubt, man schiebt ihm ein Pöstchen zu. Und? Wenn er Glück hat, wird er Landesbeauftragter für

Wohlfahrtsmarken. Voraussetzung ist aber, dass er wiedergewählt wird.«

»Wird er das?«

»Böttinger hat bessere Connections. Gegen ihn und seine Hintermänner hat Drekopf keine Chance. Er ist ein armes Schwein. Vermutlich endet er nach der verlorenen Wahl als drittklassiger Funktionär eines Wohlfahrtsverbandes. Wer will schon Loser?«

»Und was sollte Ihr Besuch hier?«

Dittert lachte. »Eigennutz. Ich habe Drekopf aufgewiegelt. Er weiß, dass er angreifen muss, und hat begriffen, dass das auch die Presse so sieht. Vielleicht hat er noch irgendetwas im Keller, von dem wir nichts wissen. Dann wird es spannend.«

»Und Böttinger?«

»Der muss reagieren. Wenn solche Leute auf Widerstand stoßen, holen sie oft die große Keule heraus. Oder schicken ihre Bataillone ins Feld. Und die Journaille sitzt als Kriegsberichterstatter auf dem Feldherrenhügel und sieht sich das Gemetzel an«, sagte Dittert vergnügt. Plötzlich wurde er ernst. »Welche Bewandtnis hatte es mit Ihrer Frage nach den Bildern?«

»Die war allgemeiner Natur.«

»Kommen Sie, Lüders. Was ich Ihnen heute präsentiert habe – das war kein Bonbon, sondern eine ganze Torte.«

»Das ist Ihre Pflicht als Staatsbürger.«

Dittert lachte auf. »Mensch, ich bin nicht als Staatsbürger hier, sondern als Journalist. Also! Um was geht es hier?«

»Also gut«, sagte Lüder. »Sie kennen die etwas verzwickten Beziehungen zwischen von Herzberg und Böttinger?«

Dittert nickte. »Klar. Böttinger bumst dessen Witwe.«

»Von Herzberg wurde ermordet.«

»Riesending. Weiß man da schon mehr?«

»In dieser Mordsache ermitteln die Husumer.«

»Lassen Sie mich mit denen an Land«, schimpfte Dittert. »Der dicke Jäger hat mich reingelegt. Erst hat er mir einen zu viel eingeschenkt und dann die Blauen gerufen. Das hätte mich fast meinen Job gekostet. Ein Jahr ohne Schein.«

»Rufen Sie ihn doch an und sagen Sie, er soll Ihnen Informationen zukommen lassen. Quasi als Wiedergutmachung.«

Der Journalist zog angewidert die Mundwinkel nach oben. »Der kriegt von mir eine Extraladung Holz unter den Kessel, wenn wir uns in der Hölle wiedersehen. Aber – raus mit der Sprache. Die Alte, die in Böttingers Schlafzimmer gelandet ist, die hat doch nichts mit der Mona Lisa gemein.«
»Von Herzberg war kunstinteressiert. Ob seine Frau diese Begeisterung mitgenommen hat zu Böttinger?«
Dittert lachte schäbig auf. »Die ist doch viel zu doof. Die hat doch nichts in der Birne. Ihre Qualitäten liegen woanders. Noch mal: Was sollte das mit den Bildern? Ist da was im Busch?«
»Im Unterschied zu Ihnen wird bei uns nicht alles verwurstet, was wir hören.«
Dittert gab sich nicht zufrieden mit dieser Antwort. »Tobt Böttinger auf dem Kunstmarkt herum? Sie waren doch in seiner Burg. Ist das eine Räucherkammer?«
Lüder verstand die Frage nicht.
»Ich meine, hängen da alte Schinken an den Wänden?«
»Wir sind beide nicht von der Kulturredaktion«, wich Lüder aus. »Sie haben etwas an der Nase.«
Der Journalist fuhr sich mit dem Finger über die Nasenspitze und betrachtete anschließend das Ergebnis. »Nichts zu sehen.«
»Ich meine, Sie stecken Ihre Nase überall hinein. Ist Böttinger Sammler?«
»Was weiß ich. Aber das kriegen wir raus.« Er stand hastig auf. »Kommen Sie. Ich kenne jemanden, der das weiß.«
Mehr wollte er nicht verraten. Er nötigte Lüder, den BMW am Quickborner Bahnhof abzustellen und mit ihm weiterzufahren. Der Mazda starrte im Innenraum vor Dreck. Der Aschenbecher quoll über. Im Fußraum auf der Beifahrerseite lagen mehrere Verpackungen von Hamburger-Restaurants. Es stank erbärmlich. Es kostete Lüder Überwindung, einzusteigen. Er legte aber Protest ein, als Dittert sich eine Zigarette anzünden wollte.
»Wenn Sie wieder Ihren Führerschein verlieren, können Sie nicht Große Jäger dafür verantwortlich machen«, sagte Lüder unterwegs.
»Ich bin ausgewogen. Unpolitisch. Überparteilich«, sagte

Dittert. »Mal links. Mal rechts. Mal in der Mitte.« Er bezog es auf das ständige Wechseln der Fahrspuren.

Am Dammtorbahnhof war es so weit. Rotlicht flammte auf.

»Macht nichts«, sagte Dittert gelassen. »Da hauen Sie mich schon raus.«

»Das ist Ihre Sache.«

»Ach, kommen Sie schon, Lüders. Ich bin ja schließlich in Diensten der Polizei unterwegs.«

Dittert quetschte sich am Gänsemarkt am roten Backsteinbau der Finanzdeputation vorbei die ABC-Straße entlang und bog dann in die schmale Poststraße ab. Verkehrsregeln schienen für ihn nicht zu gelten. Er stellte den Mazda im Halteverbot ab und legte ein Schild »Presse« hinter die Windschutzscheibe. Sie hatten direkt vor der Galerie de Winter geparkt, die in einem der prächtigen Hamburger Kaufmannshäuser untergebracht war. Ein junger Mann in einer knallengen roten Hose kam ihnen entgegen und fragte nach ihren Wünschen.

»Zum Chef«, sagte Dittert kurz angebunden. »Und sag nicht, er ist nicht da. Presse. Wir haben es eilig.«

Der junge Mann verschwand in den Hintergrund des Raumes, in dem Bilder gekonnt in Szene gesetzt waren. Aufhängung, Standort und Beleuchtung passten zueinander, musste Lüder zugeben, auch wenn sich ihm der Inhalt der Werke auf den ersten Blick nicht erschloss.

»Sie wollen …«, meldete sich eine hohe Stimme aus dem Hintergrund. Dann tauchte ein Mann mit spiegelblanker Glatze auf, erkannte Dittert und stürmte mit ausgebreiteten Armen auf den Journalisten zu. »LSD, mein Freund. Was führt dich zu mir?«

Mit einem Seitenblick taxierte er Lüder. Die Prüfung schien negativ ausgefallen zu sein. Lüder wurde nicht als potenzieller Kunde eingeschätzt. Da er auch nicht dem Beuteschema des offenkundig homosexuellen Galeristen entsprach, ignorierte er Lüder.

»Magst du ein Glas Schampus?«, fragte de Winter. »Wir haben für unsere Besucher immer etwas kalt gestellt.«

»Danke«, mischte sich Lüder ein. »LSD muss noch fahren.«

»Na und?«, fragte de Winter. Aber Dittert lehnte das Angebot ab.

»Sunny«, sagte der Journalist. »Kennst du Friedhelm Böttinger?«

»*Den* Böttinger? Wer kennt den nicht? Typischer Pfeffersack.« Dittert rieb Daumen und Zeigefinger gegeneinander. »Also Knete ohne Ende, aber nix Kultur.«

»Typisch«, bestätigte der Galerist. »Ich bin ihm ein paarmal auf irgendwelchen Partys begegnet, ohne mit ihm gesprochen zu haben. Ist auch nicht mein Fall.« Er machte eine linkische Handbewegung. »Er und seine Begleitung –«

»Katharina von Herzberg«, warf Lüder ein.

»Genau. Die waren mal zu einer Vernissage bei mir eingeladen. Das war fast blamabel. Er hat auf die Bilder gestiert und nichts verstanden. Und sie war noch schlimmer. Ist von Bild zu Bild gelaufen, hat den Kopf schief gelegt und versucht, irgendetwas hineinzuinterpretieren. War das peinlich.«

»Böttinger sammelt also nicht«, stellte Lüder fest.

»Der? Ich würde mich nicht wundern, wenn in seinem Salon die Zigeunerin von Karstadt hängt, der Inbegriff deutscher Bildkunst der Nachkriegszeit. Nein. Solche Leute sammeln nur Geldscheine.«

»Haben Sie gehört, dass demnächst etwas Größeres auf den Markt rollt?«, fragte Lüder.

Plötzlich zeigte sich der Galerist interessiert. »Was denn?«, fragte er. Auch Dittert war hellhörig geworden.

»Gerüchte«, sagte Lüder. »Manchmal knistert der Holzwurm im Gebälk.«

De Winter sah den Journalisten an. »Sag mal, LSD. Wer ist das überhaupt?«

»Ein Neuer. Kommt von einer Provinzzeitung. Ist so eine Art Praktikant. Er soll mal mit mir mitlaufen, um zu sehen, wie man richtig gute Zeitungen macht.«

»Ach so.« De Winters Antwort klang abschätzig.

»Ich muss wieder«, sagte Dittert und klopfte de Winter auf den Oberarm.

»Warum so hektisch?«, fragte der Galerist.

»Deine Bilder sind jahrhundertealt. Zeitungen werden immer für den nächsten Tag gemacht. Ciao, Sunny.«

»Ciao, LSD.«

Für die beiden Männer schien Lüder nicht zu existieren.

Vor der Tür überfiel Dittert Lüder mit Fragen. Er wollte unbedingt wissen, was es mit diesen ominösen Bildern auf sich habe, was dort am Kochen sei. »Ist Böttinger pleite und muss seine Sammlung verkaufen? Muss er damit seinen Wahlkampf finanzieren wie der Plattfisch Trump in den USA?«, mutmaßte er.

Lüder erinnerte ihn an de Winters Feststellung, dass Böttinger auf dem Markt nie aufgetreten sei.

»Hm«, grunzte Dittert. »Sunny de Winter ist wohl der beste Kenner auf diesem Gebiet. Er weiß, wer welches Bild gekauft hat. Die Brüder haben Kontakt untereinander. Wenn da etwas läuft, auch privat, dann rauscht es in den Büschen.« Er blieb vor seinem Auto stehen. »Nun sagen Sie mir endlich, was da los ist.«

»Nichts«, sagte Lüder und fasste an den Türgriff.

Dittert grinste. »Sorry«, sagte er. »Ich muss jetzt dringend in die Redaktion.«

»Und wie komme ich zu meinem Auto?«

Das Grinsen hatte sich auf Ditterts Gesicht eingegraben. »Hier runter«, sagte er. »Immer geradeaus. Dann kommen Sie zum Rathausmarkt. Dort fährt die S-Bahn. Mit der geht's bis Eidelstedt. Dort steigen Sie um in die AKN bis Quickborn.«

»So läuft das nicht«, sagte Lüder.

»Das war falsches Deutsch«, erwiderte Dittert. »Richtig heißt es: So laufen Sie.«

Es half alles nichts, der Journalist ließ ihn einfach stehen.

Lüder machte sich angesäuert auf den Weg. Auf der Bahnfahrt fand er genug Gelegenheit, darüber nachzudenken, weshalb Feuerborn so eindringlich über Böttinger geschimpft hatte. Drekopf – schön. Der sah seine Pfründe schwinden. Aber Feuerborn? Der Barmstedter Anwalt war Beamter in von Herzbergs Loge. Sicher wusste er auch, dass Böttinger Stuhlmeister in der Loge Aurora Borealis vom Nordmeer war. Gab es Konkurrenz zwischen den Logen? Oder gar Krieg? Das widersprach eigentlich dem Gedanken der Brüderlichkeit. Lüder gewahrte, dass sein Gegenüber ihn erstaunt ansah, weil er für sich selbst den Kopf schüttelte.

Es war ein langer Weg bis nach Hause. Kiel-Hassee. Das war eine andere Welt. Seine Welt.

NEUN

Als Lüder morgens ins LKA kam, lag eine Nachricht auf seinem Schreibtisch: »b.r.«

Jeder Angestellte oder Beamte kannte dieses Kürzel. »Bitte Rücksprache«, signalisierten Vorgesetzte, wenn sie zum Gespräch baten. Lüder hatte aus den beiden Buchstaben »bin ratlos« gemacht. Er suchte den Abteilungsleiter auf.

Dr. Starke wollte den aktuellen Sachstand wissen. Er zeigte sich nicht begeistert darüber, dass es seiner Meinung nach noch keine Fortschritte gegeben hatte. »Noch zwei Tage. Dann ziehen wir uns aus diesem Fall zurück«, hatte der Kriminaldirektor angedroht.

Als Lüder an seinen Arbeitsplatz zurückgekehrt war, schweiften seine Überlegungen noch einmal zur Frage nach den Bildern zurück. De Winter war überrascht gewesen, als Lüder nach »einer großen Sache« fragte. Das Erstaunen war nicht gespielt. Offenbar war die Aktion noch so geheim, dass nichts durchgesickert war. Bei Lüder tauchten Zweifel auf, ob Böttinger etwas damit zu tun hatte. Der Industrielle schien in der Tat keinen Bezug zur Kunst zu haben. Und Beutekunst im dunklen Verlies zu lagern, nur um sich am Besitzen zu begeistern – das konnte sich Lüder nicht vorstellen. Leute wie Böttinger mussten ihren Status zeigen. Der Mann war in jeder Hinsicht darauf aus, sich in der Öffentlichkeit zu sonnen.

Lüder erinnerte sich an einen Fall in den Niederlanden. Während der Naziherrschaft hatte man einen begüterten jüdischen Mitbürger gedrängt, sein Vermögen, darunter auch Kunstschätze, pro forma seiner arischen Frau zu übertragen, um der Enteignung zu entgehen. Der Familienanwalt hatte auch geraten, sich für die Zeit des Schreckensregimes scheiden zu lassen und vorübergehend in die USA zu gehen. Nach Kriegsende kehrte der Mann zurück und musste feststellen, dass seine Exfrau inzwischen den Anwalt geheiratet hatte. Den spektakulären Prozess verlor der gehörnte Ehemann, da die

Juristen der Meinung waren, er habe die Vermögensübertragung freiwillig vorgenommen. Gab es hier eine ähnlich gelagerte Konstellation? Besaß die Familie Ulrich von Herzbergs Ansprüche? Hatte sie im Dritten Reich Kunstgegenstände zwangsweise abgeben müssen? Oder hatte man sie requiriert? Eben Raubkunst. Dann war von Herzberg gar nicht mit den Vorbereitungen eines Zivilprozesses beschäftigt gewesen, sondern hatte im eigenen Interesse recherchiert. Aber welche Rolle spielte der Amerikaner Katz in diesem Fall? Er passte nicht ins Gedankengebäude. Wenn diese Vermutung aber zutraf, würde Katharina von Herzberg die Ansprüche erben. Für ein größeres Vermögen waren schon manche Morde verübt worden.

Lüder versuchte sein Glück bei der Husumer Kripo und wollte wissen, ob man dort Fortschritte gemacht habe. Er fragte nach der Kameraaufzeichnung der Fähre.

»Heureka!«, rief Große Jäger durchs Telefon.

»Moin«, erwiderte Lüder. »Warst du wie Archimedes in der Badewanne?«

»Badewanne?« Große Jäger lachte. »Wir haben doch erst Herbst. So etwas gehört in die Weihnachtszeit. Aber es kommt viel besser. Wo wohnen Deutschlands fähigste Polizisten?«

»Am Hedenholz in Kiel«, erwiderte Lüder. »Zumindest privat.«

»Nein, in Nordfriesland. Der Beste liegt allerdings im Schatten der Odenbüller Kirche auf dem Nordstrander Friedhof. Aber wir, seine Erben, wir haben es herausgefunden.«

»Wir haben nicht Weihnachten. Du darfst die Wundertüte schon heute öffnen«, entgegnete Lüder.

»Nach Föhr kommt man mit der Fähre. Der Autofähre«, ergänzte der Husumer. »Wer als Fußpassagier auf die Insel will, muss es irgendwie bis nach Dagebüll schaffen. Entweder mit der Eisenbahn oder mit dem Auto. Die einzige Parkmöglichkeit ist der Inselparkplatz, ein Großraumparkplatz. Da kann man das Auto gegen Knete unterstellen. Bei der Einfahrt erhält man einen Chip. Vor der Ausfahrt muss man am Kassenautomaten löhnen. Das geschieht im Gebäude des Parkplatzes. Und dort

laufen Kameras für die Sendung ›Deutschland sucht den Superstar‹. Alles klar?«
»Ihr habt einen Verdächtigen ausgemacht?«
»Einen? Nee. Zwei. Davon war die Rede bei den Kegelbrüdern auf der Strandpromenade.«
»Am Kassenautomaten tauchen im Laufe des Tages viele Leute auf.«
»Ja, aber die sehen nicht finster aus. Sie können mich und vor allem Mats Cornilsen ab sofort Sisyphos nennen. Wir haben zumindest dessen Arbeit verrichtet und uns die Aufzeichnungen angesehen. Über diesen Umweg sind wir auf ein Kfz-Kennzeichen gestoßen. Manche Leute sind wirklich blöde. Den Wagen hat ein Hamburger bei einer Autovermietung besorgt. Der Typ ist dort in der Szene als Zuhälter bekannt. Die Hamburger Kollegen nehmen sich der Sache im Zuge der Amtshilfe an.«
»Was weiß man noch über diesen Zuhälter?«
»Er heißt Norbert Burger und kennt sich auf St. Pauli genauso gut aus wie in Fuhlsbüttel. So oft, wie der gesessen hat, ist der Knast sein zweiter Wohnsitz.«
Lüder war begeistert. »Mach weiter so«, sagte er. »Ich gehe derweil in Urlaub.«
Dann fragte Große Jäger nach Margit. »Es geht ihr nicht so gut«, sagte Lüder. Sie wechselten noch ein paar Worte, bevor sie das Gespräch beendeten.
Wer war Ulrich von Herzberg? Lüder begann Informationen über den toten Richter zu sammeln. Er war achtundfünfzig Jahre alt und im münsterländischen Telgte geboren. Von Herzberg hatte das Paulinum in Münster besucht und dort Abitur gemacht. Das Paulinum war eine der ältesten Schulen im deutschen Sprachraum, sogar in ganz Europa, erfuhr Lüder. Anschließend hatte er an der Westfälischen Wilhelms-Universität Jura studiert. Das klang alles nach Bodenständigkeit. Der Vater, ein Buchhändler, war in Bonn geboren und musste mit seinen Eltern 1938 ausreisen. Die Familie war offenbar in Portugal untergekommen, da von Herzbergs Mutter von dort stammte. Der Richter hatte keine Geschwister. Auch sonst fanden sich

keine weiteren Spuren in den zugänglichen Datenbeständen. Auch zu den Großeltern lagen keine Daten vor. Beide Eltern waren verstorben. Mit viel Mühe gelang es Lüder, herauszufinden, dass die Eltern auf dem inzwischen stillgelegten jüdischen Friedhof in Münsters Einsteinstraße beigesetzt worden waren. Ulrich von Herzbergs Vater hatte sich also eine jüdische Frau gesucht. Lüder hätte gern gewusst, wie von Herzberg nach Schleswig-Holstein gekommen war. Er rief Kauffmann an, den er in Itzehoe erreichte. Aber auch Lüders Studienkollege konnte ihm nicht weiterhelfen.

»Darüber haben wir nie gesprochen. Und wenn du noch mehr wissen möchtest … Ich weiß nicht, wie er seine Frau kennengelernt hat und warum das Paar keine Kinder hatte. Überhaupt hat von Herzberg nie über sein Privatleben gesprochen.«

»Warst du mal in seiner Wohnung? Oder habt ihr ihn eingeladen?«

»Nein. Wir waren Kollegen am Landgericht. Private Kontakte haben wir nicht gepflegt. Meines Wissens hat von Herzberg seinen Beruf und sein Privatleben strikt getrennt.«

»Aber dir war bekannt, dass er Jude und Freimaurer war?«

»Das war ein großer Vertrauensbeweis, dass er mir das erzählt hat. Irgendwie machte es die Runde, dass von Herzberg im Vereinsregister als Vorstandsmitglied seiner Loge eingetragen war. Wir haben es dann in der Kantine bei einem Kaffee angesprochen. Ich muss gestehen, nicht viel über die Freimaurer zu wissen. Mich interessierte es. So habe ich ihn Allgemeines gefragt. Er hat immer wieder auf den Zusammenhalt der Bruderschaft verwiesen und auf das soziale Wirken, dem sie sich verpflichtet fühlten. Sein Name ließ den Schluss zu, dass er möglicherweise jüdischen Glaubens sei. Ich habe ihn darauf indirekt gefragt, ob die Freimaurer auch in spiritueller Hinsicht miteinander verbunden sind. Daraufhin hat er mir von der Toleranz unter den Freimaurern berichtet und dass er Jude sei. Daran habe sich niemand gestoßen.«

»Hat er irgendwann, wenn auch nur im Nebensatz, etwas über seine Herkunft oder seine Familie erzählt?«

»Mir gegenüber nicht. Da ich gemerkt habe, dass er darüber nicht sprechen wollte, habe ich nie nachgefragt.«
»Er muss doch einen Freundeskreis gehabt haben«, sagte Lüder.
»Auch darüber hat er nichts gesagt. So. Ich muss leider zur Verhandlung. Es macht sich nicht gut, wenn Prozessbeteiligte gerügt werden, weil sie einen Termin versäumt haben, der Vorsitzende aber nicht erscheint.«
»Du bist Vorsitzender?«, fragte Lüder erstaunt.
»Ja.«
»Hätte von Herzberg sonst den Vorsitz innegehabt?«
»Ich muss jetzt«, erwiderte Kauffmann knapp. »Tschüss.« Dann hatte er aufgelegt.

Das war nicht sehr ergiebig gewesen. Es schien so, als entstammte von Herzberg keiner begüterten Familie, die vor dem Krieg über umfangreichen Kulturbesitz verfügte. Eine eigene Tageszeitung hatte von Herzbergs Geburtsstadt Telgte nicht. Bei den Westfälischen Nachrichten in Münster konnte niemand mit dem Namen der Familie etwas anfangen. Immerhin erfuhr Lüder, dass Telgte bis 1941 eine lebhafte jüdische Gemeinde besessen hatte, deren Synagoge 1938 zerstört und deren Friedhof 1942 eingeebnet worden war. Weder im Bürgeramt der Stadt noch beim Heimatverein wurde er fündig. Die Familie von Herzberg war Vergangenheit.

Lediglich in einigen Pressenotizen tauchte von Herzbergs Name auf, wenn die Medien über für die Allgemeinheit interessante Prozesse berichteten. Mehr als Randnotizen waren es allerdings nicht.

Lüder trommelte mit den Fingerspitzen auf seinem Schreibtisch. Einen konkreten Verdächtigen hatten sie noch nicht im Visier. Zum Glück waren die Husumer und die örtliche Polizei auf Föhr erfolgreicher. Die dortigen Beamten hatten sich in den Fall verbissen.

»Eh«, hörte er von der Tür. »Ich wusste, dass du unmusikalisch bist. Als einziges Instrument beherrschst du die Stereoanlage. Und selbst das können deine Kinder besser.«

»Friedhof. Du hast mir gerade noch gefehlt«, begrüßte

Lüder den Büroboten. »Wieso bist du nicht auf dem Fußballplatz?«

»Holstein Kiel kommt auch ohne mich aus. Ich brauche nicht mitspielen.« Der mehrfach behinderte Mitarbeiter der Hausdienste lachte.

»Toll ist das nicht, was die auf die Beine stellen. Wir sind das einzige Bundesland ohne Erstligisten«, behauptete Lüder.

Friedjof widersprach und führte aus, dass es noch eine Reihe weiterer Bundesländer gab, auf die das zutraf. Dann wollte er wissen, an was für einem Fall Lüder arbeiten würde. »Arbeiten?«, schloss er seine Frage ab.

»Ach, Friedhof. Ich bräuchte jemanden, der professionell Schlösser knacken kann. Alle Beteiligten sind so verdammt verschlossen.«

»Warst du schon einmal in Lübeck? Im Holstentor? Dort gibt es eine Folterkammer zu besichtigen. Fahr doch mit den Leuten dorthin und zeige es ihnen.«

Lüder nickte versonnen. »Die Wahrheitssuche im Mittelalter war nicht überzeugend.«

»Wo ist denn dein Problem?«, wollte Friedjof wissen.

»Das ist eine Reihe von Fragen. Es beginnt mit einem Galgenstrick.«

»So wie im Wilden Westen?«

Lüder lachte. »Deine Phantasie geht mit dir durch. Nein! Mit dem hat es nichts zu tun. Das Opfer wurde nicht erhängt. Der Henkersknoten hatte nur eine symbolische Bedeutung. Die Todesart war eine andere.«

»Warum hat man ihm dann den Galgenstrick umgelegt?«, fragte Friedjof. »Wurden die Täter gestört?«

»Nein. Es war – wie gesagt – ein Symbol.«

Friedjof hatte sich auf die Schreibtischkante gesetzt. »Das verstehe ich nicht.«

»Ich auch nicht«, gestand Lüder ein.

»Zeig doch mal«, bat der Bürobote.

Lüder rief das Bild auf den Schirm.

»Spannend«, sagte Friedjof und konnte den Blick nicht wieder davon lösen. »Wieso macht man das heute? Galgen – das war doch früher. Im Mittelalter. Bei den Piraten. Oder in England. Aber bei uns? Haben die Leute irgendetwas damit zu tun?«

Lüder lachte. »Mit Piraten?« Plötzlich stutzte er. »Deine Idee ist gar nicht so schlecht, Friedhof. Die Bruderschaften berufen sich oft auf althergebrachte Rituale. Vielleicht muss ich in alten Texten danach suchen.«

»Also welche, die aus deiner Jugend stammen?«, fragte Friedjof und beeilte sich, geduckt das Büro zu verlassen. Die Handvoll Büroklammern, die Lüder ihm hinterherwarf, erreichten ihn an der Tür.

Es war ein mühsames Unterfangen. Lüder stieß auf ein nicht mehr verfügbares Buch, das es angeblich noch in der Bremer Stadtbibliothek geben sollte. Ein Mitarbeiter der Einrichtung konnte sich schwach daran erinnern. Es handelte sich um einen Kriminalroman mit dem Titel »Tod im Tempel«, in dem es um geheime Rituale der Freimaurer ging. Leider hatte der Mitarbeiter das Buch nicht gelesen, konnte sich aber erinnern, dass dort ein Cabletow eine Rolle spielte.

Lüder vertiefte sich in die Suche nach dem Kabeltau und lernte, dass Seilen in alten Religionen und Kulten religiöse und magische Kräfte zugeschrieben wurden. Das Zentrum des Kults war ein Gott, der einmal im Jahr an einem Baum gehängt zum Wohle des Volkes sterben musste. So wurde das hängende Seil eine heilige Sache. Manche Brahmanen trugen eine Schnur um den Hals, um die Wiedergeburt zu symbolisieren, und in einigen mittelalterlichen Höfen war es Brauch, ein Seil um den Hals eines Beschuldigten zu platzieren, um ihm begreiflich zu machen, dass er auf die Gnade des Gerichts angewiesen war. Es tauchten Namen wie Albert Pike, Dr. Mackey oder Rowbottom auf, die Lüder nichts sagten, die aber alle versuchten, Erklärungen für die Verwendung des Kabeltaus in der Freimaurerei zu finden. Der Artikel stammte aus dem Jahre 1923.

Lüder tauchte immer weiter in die fremde Welt der Freimaurer ein. Es war faszinierend und fremd zugleich, was er las. Und verwirrend. Er hatte Mühe, den roten Faden zu halten. Darüber vergaß er die Zeit.

Es war später Nachmittag, als sich die Husumer Polizei meldete. Große Jäger schien hocherfreut bei seinem Anruf. »Man sollte sich einmal kennenlernen«, begann er.

»Wir kennen uns doch«, sagte Lüder irritiert.

»Ich meine, die Hamburger und wir Husumer. Obwohl die in der Großstadt arbeiten, sind die gar nicht so blöde. Umgekehrt haben sie hoffentlich auch ihren Eindruck von der Provinzpolizei revidiert. Die waren zuvor offenbar der Meinung, an der Küste gäbe es nur die Entenpolizei.«

»Du meinst die Waschbullen?«, fragte Lüder.

»Dabei habt ihr Kieler die Wasserschutzpolizei so gut wie abgeschafft«, sagte Große Jäger. »Einer der Kollegen mit Seemannspatent wurde zu uns Landjägern versetzt und kontrolliert nun die Fahrradbeleuchtung an Schulen. Aber zurück zu unserem Fall. Sie erinnern sich an Norbert Burger?«

»Ja, der Hamburger Zuhälter, der das Auto angemietet hat, mit dem die beiden vermeintlichen Mörder nach Föhr gefahren sind.«

»Richtig. Der Typ ist Zuhälter geworden, weil er für einen Handwerksberuf zu bescheuert ist. Ich hätte ihm ein Kilo Heroin untergeschoben und ihn dann verhört«, sagte Große Jäger.

»Wo bekommst du ein Kilo Heroin her?«, wollte Lüder wissen.

»Och«, sagte Große Jäger. »Das hätte ich mir an einer Husumer Schule ausgeborgt. Gut. Die Hamburger wenden andere Mittel an. Burger hat gestanden, das Auto für zwei Bulgaren angemietet zu haben, die er von einem namentlich nicht bekannten Kumpel für einen Job, so nannte er es, angeheuert hat. Einzelheiten, gibt er vor, wisse er nicht. Den Auftrag hatte er von einem guten Kunden eines seiner Bordelle, dessen Namen er nicht kennt.«

»Also das bekannte Spiel ›Ich habe etwas gehört, weiß aber nichts Genaues‹. Immerhin wissen wir, dass es sich um Bulgaren handelt.«

»Das ist noch nicht alles. Burger hat noch eine Hypothek von seiner letzten Verurteilung. Er ist weich geworden, als man ihm Beihilfe zum Mord androhte, und hat ein Handyfoto rausgerückt, dass er von den beiden Bulgaren gemacht hat. Die Ermittlungen laufen weiter.«

Das waren wieder gute Nachrichten, befand Lüder. Der oder die Auftraggeber hatten also zwei vermutliche Profikiller angeheuert. Es war also jemand, der öfter die Liebesdienste in einem Burger-Bordell in Anspruch nahm, selbst aber keine Kontakte zur kriminellen Szene hatte.

ZEHN

Margit hatte Lüder erstaunt angesehen, als er mit einer grauen Stoffhose und einem dunklen Sakko am Frühstückstisch erschien. Darunter trug er einen weißen Pullover.

»Was ist mit dir los?«, fragte sie. »Willst du zur Beerdigung?« Jonas war kaum zu verstehen. Er hatte den ganzen Mund mit einer Brötchenhälfte vollgestopft. »Er will einen Kleinkredit aufnehmen. Darum hat er sich so rausgeputzt.«

Lüder stupste seinen Sohn an den Hinterkopf. »Ich gehe zu einer Beerdigung.«

»Ja. Sicher. Klar.« Jonas zeigte seinem Vater einen Vogel. »Ist euer Abteilungsgoldhamster krepiert? Oder begräbst du deine Hoffnungen auf ein besseres Leben?«

»Wirklich?«, fuhr Margit dazwischen.

Lüder nickte. Auch Jonas schien ihm jetzt zu glauben.

»Cool«, sagte er. »So richtig mit Musik und Pastor und so? Wird die Leiche in den Ofen geschoben? Oder kommt die Kiste in das Grundwasser?«

»Du solltest deine Zunge ein wenig zügeln«, sagte Lüder.

»Solche Sprüche sind nicht lustig.«

»Na und? Die Leiche wird sich nicht beklagen.«

Über die Gestaltung der Trauerfeier wusste Lüder auch nichts. Er kannte lediglich den Ort und die Uhrzeit. Als Adresse hatte man ihm die neue Kapelle auf dem Neuen Friedhof in Uetersen genannt. Neu – neu, dachte er. Was ist am Tod schon neu?

Auf dem Parkstreifen vor dem Friedhof standen bereits mehrere Fahrzeuge. Lüder schlenderte den kurzen Weg zur Kapelle, an deren Tür ein Mann im dunklen Anzug wartete.

»Sie wollen zur Trauerfeier von Herzberg?«, fragte ihn ein Mann im geschäftsmäßig gedeckten Ton des Bestatters. Nachdem Lüder es bestätigt hatte, sah sich der Mann suchend um.

»Kann ich Ihnen das Gesteck abnehmen?«

»Ich habe keins«, sagte Lüder.

Als er auch den Hinweis auf die Kondolenzliste ignorierte,

sprang dem Bestatter das Fragezeichen förmlich aus den Augen. Einige Trauergäste hatten im Warteraum Platz genommen, andere standen vor der Kapelle. Lüder konnte Professor Schröder-Havelmann und den Logensekretär, Josef Riemenschneider, entdecken. Till Kauffmann, der in Begleitung des Vizepräsidenten des Landgerichts und einer kleinen Abordnung erschienen war, hatte ihm kurz die Hand gereicht, sich dann aber wieder zu den Gerichtsmitarbeitern begeben. Friedhelm Böttinger hatte Lüder mit einem kurzen Blick gestreift, aber nicht einmal den Kopf zum Gruß bewegt. Katharina von Herzberg war nicht anwesend. Lüder wunderte sich, dass die Witwe ihrem verstorbenen Mann die letzte Ehre verweigerte. Auf der anderen Seite des Ganges hatte die Föhrer Zimmervermieterin Charlotte Hämmerling Platz genommen. Die Frau sah mitgenommen aus und tupfte sich immer wieder verstohlen eine Träne aus den Augenwinkeln. Offenbar war das Verhältnis zwischen ihr und dem Toten über eine Urlaubsliebelei hinausgegangen.

Der Bestatter bat die Anwesenden in die Kapelle. Lüder nahm in der letzten Reihe neben dem amerikanischen Anwalt Platz.

An der Frontseite war der Sarg aufgebaut, mächtig, aus Eiche, mit stabilen dunklen Messingbeschlägen. Etwas seitlich versetzt stand ein mit einem Trauerflor versehenes Bild des Verstorbenen. Links türmten sich Kränze und Trauergestecke. Der Sargschmuck bestand aus weißen Lilien. Zu Füßen des Sargs lag nicht etwa ein letzter Gruß der Familie, sondern ein Kranz mit der Schleifenaufschrift: »Deine Logenbrüder«, ein unübersehbares Zeichen für von Herzbergs Verbundenheit mit der Freimaurerei, die ihm als Familienersatz gedient haben mochte. Lüder war nicht überrascht. Nirgendwo fand er einen Hinweis auf Trauerbekundungen aus dem familiären Bereich.

Ein letztes Hüsteln und Räuspern war zu hören. Dann setzte die Orgel ein. Das »Air« von Bach erklang fast zart.

Lüder beobachtete die Trauergäste, auch wenn er nur ihre Hinterköpfe sah. Manche hatten ihn gesenkt, andere starrten suchend zur Decke der Kapelle. Kaum jemand hatte den Blick auf den Sarg gerichtet.

Nachdem die letzten Orgeltöne verklungen waren, trat Professor Schröder-Havelmann nach vorn, verneigte sich zum Sarg hin und wandte sich der Trauergemeinde zu. Nach einer kurzen Pause begann er, mit getragener Stimme von einem großen Verlust zu sprechen. Er würdigte von Herzberg als außergewöhnlichen Menschen und Humanisten, der durch eine schaurige Gewalttat viel zu früh aus dem Leben hatte scheiden müssen. Lüder vermisste eine Darstellung des Lebens, des Werdegangs oder einen Verweis auf Persönliches. Dann bat der Professor den Präsidenten des Landgerichts nach vorn. Lüder hatte ihn zuvor noch nicht bemerkt.

Von Herzbergs Vorgesetzter lobte das Engagement des Richters für das Recht und skizzierte kurz seinen Werdegang beim Landgericht. Von Herzberg sei stets ein unbestechlicher und unbeugsamer Verfechter von Recht und Gesetz gewesen, betonte der Präsident, allseits beliebt bei seinen Kollegen und Mitarbeitern und respektiert und geachtet von denen, die ihm als Kontrahenten im Gerichtssaal begegneten.

Dem Landgerichtspräsidenten folgte erneut Professor Schröder-Havelmann.

»Der Verstorbene hat schriftlich verfügt, dass er ein freimaurerisches Abschiedsritual wünscht. Ich bitte nun seine Brüder, die Bruderkette um den Sarg zu bilden.«

Lüder war ebenso wie andere Trauergäste irritiert, als das Aufploppen von Zylindern zu hören war. Die anwesenden Freimaurer streiften sich weiße Handschuhe über, standen auf, gingen schweigend zum Sarg, stellten sich rund um ihn auf und bildeten eine Kette, indem sie sich anfassten. Zwei der Brüder nahmen dabei jeweils einen Griff des Sargs in die Hand und bezogen ihn wie eine lebende Person in die Kette ein.

Einer der Männer legte eine rosarote Rose am Kopfende nieder.

»Das ist der zweite Aufseher«, wisperte Katz ihm zu. »Aufseher – das ist ein Beamtenposten.«

»Zu Haupt die sanft Erglühende!«, sagte der Aufseher.

Ein anderer Bruder – Katz nannte ihn den ersten Aufseher – legte eine rote Rose am Fußende ab. »Die Dunkle niederwärts!«, sagte er dazu.

Es folgte Professor Schröder-Havelmann als Stuhlmeister, der die weiße Rose aufs Herz legte und sagte: »Die Weiße, rein Erglühende. Die leg ich euch aufs Herz!«

In der Kapelle herrschte atemlose Stille. Jetzt hatten auch alle Trauergäste ihren Blick nach vorn gerichtet.

Der Stuhlmeister fuhr fort: »Es stehen Wieg' und Grab in engem Bunde. Der Sand verrinnt, das Laub des Baumes fällt. Auch uns schlägt einst die ernste Todesstunde. Die uns dem Staube wieder zugesellt. Sie schreckt uns nicht! Wir legen an dem Rande der Gruft nur unsern Pilgermantel ab, um einzugehn zum schöner'n Heimatlande, zu dem hinüberführt das dunkle Grab.«

»Dieser Besinnungsspruch ist von Friedrich Ludwig Schröder«, flüsterte Katz Lüder ins Ohr.

Lüder wunderte sich, wie gut der Amerikaner mit den deutschen Riten vertraut war und sogar hiesige Sprüche zuzuordnen verstand. Hatte Katz einen viel intensiveren Kontakt nach Deutschland, als er bisher zugegeben hatte? Auch als versierter Anwalt, der zur Informationsbeschaffung sogar eine amerikanische Detektei einschaltete, konnte er nicht um diese Dinge im Detail wissen, dachte Lüder.

»Blickt um euch her, den Keim seht ihr versinken«, fuhr Schröder-Havelmann fort. »Doch, ob er gleich sich in die Nacht verlor. Es kommt der Lenz mit Auferstehungswinken, und herrlich sprießt die junge Saat hervor. Und diese Glut, die uns im Herzen lodert, und dieser Geist, der schafft, könnt nichtig sein? Nein, Brüder, nein! Wenn auch der Leib vermodert, was in uns wirkt, bleibt und wird ewig sein. Memento vivere! Uns ruft das Leben und die Pflicht! Wir entlassen dich aus der Kette unserer Hände …«

Bei diesen Worten ließen die Brüder die Griffe des Sargs los und reichten sich über ihn hinweg die Hände, um die menschliche Kette zu schließen.

»… aus der Kette der Herzen nie«, vollendete der Stuhlmeister den Satz. Den letzten Halbsatz wiederholten alle Brüder im Chor.

Schröder-Havelmann trat an den Sarg heran und klopfte mit

dem Hammer darauf. Lüder beobachtete, wie einige der Trauergäste bei dem lauten Schlag zusammenzuckten.

»Im Namen des großen Baumeisters aller Welten«, fuhr der Stuhlmeister fort und klopfte erneut auf den Sarg, »der da war« – Klopfen – »der da ist« – Klopfen – »und der da sein wird.« Mit einem weiteren abschließenden Klopfen beendete der Stuhlmeister das Zeremoniell.

Während die Orgel erneut einsetzte, kehrten die Brüder zu ihren Plätzen zurück. Es folgten zwei weitere Musikstücke. Danach entstand eine kurze Pause, die der Bestatter nutzte, um auf leisen Sohlen an die Seite der Vorderfront zu treten. Nach dem Ausklingen der Orgel verbeugte sich der Mann, drehte sich den Gästen zu und hob langsam beide Hände als Signal, dass die Trauerfeier abgeschlossen sei. »Die Urnenbeisetzung erfolgt im engsten Kreis«, sagte er. Die sterblichen Überreste würden in der Kapelle verbleiben. Langsam erhoben sich die Menschen, neigten noch einmal den Kopf in Richtung des Sargs und verließen die Stätte des letzten Gedenkens.

Lüder blieb sitzen und musterte die Leute. Frau Hämmerling sah an allen anderen vorbei. Friedhelm Böttinger gewahrte ihn erst beim Hinausgehen auf dem Platz in der letzten Reihe, wich seinem Blick aber sofort aus und sah zur anderen Seite. Till Kauffmann schritt Seite an Seite mit dem Landgerichtspräsidenten und dessen Vize zur Tür, blickte Lüder an und hob kurz die Hand. Der Notar Feuerborn schien Lüder nicht bemerkt zu haben, während der Logensekretär Riemenschneider beim Gehen für einen kurzen Augenblick verharrte, Lüder erstaunt musterte und sich dann mit einem Ausfallschritt beeilte, seinem Vordermann zu folgen.

Schließich verließen auch er und John Katz die Kapelle. Der Amerikaner verzichtete darauf, sich beim Hinausgehen noch einmal in Richtung des Sargs zu verneigen.

Vor der Tür hatten sich einige kleinere Gruppen gebildet, die miteinander sprachen. Lüder sah, wie die Abordnung des Landgerichts langsam Richtung Ausgang ging. Böttinger, Feuerborn und Riemenschneider konnte er nicht entdecken, während Charlotte Hämmerling unsicher etwas abseitsstand. Niemand schien sich für die Frau zu interessieren. Verstohlen tupfte sie sich noch einmal die Augen ab, dann ging sie mit schleppendem Schritt davon.

Von der Seite stürmte Professor Schröder-Havelmann auf Lüder zu.

»Ist es nicht pietätlos, als Voyeur hier aufzukreuzen?«, schimpfte der Stuhlmeister. »Fehlt Ihnen jeglicher Respekt?«

»Mein Respekt tendiert gegenüber dem Mörder im Minusbereich«, erwiderte Lüder gelassen. »Es ist Teil der Ermittlungsarbeit, die Anwesenden bei der Beisetzung des Opfers in Augenschein zu nehmen.«

Schröder-Havelmann tippte sich an die Stirn. »Das ist doch lächerlich. Sie glauben, der Mörder kommt her und will zusehen, wie sein Opfer beigesetzt wird?«

»Wenn er sich nicht durch seine Abwesenheit verraten will – ja. Das könnte sein.« Lüders Gedanken schweiften kurz zu Katharina von Herzberg ab, die ihrem rechtlich noch angetrauten Ehemann die letzte Ehre verweigert hatte.

»Sie sind doch verrückt«, eiferte sich der Stuhlmeister. »Sie glauben nicht im Ernst, dass jemand aus diesem Kreis unseren Bruder ermordet hat.«

»Ich *glaube* gar nichts«, erwiderte Lüder. »Für mich zählen nur Fakten.«

»Und? Sind Sie fündig geworden?« Der Hohn troff aus jeder Silbe. Das änderte sich schlagartig, als Lüder knapp mit »Ja« antwortete.

»Bitte?« Professor Schröder-Havelmann war für einen Moment sprachlos. Er sah Lüder mit offenem Mund an. Schließlich hatte er sich wieder gefasst. »Inwiefern?«, wollte er wissen.

Zur Verblüffung des Stuhlmeisters setzte Lüder ihm die Spitze des Zeigefingers auf die Brust und tippte den Mann mehrfach an. »Das werde ich Ihnen nicht sagen.«

»Das ... Ich werde ...«, stammelte Schröder-Havelmann.

Lüder setzte ein breites Lächeln auf. »Eine würdige Zeremonie«, sagte er.

Der Stuhlmeister murmelte etwas Unverständliches, als er sich umdrehte und dann zurückzog. Lüder nahm an, dass die

Trauergesellschaft – oder zumindest ein Teil davon – irgendwo einen Imbiss einnehmen würde. Langsam lösten sich die Gruppen vor der Kapelle auf.

Er sprach John Katz an, der ein paar Schritte abseits gewartet hatte, während sie zum Parkplatz gingen.

»War das ein richtiges Freimaurer-Ritual – die Trauerfeier?«

»Nein, eher so eine Hybrid-Version, da ja die Öffentlichkeit zugelassen sein muss. Das erkennt man daran, dass keiner der Brüder einen Schurz trug«, erklärte Katz.

»Der Tote war Jude.« Lüder erinnerte sich an den in Kiel-Gaarden ermordeten jüdischen Jungen und das Bestreben der Angehörigen, dem Sohn die religiös vorgeschriebene Beerdigung zukommen zu lassen. Es war für Lüder und die Ermittlungsbehörden schwierig gewesen, der Familie zu verschweigen, dass die sterblichen Überreste des Jungen nicht an einem Ort und zur selben Zeit aufgefunden worden waren. Der orthodoxen jüdischen Familie war das religiöse Zeremoniell besonders wichtig gewesen.

»Weshalb hat man bei der Beerdigung darauf nicht Rücksicht genommen? Es war auch kein Rabbiner anwesend«, fuhr Lüder, zu Katz gewandt, fort.

»Vielleicht, weil nur noch wenige Juden hier leben oder in den Logen arbeiten. Außerdem ist das nur in den B'nai-B'rith-Logen üblich und dann auch nicht öffentlich«, erklärte der Amerikaner. »Seltene Ausnahmen gibt es auch in Israel.«

»Wie kommen Sie hierher? Was verbindet Sie mit Ulrich von Herzberg?« Lüder war stehen geblieben.

»Das habe ich schon erklärt. Es gab einen Ansatz für ein Verfahren, das mich berührt. Deshalb bin ich hergekommen.«

»Sie haben eben gehört, dass von Herzberg in seinem Beruf aufgegangen ist. Seine Vorgesetzten haben seine Unbestechlichkeit und sein Engagement für eine unabhängige Justiz betont. Richter von Herzberg hätte nie im Vorhinein Partei ergriffen oder gar eine Rechtsberatung für eine Seite durchgeführt. War von Herzberg gar nicht als Richter gefragt, sondern als Betroffener?«

Katz sah Lüder verständnislos an. »Sie meinen, er war Kläger oder Beklagter? In einem möglichen Prozess, der jetzt nicht mehr stattfinden wird, weil er tot ist?«

»Falls von Herzberg Anspruchsteller war, ist das Verfahren noch nicht ausgestanden. Er hat eine Erbin: seine Ehefrau.«

»Sie sind sehr phantasiebegabt«, sagte Katz.

»Dann helfen Sie mir, die Varianten einzuschränken.«

»Ich sagte Ihnen schon, dass es triftige Gründe gibt, nicht über den Fall zu sprechen.«

»Weshalb sind Sie hier? Als Anwalt? Als Betroffener? Als Freund? Und wenn ja, als Bruder eines Freimaurers oder als jüdischer Freund?«

Katz hob und senkte die Schultern und unterstrich es durch das Drehen seiner Hände im Handgelenk. Der Amerikaner wollte nichts sagen.

Lüder erinnerte sich an die Schallplatten in von Herzbergs Regal. »Mozarts ›Die Zauberflöte‹«, sagte er gedankenverloren.

»Wenn es eine Oper gibt, die den Freimaurern nahesteht, ist es ›Die Zauberflöte‹«, erwiderte Katz. »Zumindest in Europa. So sagt man. Ich habe einmal gelesen, dass besonders oft auch in den Tempelarbeiten, gerade wenn Neue aufgenommen werden, von begabten Brüdern die Arie des Sarastro mit der schönen Zeile ›In diesen heilgen Hallen kennt man die Rache nicht‹ gesungen wird.«

»Ist das so? Rache ist oft ein Mordmotiv?« Aber was hat von Herzberg getan, dass er einem Racheakt zum Opfer gefallen ist?, überlegte Lüder. Oder müsste die Frage eher lauten: Was hat er nicht getan?

Katz gab einen Zischlaut von sich. »Man spricht von einer Bruderschaft. Da ermordet man sich nicht gegenseitig.«

»Die Welt war noch gar nicht richtig aus den Angeln gehoben, da gab es bereits den ersten Mord. Und ausgerecht das war ein Brudermord. Was haben Sie jetzt vor?«

Der Amerikaner lächelte geheimnisvoll. »Das werde ich Ihnen nicht verraten. Wollen Sie mich wieder verfolgen? Oder haben Sie einen Peilsender an meinem Auto installiert?«

»Wir sind hier in Deutschland. Da gelten andere Regeln als bei Ihnen in Amerika.«

»Spielen Sie nach Ihren Regeln. Ich folge meinen.«

»Bei der Ermordung des Richters spielte ein Cabletow eine Rolle. Das deutet auf einen Zusammenhang mit von Herzbergs Wirken als Freimaurer hin. So geheimnisvoll scheint das nicht zu sein. Es finden sich zahlreiche Hinweise dazu im Internet.«

»Sie verwechseln das aber nicht mit dem herkömmlichen Galgenknoten?«, fragte der Anwalt nach.

Lüder verneinte und betonte erneut, dass er einen freimaurerischen Hintergrund vermutete.

Katz sah ihn gedankenverloren an. »Der Tathergang wirkt auf gewisse Weise konstruiert, so als habe sich jemand den martialischen Vorgang angelesen, um den Verdacht auf die Freimaurer zu lenken. Sie haben eben selbst gesagt, dass die Informationen darüber frei zugänglich sind. Das erinnert auch an den Fund in der Manteltasche unter der Themse-Brücke. In den Taschen fand man Ziegelsteine und den gefälschten Pass des Mannes, der sich unter einer Themse-Brücke angeblich aufgehängt hatte. Denn genau so hatte die Cosa Nostra den Mord an Roberto Calvi, dem Bankier von Vatikan und Mafia, auch aussehen lassen wollen. Anscheinend folgt man hier dem bewährten Muster. Konspirationsautoren wie Guido Grandt leben von solchen konstruierten Unterstellungen. Dort genügte ein Ziegelstein, um in der Boulevardpresse die Assoziation mit dem ›rauen Stein‹ der Freimaurer als Mordindiz zu etablieren, und hier ist es eben der besagte Strick-Trick mit dem Cabletow. Einfachen Geistern scheint solch ein fader Hinweis bereits zu genügen, um mit dem Finger auf die seriöse Freimaurerei zu zeigen.«

»Das ist weit hergeholt. Ich glaube nicht, dass sich irgendwelche Kriminelle solche Geschichten ausdenken. Dort mordet man auf andere Weise. Schnell. Unkompliziert. Wir haben bisher auch noch keine Verbindungen von Herzbergs zu kriminellen Kreisen feststellen können. Nein, Mr. Katz. Hier geht es eindeutig um einen Ritualmord. Irgendetwas gärt unter der Oberfläche. Ich bin überzeugt, wir finden das Motiv in den Abgründen der Freimaurerei.«

»Abgründe?« Katz stemmte die Fäuste kampfeslustig in die Hüften. »Das ist es, was unsere Brüder seit Menschengedenken verfolgt. Gut. Es gibt Geheimnisse. Die sind seit Hunderten von Jahren in der Bruderschaft verankert. Das Cabletow spielt dabei eine wichtige Rolle. Dem aufzunehmenden Neophyten wird, nachdem er die ›dunkle Kammer‹, also das Vorbereitungszimmer, verlassen und das erste Mal die Loge betreten hat, das Cabletow um den Hals gelegt. Das hat seinen Ursprung in alten englischen und schottischen Ritualen. Dem Neophyten wird bedeutet, dass er – sollte er ein Geheimnis verraten – am Fuße der Themse mit diesem Strick angepflockt werde, bis die Flut zweimal über ihn hinweggestiegen sei.«

Lüder hielt Katz am Ärmel fest. »Ist das wahr?«

Der Amerikaner nickte ernst.

»Auf genau diese Weise wurde der Richter ermordet. Wer weiß so etwas?«

»Sie werden dieses Prozedere nur schwer in öffentlichen Darstellungen beschrieben finden.«

»Deshalb sind wir nicht weitergekommen«, sagte Lüder mehr zu sich selbst.

»Möglich. Sie haben vermutlich an der falschen Stelle gesucht und zu wenig Geduld gehabt. Es ist ein wenig kompliziert, und man muss um die Ecke denken. Sagt Ihnen die Schweigerose etwas?«

»Das ist ein Symbol, das oft an Beichtstühlen, in Ritter- oder Konventsälen anzutreffen ist«, sagte Lüder.

»Richtig. Manchmal geschnitzt, manchmal gemalt. Sehen Sie einmal in Grimms Deutschem Wörterbuch nach. ›Unter der Rose reden‹ wurde zum geflügelten Wort dafür, dass alles, was hier gesagt wird, vertraulich ist. Im Mittelalter hat man die Rose auch gern an Besteck, Bechern und Krügen angebracht und Gebrauchsgegenstände damit verziert. Es war eine stille Aufforderung an den Gast, dass er über alles, was im Hause gesprochen wurde, Stillschweigen zu wahren habe. Was vertraulich unter Freunden besprochen wurde, sollte nicht nach draußen dringen.« Katz hüstelte. »Die Rose war ein Geschenk der Venus an Harpokrates, den Gott des Schweigens. Venus wollte damit sicherstellen, dass über ihre zahlreichen Liebesbeziehungen, die sie als Göttin der Liebe hatte, der Mantel des Schweigens

ausgebreitet wurde. Das wäre eine mythologische Herleitung.«
Katz sah auf die Uhr. Es wirkte, als habe er es plötzlich eilig.
»Auf Wiedersehen.«

Er drehte sich um und ging langsam zu seinem Leihwagen. Lüder folgte ihm mit einigem Abstand und setzte sich in seinen BMW. Dort wählte er die Husumer Kripo an und berichtete von der Beerdigung.

Inzwischen hatte sich der Parkplatz geleert. Von der Trauergemeinde war niemand mehr zu sehen. Lüder startete nachdenklich den Motor und fuhr nach Kiel zurück. Am Ortsausgang von Uetersen fing es leicht an zu nieseln. Der Regen wurde immer kräftiger. Am Bordesholmer Dreieck waren die Niederschläge so heftig, dass auch die höchste Stufe des Scheibenwischers es kaum schaffte, die Wassermassen fortzuwischen. Lüder hatte sich rechts eingeordnet und staunte, dass die schweren skandinavischen Lkw wie Schnellboote mit gefühlten zweihundert Stundenkilometern links vorbeirauschten. Die aufspritzende Gischt tat ihr Übriges, um die Sicht weiter zu reduzieren. Erst auf dem Abzweig nach Kiel wurde es wieder besser. Kurz vor dem Zusammentreffen mit der Rendsburger Autobahn tauchten Blaulichter auf. Im Vorbeifahren sah Lüder, dass irgendjemand offenbar die physikalischen Gesetze des Aquaplaning missachtet hatte. Das Auto musste in die Leitplanke geraten sein und hatte sich mehrfach um die eigene Achse gedreht. Lüder bedauerte die uniformierten Kollegen, die im strömenden Regen den Unfallhergang aufnehmen mussten. Hatte er es besser als sie?

Der Regen sorgte auch am Ende der Autobahn für Stau. Es dauerte länger als gewöhnlich, bis er schließlich seine Dienststelle erreicht hatte.

Nachdem er sich mit einem frischen Kaffee versorgt hatte, breitete er einen Schreibblock vor sich aus. Es war vertrackt. Wie hingen die Dinge miteinander zusammen? Er hatte sich auf das Thema Raubkunst gestürzt. Hatte Katz doch keinen Auftrag, der in diese Richtung zielte? Die Art der Tatausführung ließ auf eine interne Angelegenheit der Freimaurer schließen. Katz hatte ihm Interna erzählt, die für Außenstehende nur schwer zu finden waren. Die Bruderschaft hielt wirklich dicht und wahrte ihre Geheimnisse. Lüder konnte sich aber nicht vorstellen, dass die Freimaurer mit Raubkunst in Verbindung zu bringen waren. Während des Dritten Reiches, das bei den Brüdern auch die Dunkle Zeit genannt wurde, waren sie selbst verfolgt worden. Man hatte die Logengebäude beschlagnahmt und zweckentfremdet, teilweise auch abgerissen, weil in den Häusern geheime Kammern vermutet wurden. Die Freimaurer wurden zunächst verpflichtet, dass ihre Orden arisch blieben. Leute wie von Herzberg wären damals ausgeschlossen worden. Die Freimaurer mussten ihre Tempel und die rituelle Arbeit den Parteifunktionären öffnen, bis Goebbels die angeblich weltumspannende Verschwörung durch die Juden, den internationalen Marxismus und die Freimaurerei als Bedrohung Deutschlands brandmarkte. Zu diesem Zeitpunkt waren die Freimaurer in Deutschland schon verboten. Nach dem Krieg war nur noch ein Zehntel der Brüder übrig. Der Rest war im Krieg ums Leben gekommen, hatte sich durch die Bedrohung von den Freimaurern losgesagt oder musste im KZ die Zugehörigkeit zu ihnen mit dem Tod bezahlen. Das war Geschichte. Lüder war sich nicht sicher, ob die bis heute nachwirkte.

Der damalige Reichsbankpräsident und zeitweilige Wirtschaftsminister Hjalmar Schacht, pikanterweise im dänischen Tingleff geboren, wurde von Hitler als »mein kleiner Freimaurer« bezeichnet und hatte kurioserweise die gesamte Nazizeit unbeschadet überstanden. Bevor die Welt endgültig mit Deutschland brach, hatte er sogar eine bedeutende Rolle im Weltbankgefüge gespielt. Natürlich hatten sie dieses Thema im Geschichtsunterricht gestreift. Die Details musste er sich aber heute neu anlesen. Seine Gedanken schweiften kurz ab. War es wirklich von Vorteil, dass man an manchen Schulen zur Gänze auf den »Ballast« des Geschichtsunterrichts verzichtete?

Lüder hatte die Namen der Beteiligten auf dem Papier notiert und Verbindungslinien zwischen ihnen gezogen, an die er die Art des Kontakts schrieb. So war ein Geflecht von Beziehungen entstanden. Er zog die Linien in unterschiedlichen Farben nach: privat, beruflich, Freimaurerbruderschaft. Zwischen manchen

Personen gab es mehrere Verbindungen. Böttinger war ein Beispiel. Der Liebhaber von von Herzbergs Frau bekam eine rote Linie; den Kontakt als Bruder stellte Lüder in Grün dar. Er konnte seine Gedankensammlung mit niemandem diskutieren. Ein Dritter würde das Gewirr von Linien, Kreisen und Kommentaren kaum verstehen. Auch für ihn wurde es immer undurchsichtiger. Wo lag die Schnittmenge zwischen Opfer und Mörder, die ausreichte, ein Mordmotiv zu sein? Was verband von Herzbergs Mörder mit dem Richter?

Lüder war froh, als ihn das Telefon aus seinem Gedankenkonstrukt riss.

»Was macht eigentlich das LKA?«, wollte Große Jäger wissen.

»Ich war noch einmal auf Föhr und habe mit dem Hotelbesitzer gesprochen, bei dem die beiden Bulgaren gewohnt haben. Der war ganz kleinlaut. Er beschäftigt ein ukrainisches Zimmermädchen. Die hat beim Saubermachen einen Zettel unter den Möbeln gefunden und ihn gelesen. Sie war sich nicht sicher, was sie davon halten sollte, und hat ihn ihrem Chef gegeben. Der war zunächst sauer und hat sich geschämt, die Polizei nicht sofort informiert zu haben. Er glaubte, es werfe ein schlechtes Licht auf sein Haus, wenn das Personal in den Sachen der Gäste herumschnüffelt. Auf dem Zettel waren die Hoch- und Niedrigwasserzeiten am Mordtag vermerkt. Außerdem gab es stichwortartig Anweisungen zur Vorgehensweise.«

»Eine Anleitung für den Mord?«, fragte Lüder erstaunt.

Große Jäger bestätigte es. »Jeder Mörder begeht einen oder mehrere Fehler. Vielleicht ist der Zettel irgendwo aus der Tasche gerutscht. Er ist übrigens auf einem Drucker erstellt worden. Ich habe ihn zur Kriminaltechnik nach Kiel weitergeleitet. Wir haben auch Kontrollabdrücke des Hotelpersonals genommen.«

»Mensch, Wilderich. Ihr seid wirklich gut«, lobte Lüder den Husumer. »Macht weiter so.«

»Wir geben uns alle Mühe«, versprach Große Jäger. »Tschüss.«

Tschüss! Tschüss!, hämmerte es von innen gegen Lüders Schläfen. Er fand den Faden nicht, der ihn zum Ziel führen würde. Zu allem Überfluss meldete sich auch noch der Innenminister und wollte einen Zwischenstand abfragen. Der Politiker sprach keinen direkten Tadel aus. Die Art seiner Gesprächsführung ließ aber vermuten, dass er unzufrieden war und sich mehr weitergehende Ergebnisse gewünscht hätte, als Lüder ihm bieten konnte.

Er beschloss, nach Hause zu fahren. Margit empfing ihn ein wenig abweisend. Sie sprachen nur wenig miteinander. Jeder hing seinen Gedanken nach. Wie gern hätte er mit ihr über ihre Probleme gesprochen, die immer noch nicht abschließend verarbeiteten Erlebnisse der Geiselnahme. Nur mühsam konnte er sich auf den Austausch profaner Dinge konzentrieren – was hatte sich heute in der Straße ereignet? Was gab es Neues aus der Schule? Am nächsten Tag mussten Getränke besorgt werden. Die Nachbarin war erkältet ...

ELF

Lüder war ein Familienmensch. Er genoss es, im Kreise der großen Patchworkfamilie zu sein, mit den Kindern zu diskutieren, ihren kleinen Streitereien zu lauschen, zu hören, was es in ihrem Leben an Wichtigem und Bedeutsamem gab. Heute aber war er froh, aus dem Haus am Hedenholz ins Büro flüchten zu können. Der Morgen wurde mit der routinemäßigen Abteilungsbesprechung ausgefüllt. Lüder war unkonzentriert. Und unzufrieden. Es missfiel ihm, dass er nicht von Fortschritten berichten konnte. Floskeln wie »Wir sind am Ball«, »Der Faden ist aufgenommen« und »Das Dickicht lichtet sich« klangen nicht verheißungsvoll.

Nach der Rückkehr an seinen Schreibtisch versuchte er erneut, das Notariat und Anwaltsbüro Feuerborn in Barmstedt zu erreichen. Es dauerte ewig, bis jemand abnahm.

»Das geht nicht«, sagte eine Frau mit belegter Stimme, nachdem er nach Feuerborn gefragt hatte.

»Doch!«, erwiderte Lüder forsch. »Ich habe schon mehrfach um Rückruf gebeten.«

Die Frau fragte noch einmal nach dem Namen und ergänzte: »In welcher Angelegenheit?«

»Von Herzberg.«

Sie bedauerte, nicht helfen zu können.

»Richten Sie Ihrem Chef aus, dass ich bis heute Mittag seinen Rückruf erwarte. Sonst dürften Unannehmlichkeiten auf ihn zukommen.«

Lüder hörte, wie die Frau schluckte. Dann setzte sie mehrfach an, bis sie hervorbrachte: »Herr Feuerborn ist verstorben.«

Lüder wollte erwidern, dass er für Scherze nicht empfänglich sei. »Ich habe ihn gestern noch gesehen«, sagte er und ärgerte sich über diesen Spruch.

»Man hat ihn heute Morgen tot aufgefunden«, sagte die Frau und schluchzte erneut.

»Wo?«, wollte Lüder wissen.

»In Wedel. Auf dem Marktplatz.«
»Wissen Sie Näheres über die Umstände?«
»Nein«, sagte sie. Dann versagte ihr die Stimme.
Lüder suchte die Telefonnummer der für Wedel zuständigen Bezirkskriminalinspektion Itzehoe heraus. Hauptkommissar Markus Schwälm, so erfuhr er, war der Leiter des K1, das im Volksmund gern Mordkommission genannt wurde. Man nannte ihm auch eine Handynummer.
Der Hauptkommissar zeigte sich über Lüders Anruf überrascht. »Das LKA? Habe ich irgendetwas nicht mitbekommen?«
Lüder beruhigte ihn und erklärte, dass er Feuerborn in einer Mordsache befragen wollte. »Ein Fall, der auch Ihren Zuständigkeitsbereich berührt.«
»Sie meinen den Ritualmord auf Föhr? Das Opfer stammt von hier. Warum wird der Vorgang von den Husumern bearbeitet? Das zuständige K1 wäre doch Flensburg.«
Das sei ein wenig verzwackt, sagte Lüder und unterließ es, ins Detail zu gehen.
Schwälm wollte wissen, was genau auf Föhr passiert sei. Lüder berichtete von der besonderen Art der Tatausführung.
»Dann gibt es höchstwahrscheinlich einen Zusammenhang«, sagte der Hauptkommissar. »Heinrich Feuerborn wurde heute Morgen von einem Mann gefunden, der auf dem Weg zur Arbeit war. Das Opfer lehnte mit dem Rücken an der Rolandstatue, dem Wahrzeichen der Stadt. Die Beine waren ausgestreckt, die Hände links und rechts angeordnet, damit der Leichnam nicht umfallen konnte. Wir haben uns schon Gedanken gemacht, da ein Stich ins Herz anzunehmen ist. Genaueres wird die Rechtsmedizin feststellen. Das Ganze sieht wie inszeniert aus.«
»Wie war der Tote bekleidet?«, unterbrach ihn Lüder.
»Ganz normal. Dunkelgrauer Straßenanzug, weißes Hemd, Krawatte. Bürgerlich.«
»Fehlte etwas?«
»Wir haben kein Portemonnaie, keine Brieftasche und keine Armbanduhr gefunden. Es sieht aus, als hätte der Täter alle Wertgegenstände mitgenommen.«
»Es wäre ein großer Zufall, wenn Feuerborn gerade jetzt

einem Raubmord zum Opfer gefallen wäre«, überlegte Lüder laut. »Sie sagten, Todesursache war ein Stich ins Herz?«

»Ja. Und zwar mit einem Zirkel.«

»Zirkel? Das ist ein Symbol der Freimaurer.«

»Das könnte auch den Hammer erklären, der neben dem Opfer lag.«

»Ist Feuerborn damit –«

»Nein«, unterbrach ihn Schwälm. »Definitiv nicht. Wir haben uns auch gefragt, was das zu bedeuten hat. Hammer und Zirkel. Das sind doch Freimaurersymbole? Sie sagten es eben auch.«

Lüder bestätigte es.

»Das ist aber noch nicht alles. Ihm ist auch die Kehle durchgeschnitten worden. Wir haben die Gegend rund um den Auffindungsort abgesucht, aber kein Messer gefunden.«

»Auffindungsort?«

»Ja«, bestätigte Schwälm. »Es gibt keine Anzeichen dafür, dass Feuerborn auch unter dem Roland getötet wurde. Sonst hätten wir dort mehr Blutspuren gefunden.«

Schwälm versprach, Lüder über die weiteren Ermittlungen in Kenntnis zu halten und Kontakt zu den Husumern aufzunehmen. »Sobald ich wieder in der BKI bin, werde ich Ihnen Tatortfotos zukommen lassen«, versprach der Itzehoer zum Abschied.

Entsprach diese Art zu töten wieder irgendwelchen geheimen Ritualen der Bruderschaft?, fragte sich Lüder. Die Freimaurer waren stolz darauf, in ihren Reihen kluge und gebildete Menschen zu wissen. Warum sollten sie alles unternehmen, um den Verdacht auf sich zu lenken? Versuchte jemand, genau das zu erreichen, indem er diese Symbole verwandte? Warum war der Notar Heinrich Feuerborn ermordet worden? Er war Vorstandsmitglied der Loge Neocorus am Nordmeer, der auch Ulrich von Herzberg angehörte. Und es gab eine weitere Gemeinsamkeit: Beide waren Juristen. Die Frage, ob es ein Testament Ulrich von Herzbergs gab, war noch nicht beantwortet.

Gab es noch andere, die an einem möglichen Testament von Herzbergs interessiert waren? Lüder fiel spontan Katharina von Herzberg ein. Es war ein Graus. Und wenn Ulrich von Herzberg gar nicht ermordet worden war, weil er als Richter gefragt war, sondern weil er Mitglied einer jüdischen Familie war? Gehörten ihr vielleicht einige der Bilder im Original, die von Herzberg in seinem Haus als Drucke hängen hatte? Hatte Lüder etwas übersehen? Seine Recherchen zur Familiengeschichte waren nicht sehr ergiebig gewesen. Oder gab es einen Nebenzweig, auf den er noch nicht gestoßen war? Musste Feuerborn als Eingeweihter deshalb sterben?

Die Freimaurer waren in der Tat eine geheimnisvolle Bruderschaft voller Riten und Gebräuche, die Außenstehenden mehr als schleierhaft erschienen. Wenn dem so war, mussten der oder die Täter nichts befürchten. Das Geheimnis wirkte über den Tod hinaus. Oder hatte jemand kalte Füße bekommen und wollte aus diesem Teufelskreis ausbrechen? Trotz der tausend Schwüre hatten im Dritten Reich zahlreiche Brüder aus Angst ihren Logen den Rücken gekehrt. Waren von Herzberg und Feuerborn diese Männer, die es nicht mehr mit ihrem Gewissen vereinbaren konnten, zu schweigen? Lüder suchte vergeblich im Nebel. Immer wieder gab es Ansatzpunkte für neue Verdächtigungen, andere Motive. Das System der Verschwiegenheit hielt. Noch. Warum sah er nicht, wo es zu bröckeln begann?

Er musste versuchen, einen richterlichen Beschluss zu erlangen, um Einsicht in das angebliche Dokument nehmen zu können, das Notar Feuerborn aufbewahrte. Vermutlich handelte es sich um das Testament. War dort ein Vermächtnis aufgeführt? Lüder hatte das Gefühl, dass der Notar ihm aus dem Weg gegangen war. Irgendjemand musste vom Inhalt des Testaments wissen und sich vor dessen Veröffentlichung fürchten. Mit der Ermordung von Herzbergs war das Problem aber noch nicht gelöst. Der Testamentsinhalt würde auch danach gelesen werden. Es sei denn, Feuerborn hatte das Testament beiseitegeschafft und musste sterben, weil er der einzige Zeuge war?

Eine weitere Frage drängte sich Lüder auf. Warum wurde Feuerborn ausgerechnet in Wedel ermordet? Spielte der Roland eine Rolle? In Wedel wohnte Professor Schröder-Havelmann. Die beiden Toten gehörten der Loge an, in der der Professor

Stuhlmeister war. Und John Katz hatte Schröder-Havelmann aufgesucht, als Lüder ihm von Itzehoe aus gefolgt war.

Die Erfolgsmeldung kam als Kurznachricht und lautete: »Vermeintliche Mörder gefasst.« Absender war Große Jäger. Lüder griff sofort zum Telefon. Cornilsen meldete sich.

»Der Oberkommissar ist beim Chef«, sagte er förmlich und verband Lüder weiter.

Kriminalrat Mommsen begrüßte ihn freundlich. Der Husumer Kripochef zeigte sich aufgeräumt und bestätigte, dass man die beiden Bulgaren in Frankfurt verhaftet hatte. Die Frankfurter Polizei hatte die bundesweite Fahndung aufmerksam gelesen. Ein der Rotlichtszene kundiger Beamter kannte die beiden Männer. Man hatte sie in der Elbestraße in der Mainmetropole festnehmen können. Nun saßen sie im Gewahrsam der Polizeidirektion Mitte in der Gutleutstraße.

Lüder schmunzelte. »Heißt die wirklich Gutleutstraße? Und da bringt man die bösen Leute hinter Schloss und Riegel?«

Mommsen reichte den Hörer an Große Jäger weiter.

»Die beiden heißen Welko Mamalew und Alexandar Beshkov. Nach den uns vorliegenden Informationen sind das harte Knochen. Aber die Puzzleteile passen zueinander. Norbert Burger, der sie angeheuert hat, mischt in Hamburg in der Rotlichtszene mit. Man scheint sich zu kennen. Bisher sind die beiden noch nicht bei Tötungsdelikten in Erscheinung getreten, aber schwere Körperverletzung wurde ihnen schon zur Last gelegt. Bei Mamalew ist der Belastungszeuge gegen ihn ausgestiegen. Beshkov hat aber schon im Gefängnis gesessen. Die Frankfurter haben DNA und Fingerabdrücke nach Kiel geschickt. Vielleicht gibt es Vergleiche zu den dort aufgenommenen Spuren aus Föhr.«

»Wann hat man die beiden verhaftet?«, fragte Lüder.

»Gestern Abend. Eine halbe Stunde vor Mitternacht.«

Auch wenn man schnell war, überlegte Lüder, benötigte man von Wedel bis Frankfurt fünf Stunden. Die beiden Bulgaren schieden damit als Mörder Feuerborns aus. Die Leiche musste irgendwann nach Mitternacht am Roland abgelegt worden sein. Sonst wäre sie früher entdeckt worden. Wedel verfügte nicht über ein pulsierendes Nachtleben, war aber auch nicht so verschlafen, dass dort niemand nach Einbruch der Dunkelheit den Marktplatz passierte.

»Du hast etwas gut bei mir«, sagte Lüder.

»Prima. Dann komme ich demnächst einmal vorbei. Als Übernachtungsgast. Haben Sie noch den tollen Whisky?«

Lüder versicherte, dass es daran nicht mangeln sollte.

Seine Rückfrage bei der Kriminaltechnik komplettierte die Erfolgsmeldung. Frau Dr. Brauns Mitarbeiter hatten erste erfolgreiche Abgleiche feststellen können. Es fanden sich DNA-Spuren von Beshkov am Galgenstrick. Außerdem hatte man Fingerabdrücke auf dem Zettel gefunden, auf dem der Auftraggeber die Vorgehensweise zur Ermordung von Herzbergs niedergeschrieben hatte. Beide Bulgaren hatten die im Hotel leichtfertig vergessene Botschaft in Händen gehalten. Lüder glaubte nicht, dass die beiden Männer ein Geständnis ablegen würden, schon gar nicht würden sie ihren Auftraggeber verraten.

Den kannten sie auch nicht. Das Ganze war über Norbert Burger gelaufen. Und der beharrte darauf, den Namen des »Kunden« nicht zu kennen. Er hatte sich vordergründig kooperativ gezeigt und an der Anfertigung einer Phantomzeichnung mitgewirkt. Der Mann war ein mit allen Wassern gewaschener Krimineller und wusste, dass man ihm nichts vorwerfen konnte, wenn er sich auf Erinnerungslücken berief und eine falsche Beschreibung abgab. Lüder hatte sich das Bild auf seinem Rechner angesehen. Es war nichtssagend. Mit ein wenig Phantasie war eine Kombination aus drei ehemaligen Bundeskanzlern zu erkennen.

Es erwies sich als mühsam, in Frankfurt einen kompetenten Gesprächspartner ans Telefon zu bekommen, der Lüder Auskunft zu der Verhaftung erteilen konnte. Hummel hieß der Frankfurter. Einen Dienstgrad hatte er nicht genannt.

»Der Kollege Meißner hat die beiden Gesuchten erkannt, als die Fahndung bei uns eintraf. Sie agieren in der Rotlichtszene rund um die Elbestraße, das ist bei uns in Frankfurt die Reeperbahn, nur krimineller. Wir haben bei einem unserer Tippgeber nachgefragt, der bestätigte, dass sich die beiden gestern Abend in einer schrägen Bar aufgehalten haben. Daraufhin haben wir zwei Streifenwagen und zwei Zivilfahnder in Marsch gesetzt und konnten die beiden fassen. Es gab eine kurze Rangelei, bei der einer der Bulgaren geringfügig verletzt wurde. Aber solche Maßnahmen sind bei uns Standard.«

Lüder fragte nicht nach, ob Hummel damit die Festsetzung oder die »Kollateralschäden« meinte. Er konnte sich gut vorstellen, dass es in quirligen Großstädten anders zuging als in Husum, Itzehoe oder auch Kiel. Die No-go-Area Gaarden am Kieler Ostufer war zwar auch gefährlich, aber von einer ganz anderen Ausprägung.

»Bei den Bulgaren wurden eine Pistole, Munition, ein Schlagring sowie eine Stahlrute, also ein Totschläger, und ein Teaser gefunden. Das reicht erst einmal.«

Hummel wurde kurz unterbrochen, weil im Hintergrund ein Tumult ausbrach. Stimmen wurden laut und gipfelten in Schreie. Es krachte, als würden schwere Körper gegen Wände und Schränke geworfen.

»Haltet den Idioten doch fest. Mann! Ihr seid doch keine Anfänger. Ihr wisst doch, was das für ein Arsch ist«, hörte er Hummel durchs Telefon. Dann meldete sich der Frankfurter wieder. »Sorry. Das ist unser Alltag. Schade, dass Bud Spencer tot ist. So einen könnten wir hier gut gebrauchen. Wo waren wir stehen geblieben? Ach ja – richtig. Welko Mamalew und Alexandar Beshkov zu identifizieren war Routine, auch wenn die beiden nicht einmal ihre Schuhgröße verraten wollten. Wir haben sie gleich nach der Festsetzung verhört.«

»Wie kann man die verhören?«

»Was sagten Sie? Woher kommen Sie? Aus Kiel? Da gibt es wohl signifikante Unterschiede bei der Definition, was man unter Verhör versteht. Aber die Kerle sind beinhart. Nix. Reinweg gar nix haben die von sich gegeben.«

»Also gibt es auch im Frankfurter Bahnhofsviertel kein Verhör dritten Grades?«

»Seitdem man einen unserer Häuptlinge geköpft hat, weil er bei einer Kindesentführung dem Kidnapper mit Gewaltanwendung gedroht hat, wenn er nicht den Aufenthaltsort des Jungen verrät, sind wir vorsichtig. Das ist nicht wörtlich zu nehmen, aber wenn die Kollegen jemanden hart anfassen, ziehen sie sich Handschuhe über, um keine Fingerabdrücke zu hinterlassen. Die Bulgaren haben einfach geschwiegen. Wir haben auch nichts über die Auftraggeber in Erfahrung bringen können. Ich vermute, die kennen sie gar nicht. Wir wissen nicht, was wir mit den beiden anfangen sollen. Sie wollen sie sicher zum Kuraufenthalt an die Ostsee holen, oder?«

Lüder bestätigte es.

»Das war im Wilden Westen einfacher«, sagte Hummel nachdenklich. »Da hat sich ein Marshall auf den Weg gemacht und den Delinquenten abgeholt. Der war dann in der Eisenbahn angekettet. Und wenn seine Kumpels den Zug nicht überfallen haben, wurde er kurz darauf am Galgen aufgeknüpft.«

Hummel hatte recht. Es würde im schlimmsten Fall Wochen dauern, bis die beiden Bulgaren in Kiel eintrafen. Zunächst mussten die Bürokraten tätig werden. Dann würden die beiden Mörder verschubt werden. Nach einem für Außenstehende nicht durchschaubaren System würde man Mamalew und Beshkov mit Gefangenentransporten von Strafanstalt zu Strafanstalt verlegen, bis sie irgendwann nach einer abenteuerlichen Odyssee Kiel erreichen würden. Da soll noch einmal jemand über die Verspätungen bei der Deutschen Bahn schimpfen, dachte Lüder grimmig.

Er suchte den Abteilungsleiter auf. Sollte Dr. Starke doch versuchen, eine richterliche Genehmigung zu erwirken, um an das beim Notar Feuerborn hinterlegte Testament Ulrich von Herzbergs zu gelangen.

Zwei Stunden später tauchte der Abteilungsleiter in Lüders Büro auf und wedelte mit einem Blatt Papier. »Hier«, sagte er ein wenig atemlos. »Ein richterlicher Beschluss, dass das Notariat die Dokumente aushändigen muss.«

Lüder staunte. »Wie hast du das geschafft?«

»Man unterhält sich von Ebene zu Ebene«, sagte der Kriminaldirektor vage. Das war sie wieder – die Art, die Lüder überhaupt nicht mochte, das überkommene hierarchische Denken.

»Ich kümmere mich darum, dass dir in Barmstedt eine Streifenwagenbesatzung zur Seite steht«, versprach der Abteilungsleiter.

Lüder sollte es recht sein. Endlich einmal zeigte sich sein Vorgesetzter von der nützlichen Seite.

Als Lüder in der kleinen Stadt eintraf, fand er einen Streifenwagen hinter dem Haus der örtlichen Polizeistation in der engen malerischen Hauptstraße. Die beiden Beamten sahen gelangweilt aus.

»Sind Sie der aus Kiel?«, fragte ein grauhaariger Beamter, als er ausgestiegen war, und wollte wissen, um was es ging. Seine junge Kollegin setzte ihre Mütze auf und hielt sich schweigsam im Hintergrund.

Lüder erklärte es den beiden Polizisten.

»Und dafür so ein Brimborium?« Der Uniformierte zeigte auf die Polizeistation. »Da ist keiner. Uns haben sie extra aus Tornesch herbeordert. Wir haben weiß Gott Wichtigeres zu tun.«

»Als Mord?«

Jetzt sah ihn der Uniformierte erstaunt an. »Es geht um Mord? Warum kommt da nicht die Kripo aus Itzehoe? Da ist doch das zuständige K1.«

»Bin ich keine Kripo?«

»Ja – schon, aber ...« Den Rest verschluckte der Beamte.

Die Kanzlei Feuerborn befand sich in einem alten Gebäude in der Königstraße. Das Haus strahlte etwas Erhabenes aus. Auf ihr Klingeln erschien eine junge Frau mit Pferdeschwanz und sah erschrocken auf die beiden Streifenpolizisten. Lüder fragte nach dem Bürovorsteher.

»Bürovorsteherin«, sagte die junge Angestellte. »Frau Wichern.« Sie führte die drei in das enge, mit altertümlichen Möbeln ausgestattete Büro.

Eine streng aussehende Frau in einem beigefarbenen Pullover und einem knielangen Rock mit Schottenkaros empfing sie. Lüder legte das Dokument vor.

Bürovorsteher waren in Anwaltskanzleien oft die Verwaltungsleiter und übten eine wichtige Funktion aus. Sie hielten nicht nur den Kontakt zu den Mandanten, sondern waren im Allgemeinen auch in alle Vorgänge eingeweiht. Lüder hätte sich nicht gewundert, wenn man beim Abstauben der Frau auch eine Wolke losgetreten hätte. Sie wirkte, als sei sie schon hundert Jahre in dieser Funktion tätig.

»Ich weiß nicht.« Sie war offenbar verunsichert. »Sie wissen, dass Herr Feuerborn verstorben ist. Sie sind die zweite Polizeiabordnung, die hier aufkreuzt. Heute Morgen waren welche von der Kripo aus Itzehoe da. Wir können nichts sagen. Unser Chef war ein geachteter und angesehener Mann. Fast jeder in unserer Stadt kannte und schätzte ihn.« Frau Wichern nahm den richterlichen Beschluss zur Hand und wiederholte zögerlich: »Ich weiß nicht so recht.«

Lüder nahm ihr die Unsicherheit nicht ab. Eine erfahrene Bürovorsteherin war mit solchen Angelegenheiten vertraut.

»Können Sie noch einmal wiederkommen?«, fragte sie.

Lüder schüttelte den Kopf. »Die Dokumente sind jetzt auszuhändigen. Sie wissen, dass Herr von Herzberg ebenfalls ermordet wurde.«

Beim »Mord« zuckte die Frau zusammen. »Moment«, sagte sie, nahm das Papier und verließ den Raum.

»Soll ich hinterher?«, fragte der Polizist. »Nicht dass die mit dem Original abhaut.«

»Keine Sorge«, erwiderte Lüder.

Kurz darauf kehrte Frau Wichern in Begleitung eines jungen Mannes zurück, der den Kopf fast kahl geschoren hatte. Nur ein blonder Schimmer bedeckte den Schädel. Er trug eine runde Nickelbrille und sah wie der kleine Bruder von Pippi Langstrumpf aus, wenn sie einen gehabt hätte.

»Das ist Herr Meusel. Er ist Rechtsanwalt«, erklärte Frau Wichern.

»Auch Notar?«, fragte Lüder.

»Nein. Herr Meusel ist seit vier Wochen bei uns als angestellter Anwalt tätig«, sagte die Bürovorsteherin.

Der junge Mann nahm das Papier zur Hand, betrachtete es, sah anschließend Lüder an und verlangte, dass der sich ausweisen solle. Danach wollte er wissen, wozu die Polizei die

Dokumente benötige. Lüder spürte, dass Meusel sich wichtigmachen wollte.

»Das steht hier nicht zur Diskussion«, sagte Lüder kurz entschlossen.

»Dann können wir Ihnen nichts aushändigen.« Lüder nahm unaufgefordert auf dem Besucherstuhl Platz und schlug die Beine übereinander. »Okay«, sagte er. »Dann werden wir einen weiteren Beschluss erwirken und hier ein Durchsuchungskommando anrollen lassen.«

Meusel nagte an der Unterlippe. Hilfesuchend sah er die Bürovorsteherin an.

»Ich glaube, es ist im Interesse unseres Chefs«, sagte Frau Wichern. »Bevor hier allzu viel Unruhe entsteht ...« Sie ließ den Satz unvollendet. Sie stand auf, ohne die Antwort abzuwarten, und forderte die Beamten auf, ihr zu folgen. Dabei zog sie ein gebundenes Buch aus einem Rollladenschrank und klemmte es sich unter den Arm.

Feuerborns Arbeitszimmer schien aus einer vergangenen Epoche zu stammen. Wuchtige Möbel beherrschten den Raum. Ein zerkratzter mächtiger Eichentisch, umgeben von wuchtigen Lederstühlen, bildete das Herzstück des Zimmers.

»Das Verwahrbuch«, erklärte die Bürovorsteherin und legte es auf den Tisch. Sie schlug es auf und fuhr mit den Fingern die Seiten aufwärts. »Ah – hier«, sagte sie nach mehrmaligem Umblättern. »Da sind zwei Dokumente hinterlegt. Ein versiegelter Umschlag und das Testament.« Dann ging sie zu einem altertümlichen Tresor, bat die Beamten, sich umzudrehen, und öffnete den Schrank. Sie begann in den Papierstapeln herumzuwühlen.

»Hier«, sagte sie und zog einen versiegelten Umschlag hervor. »Das Testament.«

»Und das zweite Dokument? Der Umschlag?«, fragte Lüder.

Frau Wichern kroch fast in den Tresor. Sie wurde immer hektischer. »Das verstehe ich nicht«, murmelte sie. »Der muss doch hier sein.« Schließlich nahm sie Stapel für Stapel heraus, legte sie auf den Tisch und begann sie zu durchsuchen. »Herr Feuerborn ist immer ausgesprochen gewissenhaft. Er mag es nicht, wenn etwas nicht an seinem Platz ist. Dafür ist er viel zu penibel.«

»Soll ich suchen helfen?«, bot Meusel an.

»Nein!«, kam es entschieden zurück.

Es half nichts. Auch nach mehrmaligem Umwälzen der Dokumentenstapel blieb der Umschlag verschwunden. »Der muss hier sein«, sagte die Bürovorsteherin. »Das kann nicht anders sein.«

»Wer hat Zugang zum Panzerschrank?«, fragte Lüder.

»Herr Feuerborn und ich.«

»Und Sie?« Lüder sah den jungen Rechtsanwalt an.

»Nein«, antwortete Frau Wichern für Meusel. »Der Schrank ist immer zu, wenn Herr Feuerborn nicht in seinem Büro ist.«

»Und wenn jemand ein Dokument aus dem Tresor benötigt?«

»Dann hole ich es. Grundsätzlich. Ohne jede Ausnahme.«

»Das heißt, nur Sie oder Herr Feuerborn können an den Umschlag herangekommen sein.«

Die Bürovorsteherin bestätigte es ausdrücklich. Lüder glaubte ihr. Warum sollte sie sich selbst belasten? Es blieb nur die Möglichkeit, dass Feuerborn selbst den Umschlag herausgenommen hatte. Welche brisanten Informationen waren darin enthalten?, fragte sich Lüder. Genug, um einen Mord zu begehen?

Er fragte Frau Wichern, ob sie wisse, was der Umschlag enthielt.

Sie bedauerte, aber das könne sie nicht sagen.

»Sie sind von der Schweigepflicht entbunden«, erklärte Lüder.

»So meine ich es nicht. Ich weiß es schlichtweg nicht«, erklärte die Bürovorsteherin. Sie zierte sich auch, das Siegel am Testament aufzubrechen, und schob den Umschlag mit spitzen Fingern Meusel zu. »Sie sind der Notarvertreter«, sagte sie dabei.

Mit sichtlichem Unbehagen erbrach der Anwalt das Siegel und zog das Testament heraus. Es war mit Maschine geschrieben und persönlich unterzeichnet. Der Notar hatte die Ordnungsmäßigkeit durch seine Signatur bestätigt.

Lüder hatte den Inhalt des Testaments so erwartet. Ulrich von Herzberg vermachte sein ganzes Vermögen der Loge Neocorus zum Nordmeer, ausgenommen der Pflichtteil für seine Ehefrau

Katharina von Herzberg. Ein Zusatz weckte Lüders besondere Aufmerksamkeit. Sollte die Ehe zum Zeitpunkt des Todes des Erblassers nicht mehr bestehen, wäre der Pflichtteil nicht auszuzahlen und das gesamte Erbe ginge an die Loge.

Lüder hatte früher schon einmal daran gedacht. Möglicherweise kannte Katharina von Herzberg den Inhalt des Testaments. Durch den Tod des Richters erhielt sie zumindest noch den Pflichtteil.

»Gibt es eine Vermögensaufstellung?«, fragte Lüder Frau Wichern.

»Nicht bei uns«, erwiderte die Bürovorsteherin.

»Wer könnte einen Überblick haben?«

Sie zuckte hilflos mit den Schultern. »Im Allgemeinen kenne ich alle Vorgänge der Kanzlei und bin auch über Einzelheiten informiert. Hier ist es etwas Besonderes. Die beiden Herren waren miteinander befreundet. Und Herr von Herzberg war schließlich nicht irgendjemand.«

Lüder nahm das Testament an sich und forderte Frau Wichern auf, sich umgehend zu melden, wenn der andere Umschlag wieder auftauchen sollte.

»Und für so einen Pipifax müssen wir hier antreten«, beschwerte sich der Streifenpolizist. »Als wenn wir nichts Wichtigeres zu tun hätten.«

»Ist das Verfolgen eines Hühnerdiebs bedeutsamer als die Aufklärung eines Mordes?«, erwiderte Lüder. »Wenn Sie aufgepasst hätten, würden Sie bemerkt haben, wie relevant das Ganze war.«

Er ließ einen irritiert aussehenden Beamten zurück und freute sich über das nur mühsam unterdrückte Grinsen der Polizistin.

Die Rückfahrt nach Kiel nutzte Lüder, um noch einmal die verschiedenen Theorien gegeneinander abzuwägen. Ulrich von Herzberg war kein vermögender Mann gewesen. Es sei denn, er hing wirklich irgendwie in der Sache mit der vermeintlichen Raubkunst mit drin und konnte etwas beanspruchen, von dem die Menschen in seiner Umgebung nichts wussten. Aber wer war dann der Nutznießer seines Todes? Die Ehefrau – das hatte Lüder schon in Erwägung gezogen. Oder derjenige, in dessen

Besitz sich die Raubkunst jetzt befand. Eine Stiftung oder ein Museum würde zwar auch versuchen, Besitzansprüche abzuwehren, aber deshalb keinen Mordauftrag erteilen. Es musste sich also um eine Privatperson oder eine private Institution handeln – wie beispielsweise eine Loge. Kurz entschlossen machte Lüder einen Umweg und fuhr nach Wrist.

»Du?«, fragte Till Kauffmann erstaunt, als Lüder unangemeldet vor der Tür des ehemaligen Studienkollegen stand.

»So läuft es nicht, Till«, sagte Lüder barsch, nachdem Kauffmann ihn ins Haus gebeten hatte. »Du sagst mir augenblicklich, um was es geht.« Lüder bewegte drohend den Zeigefinger. »Wir haben einen zweiten Mord. Nun komm mir nicht mit irgendwelchen Ausflüchten und verschanze dich nicht hinter Verschwiegenheitsklauseln.«

Kauffmann wurde blass. »Musst du mich so unter Druck setzen?«

»Ja«, erklärte Lüder unerbittlich.

»Komm in mein Arbeitszimmer«, sagte Kauffmann leise und sah sich um, ob seine Frau lauschen konnte. Dann bat er Lüder in das kleine Büro und schloss die Tür hinter sich. »Was ich dir jetzt sage, habe ich nie von mir gegeben.«

Lüder winkte ab. »Hör auf, Till. Das sind leere Phrasen aus zweitklassigen Fernsehkrimis.«

»Du kanntest von Herzberg nicht. Er war für mich als Richter immer ein Vorbild. Gradlinig. Fast besessen davon, Gerechtigkeit zu üben. Umso erstaunter war ich, als er vorsichtige Andeutungen machte, dass da etwas ganz Großes auf uns zurollen würde. Man hatte sich an ihn gewandt und ihm Vorabinformationen zukommen lassen. Es war ihm sichtlich unbehaglich, aber die Sache hat ihn so gefesselt, dass er sich nicht davon frei machen konnte, gegen alle Bedenken im Vorfeld eines möglichen Prozesses in die Sache einzusteigen.«

»Es geht um Raubkunst«, unterbrach ihn Lüder.

»Das weiß ich nicht. Von Herzberg war vorsichtig. So weit hat er mich nicht ins Vertrauen gezogen. Ich halte es aber nicht für ausgeschlossen.«

»Die Klägerseite vertritt der Amerikaner.«

Kauffmann nickte. »Katz. Der hat sich an von Herzberg gewandt und ihm Einzelheiten berichtet. Von Herzberg wusste also vor dem Einreichen einer Klageschrift, was dort auf das Gericht zurollte. Ich glaube – nein, ich *weiß*, dass Katz eine Reihe von Informationen weitergegeben hat.«

»Gegen wen richtet sich die Klage?«

Kauffmann sah bekümmert aus. »Ehrlich! Ich weiß es nicht. Darüber hat Ulrich von Herzberg nie etwas verlauten lassen.«

Sie schwiegen einen Moment. Ob von Herzberg Informationen zu dem Prozess in dem Umschlag deponiert hatte, der jetzt aus dem Tresor des Notars Feuerborn verschwunden war?, überlegte Lüder.

Er fragte Kauffmann mehrmals, ob es noch etwas gebe. Nein, versicherte der Richter. Das sei alles.

Es würde erneut kein ruhiger Feierabend werden, war sich Lüder sicher, als er weiter nach Kiel fuhr.

ZWÖLF

Große Jäger hielt mit seinem Unmut darüber, dass die Ermittlungen so schleppend vorangingen, nicht hinterm Berg. Er war der Überzeugung, der Kiezgröße Norbert Burger mehr Informationen entlocken zu können, als es die Hamburger Kripo geschafft hatte, und dass Burger den Auftraggeber für den Mord an von Herzberg kennen müsse. Doch Cornilsen blieb skeptisch.

»Der verarscht uns doch mit dem Phantombild. Solche Leute kennen ihre Kunden, die regelmäßig bei ihnen verkehren.«

»Wie willst du ihm das entlocken?«, hatte Cornilsen gefragt.

»Wir setzen ihn unter Druck.«

Cornilsen hatte schallend gelacht. »Wir beide? Und dann gegen einen Kiezkönig?«

»Ich bin in Husums Neustadt gefürchtet und geachtet.«

Cornilsen hörte nicht auf zu lachen. »Du vergleichst Husums Kneipenmeile mit der Reeperbahn?« Erst als Große Jäger beschloss, allein zu fahren, schloss sich der junge Kommissar an. Zumindest konnte er durchsetzen, dass sie Kontakt zur Davidwache aufnahmen und um Unterstützung baten.

Obwohl Cornilsen am Steuer saß, fluchte Große Jäger unbotmäßig über die Fahrweise der Großstädter. »Hier sollte man aufräumen«, rief er. »Diese Masse an Trotteln kann nie den Führerschein auf ehrliche Weise erworben haben. Irgendjemand verteilt die schwarz im großen Stil.«

Die nächste Hürde war die Parkplatzsuche. In jedem Touristenführer war zu lesen, dass man mit öffentlichen Verkehrsmitteln anreisen solle. Große Jäger behauptete, in Husum immer alle Ziele ohne U- oder S-Bahn erreicht zu haben, und meinte, das müsse auch in Hamburg funktionieren. Sie hatten Glück und fanden einen Parkplatz in der Tiefgarage unter dem Spielbudenplatz.

Als sie die Treppe an die Oberfläche überwunden hatten, empfing sie ein Mann in Lederjacke und drückte ihnen einen Zettel in die Hand.

»Super, Opa«, sprach er Große Jäger an. »Du willst dem Sohnemann die schöne Welt zeigen. Hier«, er wedelte mit seinem Papierstapel, »das ist genau das Richtige. Supergeile Show. Der Junge lernt was, und für dich ist auch noch etwas dabei.«

»Wir sind nicht hier, um eure Mädchen auszubilden«, erwiderte Große Jäger und kümmerte sich nicht um die Beschimpfungen hinter seinem Rücken.

In allen Farben zuckte und blitzte die Leuchtreklame. Das legendäre Operettenhaus, Spielstätte weltbekannter Musicals, wirkte noch relativ dezent. Dafür flimmerten die anderen Anbieter umso heftiger. Menschenmassen aus aller Herren Länder drängten sich über das Pflaster der Vergnügungsmeile. Asiatische Touristen blockierten mit gezückten Digitalkameras den Bürgersteig, während die Türsteher sie zum Besuch des Etablissements überreden wollten. Spielhallen, Bierschwemmen, Ramschläden und Dönerbuden wechselten in bunter Folge einander ab. Sexshops und Stundenhotels ließen auf diesem Stück der angeblich sündigsten Meile der Welt etwas von der anrüchigen Seite des Viertels erahnen.

Auf der anderen Seite des breiten Boulevards fanden sich das Panoptikum, das St. Pauli Theater und rechts daneben das Rotklinkergebäude des wohl berühmtesten Polizeireviers der Welt: der Davidwache. In den engen und altertümlich wirkenden Räumen herrschte ein unbeschreibliches Gewusel. Es kostete Durchsetzungsvermögen, bis sie einen Beamten hinter dem Tresen ansprechen und nach Polizeihauptmeister Stachowiak fragen konnten. Große Jäger hatte mit dem Hamburger Beamten im Vorhinein verabredet, dass sie gemeinsam Norbert Burger aufsuchen wollten.

»Stacho?«, wiederholte der Uniformierte die Bitte und brüllte einmal quer durch den Raum: »Weiß jemand, wo Stacho ist?«

»Hinten«, rief jemand aus der Menge zurück.

»Und wer seid ihr?«, wollte der Beamte wissen.

»Kripo Husum.«

Der Polizist griff zum Telefon. »Stacho. Komm mal nach vorn. Da sind zwei Landeier für dich.« Dann wandte er sich dem nächsten Fall zu.

Wenig später erschien ein drahtiger Mittvierziger mit krausen roten Haaren, die wie eine verrostete Drahtbürste aussahen, und blickte sich suchend um.

»Herr Stachowiak?«, fragte Große Jäger.

»Stacho. Einfach nur Stacho«, erwiderte der Polizeihauptmeister und lotste die beiden Husumer in den Aufenthaltsraum. Dort ließ er sich noch einmal den Wunsch, Norbert Burger aufzusuchen, erläutern.

»Können wir machen. Aber erfahren werdet ihr von dem nichts.« Stacho griff sich seine Mütze, setzte sie verwegen schief auf und sagte: »Kommt man mit.«

»Nur wir drei?«, fragte Cornilsen erstaunt.

Der Streifenpolizist blieb kurz sehen. »Glaubst du, Burger lässt sich von einer Hundertschaft einschüchtern?«

Sie marschierten Richtung Große Freiheit, den Bereich St. Paulis, in dem sich das härtere Sexgeschäft abspielte. Sie verloren Stacho kurz aus den Augen, als sie in eine Menschentraube gerieten. Cornilsen blieb stehen und staunte.

»Mann, die haben aber Nerven.« Er sah auf den Hütchenspieler, der ein Bündel Fünfziger in der Hand hielt und Passanten zum Spielen animieren wollte. »Jeder weiß, dass die betrügen«, sagte Cornilsen. »Und trotzdem wechseln hier die Scheine im Sekundentakt den Besitzer.«

Ein beleibter Mann stritt sich im sächsischen Tonfall mit seiner Frau und wollte nicht glauben, dass er schon zweimal dem Hütchenspieler und dessen Tricks aufgesessen war. Obwohl seine Ehefrau an ihm zerrte, holte er einen weiteren Fünfziger aus der Tasche und drückte ihn dem Hütchenspieler in die Hand. Der Mann schob die Streichholzschachteln hin und her. Bevor Große Jäger reagieren und der Mann auf die Schachtel mit der Kugel tippen konnte, hatte sich Cornilsen niedergebeugt und alle drei Schachteln umgedreht. Unter keiner befand sich eine Kugel. Er hatte die Aktion so schnell ausgeführt, dass niemand ihn daran hindern konnte. Ihm kam dabei seine Fingerfertigkeit als Hobbymagier zugute.

Der Hütchenspieler stemmte sich in die Höhe und wollte Cornilsen angreifen. Behände ging Große Jäger, der mit einer solchen Reaktion gerechnet hatte, dazwischen und gab dem Mann einen Stoß, dass er leicht zurücktaumelte. Die Lage war brisant. Cornilsen konnte nicht ahnen, dass solche Leute nie allein auftraten, sondern im Hintergrund immer irgendwelche Beschützer lauerten, die aufmüpfige Mitspieler aus dem Verkehr ziehen sollten. Prompt drängte sich ein bulliger Mann mit flacher Stirn zwischen den Zuschauern durch und wollte nach Große Jäger greifen, als er mitten in der Bewegung innehielt und ruckartig zurückgerissen wurde.

»Das würde ich sein lassen«, vernahmen sie Stachos drohende Stimme.

Der »Beschützer« drehte sich um und fluchte in einer fremden Sprache, von der Große Jäger annahm, dass es Polnisch war.

»Haut ab«, sagte Stacho scharf. Der Hütchenspieler raffte seine Sachen zusammen und wollte sich davonmachen, aber Große Jäger hielt ihn am Arm fest.

»Nix da, Freundchen. Die Mäuse bleiben hier.«

Der Mann presste das Geldbündel an sich und wollte es nicht herausgeben.

Der Oberkommissar hatte die Handschellen vom Hosenbund gelöst und schwenkte sie in der Luft vor der Nase des Mannes.

»Das Geld bist du los. So oder so. Entweder du verpisst dich augenblicklich, oder wir lösen das Problem auf der Davidwache«, drohte er.

Man sah, wie es hinter der Stirn des Spielers arbeitete und er seine Chancen abwog. Mit einem giftigen Blick rückte er das Geldbündel heraus.

»Das aus der Jackentasche auch.« Große Jäger winkte mit dem Zeigefinger.

Als der Spieler nicht reagierte, bohrte er ihm den Zeigefinger schmerzhaft zwischen die Rippen. Dann fasste der Mann in die Jackentasche und holte ein weiteres Geldbündel hervor. Es blieb ungeklärt, ob es alles war.

Der Oberkommissar zählte drei Fünfziger ab und gab sie dem Sachsen zurück. »Nicht wieder verspielen, Tante Droll«, ermahnte er den Mann. »Geh mit Mutti Kaffee trinken. Klar?«

Der Mann nicke eilfertig, packte seine Frau am Ärmel und

verschwand durch die Menschenmenge. Jetzt streckten sich den beiden Polizisten zahlreiche Hände entgegen, und aus vielen Mündern erscholl, dass die Leute auch gespielt hätten, betrogen worden waren und ihren Einsatz zurückwollten.

Große Jäger schwenkte das Geldbündel. »Das ist ein Packen Lehrgeld«, sagte er und zwängte sich mit Cornilsen im Schlepptau durch den Ring der Neugierigen.

»Warum lassen wir die laufen?«, wollte Cornilsen wissen.

»Weil wir ein anderes Ziel haben. Wenn wir uns mit dem Hütchenspieler beschäftigt hätten, wäre der Tag gelaufen gewesen. Und was wäre dann passiert? Der Typ hat einen festen Wohnsitz, und zwei Stunden später sitzt er hier wieder. Hütchenspieler und Kaffeefahrten – darauf fällt die Menschheit immer wieder herein. Würde niemand mitmachen, würde sich das Problem von allein lösen.«

»Und was machst du mit dem Geld?«

»Das hier«, sagte Große Jäger, blieb vor einer kleinen Gruppe der Heilsarmee stehen, die sich mit ihrem Konzert tapfer gegen den Frevel rundherum stellte, und drückte einer älteren Frau das Geldbündel in die Hand.

Sie folgten Stacho, der an der Ecke Große Freiheit abbog. Die schmutzig wirkende Straße mit den schäbigen Häusern war so dicht bevölkert, dass es kaum ein Durchkommen gab. Es wurde gedrängelt und geschubst. Es war ein mühsames Vorankommen, bis Stacho vor einem schmuddeligen Etablissement stehen blieb.

»Zum wilden Bock«, las Große Jäger die Leuchtreklame vor. Zwei muskelbepackte Typen standen vor dem schummrigen Eingang.

»Hallo, Stacho«, begrüßte einer mit kehliger Stimme den Uniformierten. »Was liegt an? Nur mal so?«

»Ist Nobby da?«, antwortete Stacho mit einer Gegenfrage.

»Weiß nicht.« Der Türsteher zuckte mit den Schultern.

»Gut. Dann blinzele ich mal in euren Schuppen.«

Der Türsteher zupfte an den Schulterklappen des Polizisten. »Aber nicht in deinem Kostüm.«

»Lass das, Pipin«, sagte Stacho scharf. »Mach keinen Stress. Sonst musst du morgen das Klo putzen.«

»Hier geht's nicht rein.«

Der Schutzpolizist holte blitzschnell aus und trat dem Türsteher gegen das Schienbein.

»Scheiße«, fluchte der Mann. »Du verdammtes Arschloch.« Er bückte sich und hielt sich das Bein.

»Wenn du nicht Platz machst, musst du dir morgen einen Schreibtischjob suchen. Dann ist deine andere Stelze auch noch dran«, drohte Stacho und sah den zweiten Türsteher an. »Was meinst du? Ist Nobby da?«

Der Mann zeigte wortlos mit dem Daumen Richtung Eingang.

»Na denn dann«, sagte Cornilsen vergnügt, als sie Stacho in die dunkle Höhle folgten.

Auch als sich die Augen ein wenig an das Dunkel gewöhnt hatten, war nicht viel zu erkennen.

»Seid froh, dass das Loch so düster ist. Ihr würdet sonst erschrecken«, erklärte Stacho, ging zielsicher an der Bar vorbei in einen nach Latrine riechenden Gang und riss ohne anzuklopfen eine Tür auf.

Der Raum sah schäbig aus. Und unaufgeräumt. Hinter dem zerkratzten Schreibtisch hockte ein bullig aussehender Mann mit einer sauber polierten Glatze. An seinem Ohr baumelte ein Seemannsring. Die Ärmel seines bunten Hemdes waren hochgekrempelt und gaben den Blick auf mit Tattoos übersäte, kräftige Unterarme frei.

»Hi, Nobby«, sagte Stacho und winkte die beiden Husumer in den Raum, der nur von einer altmodischen Schreibtischleuchte erhellt wurde.

Norbert Burger unternahm gar nicht erst den Versuch, die Geldbündel vor sich zu verbergen.

»Stacho, du Ratte«, begrüßte er den Uniformierten. »Willst du wieder Stunk machen?« Ein abschätzender Blick streifte Große Jäger und Cornilsen. »Zwei Dörfler, die sich über die Bierpreise beschwert haben?«

»Kollegen von der Mordkommission, die zu dir wollen.«

»Glaube ich nicht. Ich kenne sie. Alle.«

»Aus Husum.«

Norbert Burger lachte laut auf. »Haben die da so was?«
Große Jäger ging gelassen auf den Schreibtisch zu. Er glaubte, nach Stachos Aktion mit dem Türsteher das »Prinzip St. Pauli« verstanden zu haben. Der Oberkommissar griff ein Geldbündel und warf es in die Luft.
»Hör mal zu, du wandelndes Bilderbuch.« Dabei zeigte er auf die Tätowierungen. »Die Nordfriesen fangen Krabben und teilen sie mit ihren Urlaubsgästen. Was wir nicht mögen, sind tote Richter auf Föhr.«
»Seid ihr die Krabbenpuler auf dem stinkenden Kutter?«, fragte Burger abschätzig.
»Bist du besoffen?«, erwiderte Große Jäger. »Du lallst so undeutlich. Quatsch keine Heringe sauer. Die Hirntoten aus Frankfurt haben gequatscht. Du hast sie angeheuert.«
Burger sah Stacho an. »Sag mal, haben die aus dem Hirn vom Dicken hier Grützwurst gemacht?«
»Säusel nicht rum, Nobby«, erwiderte der Hamburger Schutzpolizist. »Du weißt, dass du Scheiße gebaut hast. Viele von euch haben Dreck an den Pfoten. Euch einigt nur das Geld, das ihr in Massen scheffelt. Sonst seid ihr Geier. Und wenn einer von euch schwächelt, fressen ihn die anderen bei lebendigem Leib. Wie lange hält sich dein Imperium, wenn du einfährst? Aus Angst vorm Brudermord hast du dir auch keinen Statthalter herangezüchtet. Was meinst du, wenn deine Beteiligung an dem Mord an einem harmlosen Richter in den St. Pauli Nachrichten steht? Die Glocke schwingt lauter als die Vater-unser-Glocke vom Michel. Die anderen Geier mögen solche Publicity nicht.«
»Hör mal, du laufendes Graffiti«, sagte Große Jäger. »Wir sprechen jetzt vernünftig miteinander.«
»Willst du mir drohen? Dicker. Ich besuche dich in Husum.«
»Na und?« Große Jäger stemmte die Fäuste in die Hüften. »Auf unseren Stadtmauern wachen Kammerjäger. Die lassen Läuse wie dich gar nicht hinein.«
Stacho hüstelte. »Nobby. Du kennst die Gebräuche. Wenn etwas hinter den Kulissen auf St. Pauli stinkt, kommt der Pisser.«
Der Bordellbesitzer war kurzfristig irritiert. »Das wagst du nicht«, sagte er mit krächzender Stimme.

Der Schutzpolizist streckte die Hand aus und zeigte auf Burger. »Wetten, doch?« Dann klopfte er sich mit der Faust gegen das Herz. »Habe ich gehört. Ich weiß sonst nichts davon.«

»Du bist eine linke Bazille«, fluchte Burger.

Stacho zeigte auf die beiden Husumer. »Die Jungs sind zur Chorprobe hier. Extra von oben, knapp unterm Nordpol. Da ist es arschkalt. Du siehst – das sind coole Typen. Also los, Nobby. Fang an zu singen.«

Burger zog die Stirn kraus und blies die Wangen auf. »Ich weiß doch nichts. Louis –«

»Das ist der Student von seinem Puff«, erklärte Stacho und ergänzte, als er die fragend in die Höhe gezogene Augenbraue des Hauptkommissars sah: »Der aus der schlagenden Verbindung.«

»Louis hat mit dem Kunden gesprochen.«

»Nobby hat zwei Edelbordelle auf St. Pauli«, unterbrach der Schutzpolizist ihn erneut. »Diese Bruchbude hier – das ist reinste Nostalgie. Hier hat er einmal angefangen.«

»Also Louis hat mit dem Kunden zu tun gehabt. Ich habe ihn nie gesehen. Kommt öfter. Zahlt bar. Keine Ahnung, wie er heißt oder wo er wohnt. Kriegt zu Hause wohl nicht das, was er braucht. Will eine Mohrrübe in den Arsch gesteckt bekommen, und dann muss ihm das Mädchen einen –«

»Gut«, unterbrach Große Jäger. »Das soll keine Lehrstunde werden. Gibt es eine Überwachungskamera?«

»Nix da. Das bringt Ärger. Mit den Kunden. Und mit ihm da.« Der Finger zielte auf Stacho.

»Wie ist das Phantombild entstanden?«, wollte Große Jäger wissen.

Burger zuckte nur mit den Schultern.

»Schöne Scheiße«, sagte Große Jäger. »Du hast dir etwas ausgedacht, ohne den Typen je gesehen zu haben. Und wie war das mit den Frankfurter Schlägern?«

»War nix mit Schlägern«, verteidigte sich Burger. »Der Kunde hat Louis erzählt, er hätte mit jemandem Ärger. Dem soll ein kräftiger Denkzettel verpasst werden. Wäre gut, wenn die Leute nicht aus Hamburg kämen. Er hat nach harten Burschen gefragt.«

»Du bist nicht katholisch«, schob Große Jäger ein.
»Wieso?«
»Dann dürftest du jetzt nicht lügen.«
»Mensch, Kumpel, ich sag die Wahrheit. Frag Stacho. Der kennt mich.«
Der Uniformierte schnaufte durch die Nase. »Eben« sagte er knapp.
»Sonst gibt es nichts?«, wollte Große Jäger wissen. »Aussehen? Kleidung? Auto? Der Bursche muss doch in den Puff gekommen sein.«
»Wie er hingekommen ist … Keine Ahnung. Nach der Arbeit hat Louis ihm öfter ein Taxi rufen müssen. Ich habe mal gehört, dass er manchmal mit dem Caprifischer gefahren ist.«
»Caprifischer?«, fragte Große Jäger.
»Das ist ein älterer Taxifahrer. Italiener. Der hat eine Vorliebe für schmalzige Songs aus seiner Heimat. Deshalb nennen ihn alle Caprifischer.«
»Wenn dir noch etwas einfällt«, sagte Große Jäger, »vergiss nicht, uns zu informieren. Klar?«
»Leck mich«, erwiderte Burger und musste zusehen, wie Große Jäger mit dem Ellenbogen über die Tischplatte wischte und die Geldbündel auf dem Fußboden landeten.

Vor der Tür wollte der Oberkommissar wissen, was es mit dem Pisser auf sich habe.
Stacho lachte vergnügt. »Die Jungs haben nur eine Sorge – dass ihr Geschäft einbricht. Wenn jemand erzählt, in ihren Puffs bekommt man den Tripper, können sie richtig sauer werden. Der Pisser ist eine andere Strafmaßnahme. Man schüttet dem Delinquenten eimerweise Urin vor das Lokal, in den Briefkasten und an alle anderen zugänglichen Stellen. Du kannst schrubben, so viel du willst, das kriegst du nicht weg.«
»Und wer ist der Pisser?« Große Jäger musterte Stacho durchdringend.
»Das hat noch keiner herausgefunden«, sagte er vergnügt.
Sie verabschiedeten sich mit Handschlag.
»Seltsame Methoden hier auf St. Pauli«, stellte Cornilsen fest.

»Überlebensstrategie«, erwiderte Große Jäger lakonisch.
»Fährst du zurück?«
Cornilsen nickte.
»Okay. Dann trinken wir noch ein Bier. Ich habe Durst.«
Zähneknirschend nuckelte Cornilsen in den nächsten zwei Stunden an seiner Cola, während der Oberkommissar sich am Frischgezapften erfreute. Zwischendurch fanden sie noch Zeit, ein Resümee aus dem Besuch zu ziehen. Von Burger und seinem Statthalter Louis würden sie nichts weiter erfahren. Ob der rätselhafte Kunde wirklich nur nach Leuten für »einen kräftigen Denkzettel« gefragt hatte, würde ihnen Burger nicht verraten. Am nächsten Tag sollte Cornilsen von Husum aus die Suche nach dem Caprifischer starten. Sie würden sich dabei auf die Hilfe der Davidwachen-Cops verlassen.

Die Rückfahrt nach Husum verlief ereignislos, zumindest für Große Jäger. Sein Schlaf auf dem Beifahrersitz war tief und traumlos.

DREIZEHN

Das Wetter spiegelte sich in Lüders Stimmung wider. Ein hässlicher Nieselregen und der graue Kieler Himmel passten dazu, dass sie in beiden Mordfällen irgendwie nicht vorankamen. Ein Lichtblick war der Anruf des Rechtsmediziners.
»Ich wette, Sie haben Herzklopfen«, begann Dr. Diether. »Und das nicht, weil Ihnen die hübsche Sekretärin begegnet ist, sondern weil Sie literweise Kaffee getrunken haben und auf meinen Anruf warten.«
»Wie gut, dass Sie mir nicht den Kopf verdrehen. Es reicht, wenn Sie das bei Ihren Kunden auf dem Sektionstisch machen. Ist Heinrich Feuerborn davon verschont geblieben?«
»Der soll sich nicht beschweren. Als er angeliefert wurde, hing der Kopf nur noch an ein paar Fetzen. Ich habe ihn wieder angenäht. So fest wie jetzt saß der vorher nicht auf dem Rumpf. Und die Naht ... Würde ein Schönheitschirurg so sauber arbeiten, hätte er nur zufriedene Kunden. Sagen Sie – der Tote ... War der Obermeister einer Handwerksinnung?«
»Nein. Warum?«
»Oder Altkommunist?«
»Auch nicht.«
»Ich meine, weil er mit einem Zirkel erstochen wurde. Der Mörder hat ein wenig gebohrt, bis er durch die Rippen hindurchgekommen ist. Die gute Nachricht ist: Sie müssen Ihren Mörder nicht unter Medizinern suchen. Die hätten gewusst, wo das Herz zu finden ist.«
»Da bin ich mir nicht sicher. Manche Fachärzte sind herzlos.«
»Also Hammer und Zirkel.«
»Und der Hals wurde mit einer Sichel abgeschnitten?«
»Nein. Das war eindeutig ein Messer. Ich tippe auf ein Angler- oder Filetiermesser.«
»Sie verdächtigen einen Koch?«
»Ratespielchen sind Ihr Pläsier. Ich betreibe eine exakte Wissenschaft.«

»Leichenfledderei.«

»Im Unterschied zu Ihnen begutachte ich den Toten nur einmal, und das war's. Ihresgleichen begeistert sich monatelang an den schaurigen Bildern. Der Tote war möglicherweise Handwerker, aber kein Altkommunist. Hammer und Zirkel, aber nicht Hammer und Sichel.«

»Er ist also nicht an den Schnittverletzungen gestorben?«

»Der Hals wurde eindeutig post mortem durchgeschnitten. Noch etwas. Ihr Mörder ist kein Sadist oder Psychopath. Er hat das Opfer vorher mit Flunitrazepam betäubt.«

»Das hatten wir beim ersten Opfer auch«, unterbrach Lüder den Rechtsmediziner. »Eine analoge Vorgehensweise. Es gibt viele Übereinstimmungen. Auch der Verdacht, es könne sich um einen Ritualmord handeln. Man wollte die Opfer auf bestimmte Weise töten, aber nicht quälen.«

»Sieht so aus«, bestätigte Dr. Diether.

»Ich habe ein Problem. Die Mörder des Richters können es nicht gewesen sein. Heinrich Feuerborn muss ein anderer ermordet haben. Von Herzbergs Mörder sind am selben Abend in Frankfurt verhaftet worden. Die haben für den Mord an Feuerborn ein hundertprozentiges Alibi.«

»Das ist gut so«, sagte der Rechtsmediziner. »Sonst wäre das keine Aufgabe für Sie und würde Sie langweilen. War es das?« Die letzten Worte waren undeutlich gewesen. Lüder hatte das Nuscheln kaum verstanden und fragte nach.

Dr. Diether wiederholte sie und ergänzte: »Sorry, ich habe gerade von einem Kopenhagener abgebissen. Moment.« Kurz darauf meldete er sich wieder. »Der Zuckerguss klebt fürchterlich an den Fingern. Ich musste ihn ablecken.«

»Krümelt es nicht auf den Schreibtisch?«, wollte Lüder wissen.

»Schreibtisch? Ich stehe im Obduktionsraum. Aber keine Sorge. Die Leiche hinter mir beißt nicht mehr in meinen Kuchen.«

Lüder bedankte sich.

»Gern. Immer wieder«, erwiderte Dr. Diether. Es klang, als hätte er einen vollen Mund.

Beide Morde waren nach einem bestimmten Ritual vollzogen worden, überlegte Lüder. Hammer und Zirkel – das wies auf die Freimaurer hin. Ebenso wie das Cabletow beim ersten Mord. Mit diesen Methoden wurden bei den Freimaurern symbolische Strafen vollstreckt, vermutlich wegen Geheimnisverrat. Wurde Heinrich Feuerborn deshalb die Kehle durchtrennt? Lüder war sich sicher, dass der Notar sterben musste, weil er im Besitz des verschwundenen Umschlags war.

Woher wusste der Auftraggeber von dessen Existenz?, überlegte Lüder. Hatte von Herzberg davon gesprochen? Oder Feuerborn? Vielleicht hatte der Richter Drohungen erhalten oder kannte denjenigen, für den die Informationen brisant waren, und hatte sich schützen wollen, indem er kundtat, dass Hinweise auf den Unbekannten bei einem Notar hinterlegt waren und, sollte dem Richter etwas zustoßen, der Polizei zugänglich gemacht würden.

John Katz hatte Lüder darauf aufmerksam gemacht, dass sich in den Bruderschaften besonders kluge und gebildete Leute zusammenfanden. Wenn es jemand darauf anlegte, die Polizei genau dorthin zu führen, wo Lüders Gedanken jetzt angekommen waren, dann würden die Ermittlungsbehörden die Mörder nicht unter den Freimaurern suchen. Dachte jemand so geschickt um die Ecke, spielte über Bande, um genau auf diesem Weg von den Freimaurern abzulenken? Das war ein spannendes Konstrukt: offensichtliche Rituale der Freimaurer zu benutzen, um damit von den Bruderschaften abzulenken, obwohl diese letztlich doch für die Morde verantwortlich waren? Aber wie hing das mit der Raubkunst zusammen?, dachte Lüder und fand keine Antwort. Es erfüllte ihn aber mit Euphorie, dass er den verqueren Gedanken des Drahtziehers vielleicht auf die Schliche gekommen war.

Mit einem Seufzer auf den Lippen und einem frisch gebrühten Kaffee setzte er sich an den Schreibtisch und begann, noch einmal Recherchen zu allen Beteiligten anzustellen. Zu Till Kauffmann fanden sich keine Informationen im Netz, noch nicht einmal die Telefonnummer. John Katz war Partner einer großen US-Kanzlei. Lüder überflog die Texte. Sie waren zu umfangreich, als dass er sie alle hätte lesen können. Der Amerikaner pflegte auch einen offenen Umgang mit seiner Zugehörigkeit zu den Freimaurern. Auch hierzu fanden sich Spuren im Internet. Über Friedhelm Böttinger schien jeden Tag etwas publiziert zu werden. Der Mann war in allen Medien präsent. Er wurde als Unternehmer zitiert, äußerte sich als ambitionierter Politiker zu fast jeder Frage in der Öffentlichkeit, trat als Mäzen auf, und sein Wort war auch in den Wirtschafts- und Industrieverbänden gefragt. Das schien in der Familie zu liegen. Man konnte die Böttingers fast als Dynastie bezeichnen. Im 19. Jahrhundert hatte ein Vorfahre den Grundstein mit einer Eisengießerei gelegt, die sich noch vor dem Ersten Weltkrieg zu einer respektablen Maschinenfabrik mauserte. Offenbar hatten die beiden Weltkriege dem Unternehmen nicht viel ausgemacht. Die jeweiligen Patriarchen hatten es mit Geschick verstanden, das Unternehmen auszubauen. 1984 hatte man das hundertjährige Jubiläum gefeiert. Karl-Hermann Böttinger zierte das Deckblatt einer Festschrift, die zu diesem Anlass herausgegeben worden war.

Erwin Schröder-Havelmann hingegen schien ein streitbarer Geist zu sein. Nicht nur seine wissenschaftlichen Veröffentlichungen weckten Widerspruch. Es gab eine Reihe von Kommentaren in sozialen Netzwerken. Zahlreiche Studenten beklagten sich dort über das Auftreten des Professors. Einer hatte es auf den Punkt gebracht: Schröder-Havelmann habe nicht mitbekommen, dass sich 1968 ein Wandel in den Hörsälen vollzogen hatte. »Er ist ein autoritäres Arschloch«, war dort wörtlich zu lesen. Auf Facebook hatte sich ein Sebastian ter Horst als entschiedener Gegner des Professors geoutet und behauptet, Schröder-Havelmann vernichte Leben. Unwillkürlich dachte Lüder an den toten Notar Feuerborn. Warum hatte man ihn vor dem Wedeler Roland abgelegt, der Heimatstadt Schröder-Havelmanns?

Lüder versuchte Kontakt zu ter Horst aufzunehmen. In seinem Profil gab der Mann an, an der Universität Bremen tätig zu sein. Nach mühsamem Nachfragen fand Lüder ihn. Ter Horst war gerade in einer Lehrveranstaltung. Man versprach, ihn zu benachrichtigen und Lüders Rückrufbitte auszurichten.

Es war eine kleine Randnotiz, die Lüders Aufmerksamkeit erregte. War sie bisher noch nicht aufgetaucht, oder hatte man ihr keine Bedeutung beigemessen? Er rief im Landeskriminalamt Hannover an und ließ sich mit Frauke Dobermann verbinden. Die Erste Kriminalhauptkommissarin zeigte sich überrascht und musste zunächst einmal Fragen nach ihrem Wohlbefinden beantworten. Sie versicherte, dass es ihr gut gehe, beruflich wie privat.

»Ich bin Ihnen gern behilflich«, sagte Frauke Dobermann, nachdem Lüder seine Bitte vorgetragen hatte. »Allerdings knüpfe ich es an die Bedingung, dass Große Jäger nicht in den Fall involviert ist. Mein Mitarbeiter Jakob Putensenf hat es immer noch nicht verwunden, dass ihn der Husumer ständig mit ›Hühnerketchup‹ angesprochen hat.«

»Die beiden haben doch ausgesprochen konstruktiv zusammengewirkt, als sie gemeinsam im dichten Nebel im Watt vor Cuxhaven auf Mörderjagd unterwegs waren.«

Frauke Dobermann lachte. »Ja – der Nebel. Wenn es in der Übergangszeit im Herbst einmal nebelig ist in Hannover, kommt Putensenf zu spät zum Dienst. Er traut sich bei Nebel nicht mehr vor die Tür.« Dann versicherte sie, sich wieder melden zu wollen.

Lüder war froh, als das Telefon klingelte und Große Jäger von seinem Ausflug nach St. Pauli berichtete.

»Die Hamburger haben den Caprifischer ausfindig gemacht. Und das Tollste ist – er konnte sich an den Fahrgast erinnern. Der hat sich als ziemlich knauserig erwiesen und immer nur ein paar Cent Trinkgeld, aufgerundet auf den nächsten Euro, gezahlt. Der Caprifischer hat ihn jedes Mal zum Dorint-Hotel in Eppendorf gefahren. Das ist ein großes und beliebtes Haus. Es war keine Ausrede, dass man sich nicht an den Gast erinnern konnte. Die Hamburger Kripo will jetzt die Kreditkartenzahlungen checken, ob dort ein uns bekannter Name auftaucht.«

»Super, Wilderich«, lobte Lüder den Husumer. »Aus dir wird noch einmal ein richtiger Polizist. Hast du nicht Lust, ins LKA zu wechseln?«

»Nö«, wehrte Große Jäger ab. »Erstens wohnt dort der Scheiß-Starke, und zweitens werde ich in Nordfriesland gebraucht. Wer soll hier sonst die kriminelle Szene in Schach halten?«

»Stimmt«, sagte Lüder und wünschte dem Oberkommissar einen schönen Tag.

Es war schon relativ spät, und Lüder musste sich beeilen, wollte er noch in der Kantine etwas zum Mittag bekommen. Auf dem Weg dorthin traf er den Kollegen Gärtner aus seiner Abteilung. Der Oberrat fragte nach dem Stand der Ermittlungen und versicherte Lüder, dass er nachvollziehen könne, wie schwer die Ermittlungen in Anbetracht der vollkommenen Verschwiegenheit der Bruderschaft seien. Als sie wenig später vor ihrem Teller mit der gefüllten Paprikaschote saßen, erzählte der anglophile Gärtner, dass er auch in diesem Jahr seinen Urlaub gemeinsam mit seiner Frau in England verbringen werde.

»Ist etwas dran an dem Gerücht, dass Sie uns bald in Richtung Innenministerium verlassen werden?«, fragte Gärtner zwischen zwei Bissen.

Lüder sah ihn überrascht an. »Wissen Sie Näheres? Das wäre neu für mich. Ich kann Ihnen versichern, dass es sich um eine Latrinenparole handeln muss. Wenn allerdings einer meiner Verdächtigen, Böttinger, nach der nächsten Wahl Innenminister wird, werde ich wohl Leiter des Verkehrserziehungsprogramms in den Kitas werden.«

»Hat er Aussichten?«

Lüder hob die Schultern in die Höhe. »Ich hoffe nicht.«

Sie tranken noch einen Kaffee zusammen, und Lüder beschloss für sich selbst, seinen Koffeinkonsum ein wenig einzuschränken. Er musste sich eingestehen, dass das Getränk wirklich eine treibende Wirkung hatte.

An seinem Schreibtisch vertiefte er sich wieder in die Recherche zu den Verdächtigen, ohne weiterzukommen. Es war eine willkommene Abwechslung, als ein Fenster auf seinem Bildschirm aufpoppte und sich Sebastian ter Horst meldete. Der Bremer schrieb, dass er jetzt telefonisch erreichbar sei.

Der Mann musste den Hörer in der Hand gehalten haben.

Er meldete sich mit einen knappen »Ja?«, bevor das Freizeichen ertönte.

Lüder stellte sich kurz vor und erklärte, dass er ein paar allgemeine Informationen über Schröder-Havelmann einholen wolle.

»Geht's dem Stinkstiefel jetzt an den Kragen?«, feixte ter Horst und berichtete, dass der Professor ihn von der Hamburger Universität regelrecht vertrieben habe. Er sei gemobbt worden. »Nicht nur so«, ergänzte ter Horst, »sondern auf hohem wissenschaftlichen Niveau. Schließlich ist der Scheißkerl Psychologe.«

»Das sind Sie auch«, erwiderte Lüder.

»Schon, aber Schröder-Havelmann sitzt dort, wo man an den Stellschrauben der Macht drehen kann. Das nutzt er weidlich aus. Ich habe als wissenschaftlicher Assistent unter ihm gearbeitet und ein paar Fragen gestellt. Nicht einmal kritischer Natur. Und schon habe ich den Störtebeker gespielt und bin geköpft worden. Es war nicht einfach, bei der Uni Bremen als Lehrbeauftragter unterzukommen. Ich hatte Glück und habe in einem anderen Schröder-Opfer einen Fürsprecher gefunden.«

»Gibt es noch weitere Gründe, die gegen den Professor sprechen?«

»Massenhaft. Wenn Sie alle Leute, denen er jemals vors Schienbein getreten hat, versammeln wollen, müssen Sie das Volksparkstadion anmieten.«

»Können Sie mir Namen nennen?«

»Schlagen Sie das Telefonbuch auf und lassen Sie blind den Kugelschreiber fallen. Jeder zweite Name ist ein Treffer«, übertrieb ter Horst.

»Gibt es spezielle Gruppen, auf die er es besonders abgesehen hat?«

»Ja«, bestätigte der Bremer. »Jeder, der etwas mit Religion zu tun hat. Schröder-Havelmann meint, den Stein der Weisen gefunden zu haben, und behauptet, Religionen vergiften die Seele des Menschen.«

»Hat er bestimmte Religionen im Auge?«

»Er hetzt besonders gegen die Juden. Man mag es nicht glau-

ben, wie jemand in einem Land wie unserem – bei unserer Vergangenheit – als Professor an einer Universität so offen seine antisemitische Haltung zeigen darf.«
»Sind Sie deshalb ein Opfer des Professors geworden?«
»Ich?« Ter Horst lachte. »Nein. Ich bin ein Nix, religionstechnisch gesehen.«
»Gibt es sonst noch etwas, das für mich von Interesse wäre?«
Ter Horst versicherte, Lüder sofort zu informieren, wenn ihm noch etwas einfalle. »Ich drücke Ihnen die Daumen«, sagte der Bremer zum Abschied. »Stellen Sie diesem Ekelpaket ein Bein.«

Manchmal drehte man sich tagelang erfolglos im Kreis, an anderen Tagen häuften sich die Erfolgsmeldungen. Gut. Es waren nur Trippelschritte. Aber auch kleine Puzzleteile ließen sich zu einem großen Ganzen zusammensetzen. Das nächste steuerte Frauke Dobermann bei.

»Wie sind Sie auf den gekommen?«, fragte sie.

Lüder erklärte es ihr. »Eine kleine versteckte Randnotiz.«

»Das wundert mich nicht. Es gab offenbar eine Reihe Leute, die daran interessiert waren, dass die Sache unterm Deckel gehalten wurde. Ich bin auch nur an die Informationen herangekommen, weil wir von der organisierten Kriminalität auch in Vorgänge Einblick nehmen können, die anderen verborgen bleiben. Gegen Ihren Mann wurde tatsächlich in Hannover wegen umfangreicher Beihilfe zur Steuerhinterziehung ermittelt. Er muss hinter den Kulissen mächtige Verbündete gehabt haben, dass das Verfahren eingestellt wurde. Aus den Akten sind nur Bruchstücke ersichtlich. Ich verstehe es so, dass bei einem langwierigen Prozess der Beschuldigte auch Dinge ans Licht gebracht hätte, die für politische Amtsträger ebenso peinlich gewesen wären wie für halbstaatliche Institutionen. Damals hatten wir die Bankenkrise. Ein weiterer Skandal in der Finanzwelt hätte gesamtwirtschaftliche Auswirkungen gehabt. So ist man anscheinend übereingekommen, alles still zu den Akten zu legen.«

»Hätte der Beschuldigte bei einem Prozess mit einer Bestrafung rechnen müssen?«, fragte Lüder.

»Davon gehe ich aus«, bestätigte Frauke Dobermann. »Ich habe meine Zweifel, ob alles mit rechten Dingen zugegangen ist.«

»Sie haben mir sehr geholfen«, bedankte sich Lüder. »Wenn Sie irgendwann nach Schleswig-Holstein zurückkehren möchten … Ich würde mich für Sie einsetzen.«

»Ich fühle mich ausgesprochen wohl in Hannover.«

»Bringen Sie Ihren Lebenspartner mit. Ich bin mir sicher, er würde sich an der Nord- oder Ostsee wohlfühlen.«

Als Antwort erhielt Lüder nur ein gurrendes Lachen.

Sein anschließender Versuch, Schröder-Havelmann zu erreichen, schlug fehl.

»Der Herr Professor ist nicht im Hause«, erklärte ihm eine Mitarbeiterin der Universität kurz angebunden. Sie wollte ihm auch nicht verraten, wann er wieder zu sprechen sei.

Lüder rief in Wedel an. Eine Frauenstimme meldete sich mit »Hallo«.

»Ich hätte gern Herrn Professor Schröder-Havelmann gesprochen.«

»Wer ist denn da?«

Lüder erklärte es der Frau. Sie wollte wissen, wie er an die Telefonnummer gekommen sei. »Wir haben eine Nummer, die niemand kennt.«

»Die Polizei schon«, versicherte Lüder.

»Es tut mir leid. Mein Mann ist nicht zu sprechen«, sagte die Frau.

»Wann kann ich ihn erreichen? Wissen Sie, wo er sich aufhält?«

»Er ist krank.«

»So schwer, dass er nicht ansprechbar ist?«

»Muss ich zu Gesundheitsfragen Stellung nehmen?«

Musste sie nicht. Merkwürdig war es trotzdem, dass der eloquente Psychologieprofessor sich verleugnen ließ.

Lüder wunderte sich, als sich Große Jäger noch einmal meldete.

»Willst du deine Aussage von vorhin widerrufen? Oder habt ihr herausgefunden, wer im Hamburger Hotel eingecheckt hat?«

»Weder das eine noch das andere. Dafür wissen wir aber, auf welchem Weg von Herzberg mit John Katz kommuniziert hat.«
»Und wie?«
»Der Richter hat mit Amerika telefoniert.«
»Von wo aus?«
»Er hat dazu das Telefon in der Loge Neocorus am Nordmeer benutzt.«
»Wie hast du das herausgefunden?«
»Hm«, grunzte der Husumer. »Das wollen Sie nicht wissen. Deshalb können Sie die Information auch nicht zu den Akten nehmen. Ich hoffe aber, sie hilft Ihnen trotzdem weiter.«

Seit Langem hatte Lüder nicht mehr so entspannt den Feierabend angetreten. Margit war freudig überrascht, als er mit einem Blumenstrauß in der Hand vor der Haustür stand.

VIERZEHN

Lüder war früh aufgestanden, hatte zu Hause gefrühstückt und war dann nach Wedel gefahren. Es war halb neun, als er an der Tür der Jugendstilvilla in der Elbstraße klingelte. Kurz darauf wurde die Tür einen Spalt geöffnet, und eine nur teilweise sichtbare Frau blinzelte durch den Spalt.
»Lüders, Landeskriminalamt. Wir haben gestern miteinander telefoniert. Ich hätte gern Ihren Mann gesprochen.«
»Ich sagte Ihnen schon, dass er nicht zu sprechen ist. Er ist krank.«
»Davon würde ich mich gern selbst überzeugen.«
»Mein Mann ist nicht da. Er ist beim Arzt.«
»Dann warte ich auf ihn. Dauert es länger? Oder soll ich eine Streifenwagenbesatzung vor der Haustür platzieren?«
Die Tür wurde ganz geöffnet. Eine zur Rundlichkeit neigende Frau sah ihn an. Sie hatte die brünetten Haare mit einem Tuch am Hinterkopf zusammengebunden. Der bequeme Hausanzug und die nackten Füße ließen darauf schließen, dass sie keinen Besuch erwartet hatte.
Sie vergewisserte sich, dass Lüder wirklich Polizeibeamter war, und bat ihn in eine geräumige Wohnküche.
»Wollen Sie auch einen Kaffee?«, fragte sie und setzte einen Vollautomaten in Betrieb. Sie selbst bediente sich aus einer Tasse, die auf dem Tisch stand. Dann setzte sie sich Lüder gegenüber und starrte ihn an. Er wunderte sich, dass sie keine Fragen stellte, sich nicht nach dem Grund seines Besuchs erkundigte. Es mochten zehn stille Minuten vergangen sein, als Lüder fragte, ob Schröder-Havelmann oft über Nacht unterwegs sei.
»Das kommt vor«, antwortete seine Frau. »Er ist häufig auf Reisen, hält Vorträge. Und ist ein gern gesehener Gast.«
»Auch in Hamburg?«
Sie nickte. »Wenn es spät wird, bleibt er schon mal dort.«
Falls der Professor derjenige war, der beim Kiezkönig Burger

den Mord an von Herzberg in Auftrag gegeben hatte, wäre es ihm durchaus möglich gewesen.

»Gibt es Spannungen in Ihrer Ehe? Wie lange sind Sie schon verheiratet?«, wollte Lüder wissen, als er an die Bordellbesuche des Unbekannten dachte.

»Hören Sie mal«, empörte sich die Frau. »Das geht Sie gar nichts an.«

»Frau Schröder-Havelmann«, begann Lüder, wurde aber sofort unterbrochen.

»Ich heiße Havelmann. Mein Mann trägt den Doppelnamen. Professor Dr. Schröder – das ist an einer großen Uni wie Hamburg nicht singulär.«

»Meine Frage hat einen Bezug zu unseren Ermittlungen.«

»Ich bin trotzdem nicht geneigt, auf diese Ungeheuerlichkeit einzugehen«, sagte sie, stand auf, zapfte sich einen neuen Kaffee und verließ die Wohnküche.

Lüder nutzte die Zeit, um seine Mails zu checken, eine SMS an Margit zu senden und erneut im Internet zu recherchieren. Er musste sich eine weitere Stunde gedulden, bis der Professor zurückkehrte. Er wurde von seiner Frau im Hausflur abgefangen. Sie tuschelten miteinander, ohne dass Lüder es verstehen konnte.

Dann trat der Professor in die Küche, sah Lüder an und fragte mit müder Stimme: »Was wollen Sie?«

Schröder-Havelmann sah blass aus. Von den Nasenflügeln abwärts hatten sich tiefe Falten um die Mundwinkel eingegraben, und um die Augen hatten sich dunkle Ringe gebildet. Seine Rasur war unzulänglich gewesen. Die Stoppeln warfen Schatten. Er ließ sich schwer auf den gegenüberliegenden Stuhl fallen.

»Was ich will? Das ist ganz einfach. Ich will die Mörder von Ulrich von Herzberg und Heinrich Feuerborn fassen.«

»Was habe ich damit zu tun?«

»Sie sind der Stuhlmeister der Loge, in der die beiden Toten verantwortungsvolle Aufgaben wahrgenommen haben.«

»Die Loge hat nichts damit zu tun.«

»Es ist ein merkwürdiger Zufall, dass beide Morde damit im Zusammenhang stehen. Und dann frage ich mich, wie John Katz in dieses Puzzle passt.«

Schröder-Havelmann machte nicht den Fehler, zu fragen, wer das sei.

»Meine erste Frage: Welche Verbindungen haben Sie zum Bordell Norbert Burgers?«

Der Professor holte tief Luft. Er wich Lüders Blick aus. »Was wollen Sie mir damit unterstellen? Behaupten Sie, ich würde in zwielichtigen Etablissements verkehren? Wer solche Verleumdungen in Umlauf bringt, wird es mit meinen Anwälten zu tun bekommen. Ich habe einen untadeligen Leumund.«

»Und ich habe eine sachliche Frage gestellt. Kennen Sie Norbert Burger? Sind Sie Kunde in seinen Bordellen? Übernachten Sie manchmal im Dorint-Hotel in Eppendorf?«

Schröder-Havelmann begann leicht zu zittern. »Verlassen Sie sofort mein Haus«, sagte er mit vibrierender Stimme.

Lüder blieb gelassen sitzen. »Es wäre besser, wenn Sie mir die einfache Frage beantworten. Sie können das natürlich auch in Gegenwart Ihres Anwalts machen. Falls Sie sich weigern, würde ich eine Gegenüberstellung mit Beschäftigten des Bordells und einem Taxifahrer namens Caprifischer veranlassen.«

Sein Gegenüber holte tief Luft. »Haben Sie vergessen, wem Sie gegenübersitzen? Ich erbitte mir etwas mehr Respekt. Ich bin eine angesehene Persönlichkeit der Gesellschaft und der Wissenschaft.«

Lüder lächelte. »Der dänische König Friedrich VIII. ist 1912 nach dem Besuch eines Edelbordells vor dessen Toren im Hamburger Rinnstein gestorben. Trotzdem hat er in Kopenhagen ein Staatsbegräbnis erhalten. Es gäbe keinen Grund, etwas zu verbergen.«

»Ich bin nicht bereit, auf diesem Niveau mit Ihnen zu sprechen.«

»Mit John Katz haben Sie über andere Dinge gesprochen?«

Schröder-Havelmann fiel nicht darauf herein. »Das steht hier nicht zur Diskussion.«

»Ich denke schon. Schließlich hat der Tote auch mit dem Amerikaner kommuniziert. Katz ist sogar seinetwegen hierhergekommen. Und nachdem von Herzberg ermordet worden war, hat der Amerikaner das Gespräch mit Ihnen gesucht. Gibt es da einen Zusammenhang? Sind Sie in Sachen involviert, die irgendwie mit den beiden Mordfällen zu tun haben?«

»Sind Sie immer noch in dem Irrglauben, es gäbe einen Zusammenhang zwischen den Todesfällen und der Bruderschaft?«

»Ich schließe es nicht aus. Weshalb sind Sie so blass? Sogar krank? Haben Sie Angst? Sind Sie das nächste potenzielle Opfer?«

Schröder-Havelmann faltete seine Hände. Es gelang ihm nur mühsam, das Zittern unter Kontrolle zu halten.

»Sie müssen sich der Polizei anvertrauen, wenn wir Maßnahmen zu Ihrem Schutz ergreifen sollen.«

»Ich werde nicht bedroht. Und die Brüder unserer Loge auch nicht.«

»Worüber hat von Herzberg mit Katz gesprochen? Ist es nicht ungewöhnlich, dass die Kontakte über das Telefon der Loge liefen?«

»Ulrich von Herzberg hat die Gespräche bezahlt. Er hat etwas pauschal in die Kasse gelegt.«

»Der Richter hat sich aber auch auf dem Apparat der Loge aus New York anrufen lassen. Das hätte er nicht gemacht, wenn die Kontakte in keinem Zusammenhang mit der Freimaurerei stehen würden. Was wurde dort besprochen?«

»Ich bin nicht immer im Logenhaus anwesend.«

»Dort residiert aber Ihr Schatten Riemenschneider. Hat der Ihnen nichts zugetragen?«

Der Professor bewegte den Kopf und nagte an der Unterlippe.

»Sie haben immer noch nicht verstanden, um was es bei der Freimaurerei geht.«

»Kann jeder das Telefon im Logenhaus benutzen?«

»Das Telefon muss als Notfallanschluss möglichst öffentlich zugänglich sein. Wie in vielen anderen Logen auch befindet es sich im Logenrestaurant.«

»Dort kann also jeder mithören. Oder ging es gar um ein Thema, in das alle Brüder der Loge involviert waren? Innerhalb Ihrer Geheimgesellschaft können Sie offen sprechen. Alle sind zur Verschwiegenheit verpflichtet. Und wer sich nicht daran hält, wird umgebracht.«

»Das ist Quatsch!«, fuhr der Professor dazwischen.
Natürlich hatte er recht. Lüder ignorierte den Einwand und fuhr fort: »Entweder nach dem Ritual, das beim Richter zum Tode führte, oder mit Hammer und Zirkel wie bei Feuerborn. Dem wurde auch noch die Kehle durchgeschnitten. Ist das ein mahnendes Beispiel für andere? Wer redet – der stirbt. Um das Testament dürfte es nicht gegangen sein.«

Schröder-Havelmann wischte sich verstohlen mit dem Handrücken die Schweißperlen von der Stirn. »Es kommt oft vor, dass Brüder ihren Nachlass der Loge hinterlassen.«

»Wie steht Ihre Loge finanziell da? Sind Sie möglicherweise auf Erbschaften angewiesen?«

Der Professor schnappte nach Luft. Er fuhr sich mit Zeige- und Mittelfinger zwischen Hemdkragen und Hals entlang. »Das hat es noch nie gegeben, dass innerhalb der Bruderschaft aus Habgier gemordet wurde. Außerdem war Ulrich von Herzberg nicht begütert. Er hat ein angemessenes bürgerliches Leben geführt. Ich muss Ihnen nicht erklären, dass Staatsbedienstete wie Sie, ich oder ein Richter durch ihre Bezüge nicht zum Millionär werden.«

»Es könnte sich ja um Vermögenswerte der Vorfahren handeln«, erwiderte Lüder.

»Um … um …«, stammelte Schröder-Havelmann. Er verschluckte sich. Nachdem er sich frei gehustet hatte, sagte er: »Ulrich von Herzberg stammt aus einer ehrbaren Familie. Ich weiß nichts von ihr, gehe aber davon aus, dass sie gutbürgerlich, aber nicht sonderlich vermögend war.«

Das hatte Lüder bisher auch festgestellt. Eine Spur, die von Herzberg als Erbe geraubter Kunstschätze vermuten ließ, lief anscheinend ins Leere. Dann hatte sich der Richter mit Katz' Suche beschäftigt, die anderen galt. Katz vertrat die Anspruchsteller. Aber gegen wen richteten sich die Forderungen?

»Hat von Herzberg vielleicht Gold gesponnen?«, versuchte Lüder es erneut.

Schröder-Havelmann schien ihn nicht sofort verstanden zu haben.

»Mir fällt dazu Carl ein.«

»Sie meinen Carl von Hessen-Kassel, den dänischen Statthalter in Holstein und Schleswig?«, nahm der Professor den Faden auf. »Er hat in Schleswig-Holstein allerhand bewirkt. Und er war Freimaurer. Er hat Schloss Gottorf als Residenz zugewiesen bekommen und ist auf Schloss Louisenlund gestorben. Auf Carl geht auch die Carlshütte in Büdelsdorf zurück, in der heute die NordArt stattfindet. Sie wollen darauf hinaus, dass sich an Carls Hof auch illustre Spinner, Magier und Spökenkieker aufgehalten haben. Angeblich hat der Graf von Saint Germain, ein Freund des Landgrafen, ein goldähnliches Metall entdeckt, das Carlsgold, und es in der Carlshütte zu Medaillen verarbeiten lassen. Um Saint Germain ranken sich viele Legenden. Jedenfalls begeisterte sich Carl von Hessen-Kassel gleichermaßen für das Freimaurertum und die Alchemistenküche. Ulrich von Herzberg war Realist, ich möchte fast sagen: bodenständig. Und er war nicht vermögend. Zu Ihrer Frage – natürlich sind Spenden oder Erbschaften immer willkommen. Wir können damit im Stillen Gutes bewirken. Aber Not leidet unsere Loge nicht.«

»Und Aurora Borealis?«

»Die haben starke Förderer im Hintergrund.«

»Friedhelm Böttinger?«

»Nicht nur den.«

»Welches Verhältnis hatten Sie zu Ulrich von Herzberg? Schließlich war er Jude.«

Schröder-Havelmann erhob sich mühsam. Beim ersten Versuch sackte er auf die Sitzfläche des Küchenstuhls zurück. Er schlich mehr, als dass er ging, zur Tür hinaus. Kurze Zeit später kam er zurück, drückte eine Tablette aus einer Blisterpackung, entnahm einem Schrank ein Glas und spülte das Medikament mit einem Schluck Wasser hinunter. Dann setzte er sich wieder.

»Er war ein liebenswerter Mensch. Humanist. Klug. Gebildet. Weltoffen.«

»Sie haben meine Frage nicht beantwortet.«

»Konstruktive Meinungsverschiedenheiten fördern das gemeinsame Anliegen.«

»Sie umschreiben damit, dass Sie Streit miteinander hatten?«

»Das ist Ihre Interpretation. Man wirft mir Antisemitismus

vor. Ich kenne das Gerede. Darf man sich nicht kritisch dazu äußern, dass Israelis sofort diese Karte ausspielen, wenn man etwas an der Politik Israels nicht in Ordnung findet? Mich stört, dass es Elemente gibt, die das berechtigte schlechte Gewissen der Deutschen in bare Münze umwandeln wollen, zum Beispiel in Form von Waffenlieferungen in Milliardenhöhe wie die beiden U-Boote, die neulich für Israel bei Ihnen in Kiel gebaut wurden. Wozu braucht Israel U-Boote? Glaubt jemand ernsthaft, die palästinensische Marine würde das Land von See aus angreifen?«

»Bezieht sich Ihre kritische Haltung auch auf Reparationsleistungen der Bundesrepublik?«

»Dazu möchte ich nichts sagen.«

»Und wenn Nachkommen jüdischer Deutscher heute ihre Erbansprüche geltend machen, weil man das Vermögen ihrer Familien im Dritten Reich unrechtmäßig eingezogen hat?«

Schröder-Havelmann wich Lüders Blick aus. »Das müssen Sie im Kontext der damaligen Zeit sehen. Es gab Erlasse, dass Juden keinem offiziellen Verein mehr angehören durften. Es waren also nicht die Logen, die sie ausgeschlossen haben, sondern die Gesetze.« Der Professor drehte die Hände im Handgelenk. »Zugegeben – das war kein Ruhmesblatt für manche Logen. Während Freimaurer überwiegend eher auf Widerstandskurs waren – was aber wenig Erfolg brachte –, gab es durchaus auch NSDAP-Hardliner in den Logen. Nicht viele, aber es hat sie gegeben. Die denunzierten zwar selten ihre eigenen Brüder, andere hielten auch wacker den Verhören der SS stand, aber es gab auch überzeugte Arier, die jüdische Brüder denunzierten. Von diesen Ausnahmefällen distanzierte man sich zwar rigoros nach 1945, aber das nützte den jüdischen Brüdern, die in den Vernichtungslagern umkamen, nicht mehr. Jüdische Brüder, denen es gelang, ins Ausland zu fliehen, schreiben demzufolge eine ganz andere Geschichte der deutschen Freimaurerei. Erst in unseren heutigen Tagen gibt es Bemühungen, die Vorkommnisse der sogenannten Dunklen Zeit auch in Deutschland aufzuarbeiten.«

»Gehört John Katz zu denen, die das versuchen?«, fragte Lüder. »Ich habe das Gefühl, dass sich die Aufarbeitung nach 1945 in den überwiegenden Fällen auf Verdrängung beschränkt und bisweilen sogar in eine fragwürdige Legendenbildung mündet.« Der Professor seufzte. »Ein schwieriges Thema. Es wurde von den ausländischen Brüdern unter den Besatzungssoldaten begierig aufgenommen und in die USA getragen. Demnach wären Tausende von Freimaurern in den KZs vergast worden, und man trug als geheimes Erkennungszeichen eine Anstecknadel mit einem Vergissmeinnicht. Die Realität sah indessen anders aus.«

»Gab es auch Denunziationen aus den Logen heraus, denen jüdische Brüder zum Opfer fielen?«

»Darüber haben die Freimaurer bereits viel Material gesammelt und österreichische und Schweizer Brüder erfolgreich aufgefordert, dieses zu komplettieren. Wir sind also diesbezüglich definitiv investigativ und betreten in großen Teilen Neuland, haben auch andererseits durch unsere Haltung bereits Brüder zu eigenen Darstellungen und Publikationen anregen können.«

»Ich kann mir vorstellen, dass solche Aufklärung polarisiert. Nicht jeder dürfte sich dafür erwärmen. In der Öffentlichkeit könnten Zweifel an der Opferrolle der Freimaurer genährt werden. Ulrich von Herzberg war durch seinen Beruf prädestiniert dafür, die Aufklärung voranzutreiben. Als Richter verstand er etwas davon. Sie haben es selbst erwähnt – die Amerikaner hatten nach dem Krieg eine andere Sicht auf die Rolle der deutschen Freimaurer. Gibt es Bestrebungen innerhalb der Bruderschaft, eine solche Aufklärung zu verhindern, um keinen Schatten auf die Logen zu werfen?«

Sein Gegenüber schlug die Augen nieder und vermied jeden Blickkontakt. Hatte Katz den Professor deshalb in dessen Wohnung aufgesucht? Schröder-Havelmann galt als geradezu fanatisch von der Idee des Freimaurertums überzeugt. Es blieb noch die Frage nach dem verschwundenen Umschlag, den von Herzberg bei Feuerborn deponiert hatte und von dem Lüder annahm, dass der Notar deshalb hatte sterben müssen.

Lüder wartete eine Weile, aber er erhielt keine Antwort.

»Die Öffentlichkeit sieht das geheimnisvolle Treiben der Freimaurer mit Skepsis. Kämen solche Berichte an die Öffent-

lichkeit, womöglich von einer begierigen Boulevardpresse reißerisch aufgemacht, könnte das die – zugegeben falsche – Meinung befeuern, dass alle Brüder kriminell seien. So etwas setzt sich bei den Leuten fest. Das kann nicht in Ihrem Interesse sein.«
»Wir waren immer Verleumdungen ausgesetzt. Dabei ist das Wesen der Freimaurerei humanitärer Natur.«
»Dann vermitteln Sie es doch den Menschen da draußen in geeigneter Form«, schlug Lüder vor.

Schröder-Havelmann stützte sich auf der Tischplatte ab. »Sie verstehen nichts«, sagte er mit müder Stimme. »Absolut nichts. Ich bitte Sie, zu gehen. Mir geht es nicht gut.«

Das war ihm anzusehen.

Lüder fuhr nach Elmshorn. Die Holunderstraße war eine ruhige Wohngegend. Ein schmaler Fußweg führte zu einem der Reihenhäuser. Er sah auf das Schild neben der Klingel. Riemenschneider. Trotz mehrfachen Klingelns rührte sich nichts.

In der gegenüberliegenden Reihe war eine Frau damit beschäftigt gewesen, Verblühtes von einem Strauch zu schneiden. Neugierig kam sie an den Zaun.

»Ich glaub, der is nich da«, sagte sie. »Der is öfter wech. Manchmal auch über Nacht. Is immer ruhig. Sagt nich viel. Man weiß nich, ob er noch irgendwo auf Arbeit is. Scheint so. Komm Sie doch noch mal wieder.« Sie rückte ein wenig näher heran. »Oder kann ich ihn was ausrichten?«

Lüder bedankte sich. Hinter seinem Rücken hörte er, als er zu seinem Auto zurückkehrte: »Wollt ja nur behilflich sein.«

Bei der Loge Neocorus zum Nordmeer hatte er mehr Glück. Josef Riemenschneider öffnete und sah ihn nahezu entgeistert an.

»Hier ist niemand«, sagte der Sekretär leise.

»Doch«, erwiderte Lüder. »Ich wollte zu Ihnen.«

»Ich kann doch nichts sagen.« Riemenschneiders Körperausdruck war eine einzige Abwehrhaltung.

»Dafür weiß ich etwas. Mein Stichwort lautet: Hannover.«

Riemenschneider riss die Augen weit auf. »Was soll das heißen?«

»Ich möchte mit Ihnen über Ihre Zeit in Hannover sprechen.«
»Ich komme aus Frankfurt«, behauptete der Sekretär.
»Lassen Sie mich eintreten«, schlug Lüder vor.
Widerwillig gab der Sekretär den Eingang frei und führte ihn zu einer kleinen Sitzgruppe im Foyer. Nachdem Lüder es sich bequem gemacht hatte, hockte sich Riemenschneider auf die vordere Kante des Sessels.
»Sie haben bis zum Eintritt in den Ruhestand bei einer Bank gearbeitet.«
»In Frankfurt. Im mittleren Management. Das heißt aber nichts. Da sind Hunderte von Mitarbeitern angesiedelt. Das hat nichts zu sagen.«
»Nun reden Sie Ihre Rolle nicht klein. Dort hat man Sie versteckt, nachdem Sie eine größere Sache in den Sand gesetzt hatten.«
»Ich weiß nicht, wovon Sie reden«, sagte Riemenschneider so leise, dass er kaum zu verstehen war.
»Sie haben Cum-Cum-Geschäfte eingefädelt. Im großen Stil. Das hat Ihrer Bank gefallen. Mit diesem Dreh wurde kräftig verdient. Und das zulasten der Steuerzahler.«
»Das ist alles ganz legal«, behauptete der Sekretär.
»Es sei denn, man dreht noch ein wenig mehr am Keilriemen, dass die Maschine schneller läuft. Da sind die Grenzen zur Illegalität fließend.« Lüder schlug sich mit der flachen Hand gegen die Stirn. »Der Bürger da draußen versteht es nicht, dass der Staat nicht nur bei Cum-Cum-Geschäften, die Sie zusammen mit einer öffentlichen Bank eingefädelt haben, betrogen wird, sondern Stadtkämmereien auch noch mit Festgeldern zocken. Spekulieren wäre zu harmlos. Erklären Sie es dem Steuerzahler, dass manche Gemeinde im schlimmsten Fall Millionen bei Devisengeschäften in den Sand gesetzt hat. Es bestanden erhebliche Zweifel, dass dabei alles mit rechten Dingen zugegangen ist. Mächtigen Hintermännern war daran gelegen, dass der ganze Vorgang unter den Teppich gekehrt wurde. Es hätte auf dem Höhepunkt der Bankenkrise nicht ins Licht gepasst, wenn diese Geschichte publik geworden wäre.«
Riemenschneider war blass geworden.

»Das war in Niedersachsen und in Hessen. Ich bin Polizist in Schleswig-Holstein. Was hindert mich daran, die Ermittlungen neu aufzunehmen? Wollen Sie als Kronzeuge auftreten? Was meinen Sie, welch einen Kreuzzug die betroffenen Politiker und Beamten gegen Sie starten werden?«

»Die Sache ist eingestellt worden«, behauptete Riemenschneider zaghaft.

»Irrtum. Sie wurde unter den Teppich gekehrt. Ich habe vor, den ein wenig anzuheben und den Vorgang neu zu beleben.«

»Das können Sie doch nicht machen.« Der Sekretär hatte stoßweise gesprochen.

»Doch«, sagte Lüder kühl.

Der Mann fiel in sich zusammen. »Ich habe hier ein neues Leben begonnen.«

»Und niemand weiß von Ihrem Vorleben?«

Riemenschneider bestätigte es durch ein angedeutetes Nicken.

»Keiner?«

»Doch«, sagte er leise. »Der Stuhlmeister. Ich war schon in Frankfurt Mitglied einer Loge. Die beiden Stuhlmeister haben sich ausgetauscht, und so wurde Professor Schröder-Havelmann eingeweiht.«

»Ich vermute, in Ihrer Frankfurter Loge waren noch mehr eingeweiht? Kann es sein, dass einige Ihrer Brüder in irgendeiner Weise in die Geschäfte involviert waren?«

»Es war nichts Unrechtes an den Cum-Cum-Geschäften. Die anderen ... äh ... Sachen – da haben die Brüder nichts mit zu tun gehabt. Das war bankintern.«

»Sind noch andere Köpfe bei der Bank gerollt?«

Der Sekretär verneinte es.

»Sie sind also das Bauernopfer«, stellte Lüder fest. »Und nun hat die Vergangenheit Sie eingeholt. Ist Ihnen Richter von Herzberg auf die Schliche gekommen?«

»Nein. Darüber wurde nie gesprochen.«

»Also nur der Stuhlmeister«, stellte Lüder mehr für sich selbst fest. »Wie soll es jetzt weitergehen?«

Riemenschneider zuckte hilflos mit den Schultern. Dann sah

er auf die Armbanduhr. »In einer Stunde soll ein Krisengespräch stattfinden.«
»Wo?«
»Hier.«
»Ich möchte daran teilnehmen«, sagte Lüder.
Der Sekretär hob abwehrend beide Hände in die Höhe. »Ausgeschlossen. Das ist unmöglich.«
»Wollen Sie sich outen?«, fragte Lüder.
»Das geht nicht. Es geht bei diesem Gespräch um die Gesamtsituation und die Probleme, die durch die jüngsten Ereignisse über unsere Bruderschaft hereingebrochen sind.«
Lüder sah sich um. »Es gibt keine Alternative. Verschaffen Sie mir eine Möglichkeit, bei der Unterredung zu lauschen. Sonst ...« Lüder trommelte mit den Fingerspitzen auf der Platte des kleinen Beistelltisches. »Frankfurt – Hannover – Frankfurt – Hannover ...«, wiederholte er dabei im Takt.
Riemenschneider war aschfahl geworden.
»Sie müssen eine Ad-hoc-Entscheidung treffen«, verschärfte Lüder den Druck. »Oder haben Sie Angst, auch ein Opfer zu werden wie von Herzberg oder Feuerborn?«
Die Gesichtsmuskeln des Sekretärs zuckten. Er wankte kurz. Für einen Moment befürchtete Lüder, der Kreislauf des Mannes würde versagen. Mehrfach öffnete er den Mund und schloss ihn wieder. Seinem Mienenspiel war abzulesen, welch inneren Kampf er mit sich führte.
»Sie haben genau zwei Minuten Zeit für eine Entscheidung«, drängte ihn Lüder. »Zwei Minuten, die eventuell darüber befinden, ob Ihnen nicht doch noch ein Gefängnisaufenthalt droht, wenn die Richter so entscheiden sollten.«
Riemenschneider gab auf. »Ich bin ein Verräter«, murmelte er.
»Sie sind ein guter Bürger«, ermunterte ihn Lüder. »Sie verhelfen dem Recht zur Durchsetzung. Wenn ich es richtig verstanden habe, ist die Verpflichtung zur Wahrheit eine der Kardinaltugenden der Bruderschaft.«
»Kommen Sie«, forderte ihn Riemenschneider auf und öffnete die Tür zum geschlossenen Bereich. »Dieses ist der

Vorbereitungsraum, in dem man sich versammelt, den Koffer und die Straßenkleidung ablegt et cetera. Hier finden auch Diskussionen außerhalb der Tempel-Rituale statt.«

Lüder bemerkte Aschenbecher und einen Humidor. Offensichtlich achtete man in diesem Raum etwas weniger auf die sonst strikt eingehaltene Logen-Etikette. An den Wänden hingen aufwendig gerahmte Porträts von Altstuhlmeistern, stilistisch eher etwas verschnarcht. Am unteren Rand der altmeisterlichen Porträts nannten kleine Messingtafeln die Jahre ihrer Hammerführung, die Zeit als Logenmeister. Die Ölgemälde wirkten alle etwas bräunlich, wie von Nikotin überzogen. Eine Wand war voller Bücherregale. Es war erstaunlich, dass es ausgerechnet über diese Gesellschaft, die man doch gern und häufig als geheim einstuft, eine solche Unmenge an Fachbüchern gab. Die meisten davon waren offensichtlich von Freimaurern selbst verfasst. Alle herumliegenden Gegenstände waren penibel geordnet, wie mit einem Winkel ausgerichtet. In einer Vitrine standen Gastgeschenke von Brüdern aus aller Welt.

Riemenschneider bemerkte Lüders Blick.

»Jede Loge ist stolz auf diese offensichtlichen Attribute ihrer Gastfreundschaft.« Er zeigte auf eine geschlossene Tür. »Dahinter befindet sich der Tempel.«

Lüder sah sich um. »Wohin geht es dort?«, fragte er.

»Da ist unser Vorbereitungsraum für Aufnahmen.«

Lüder erinnerte sich, ein Foto im Internet gesehen zu haben, auf dem ein Totenschädel, eine Kerze und eine Sanduhr in diesem Raum zu sehen waren. An der Wand stand »Vitriol« zu lesen. Als er nach der Bedeutung googelte, war er auf die sogenannten Vanitas-Symbole gestoßen. Diese Allegorien sollten den Betrachter wohl an seine eigene Vergänglichkeit erinnern. Das war in der Aufklärungszeit recht salonfähig gewesen. Heute konnte einem davor nur gruseln. Als er den Raum betrat, lagen dort tatsächlich diese Utensilien, allerdings war der Totenschädel aus Plastik. Lüder fühlte sich augenblicklich in die Geisterbahn auf dem Heiligengeistfeld versetzt.

»Kann man die Tür einen Spalt offen lassen?«

»Ich weiß nicht.«

Lüder beschloss, das Risiko einzugehen. Falls jemand die Tür schließen sollte, hatte er Pech gehabt. Er schaltete sein Handy aus und überlegte, wie er reagieren sollte, wenn man ihn entdecken würde. Ihm war bewusst, dass der Verdacht sofort auf Riemenschneider fallen würde. Es war nicht vorhersehbar, wie der Sekretär es erklären würde. Schröder-Havelmann war nicht dumm, außerdem verfügte er über gute Kontakte. Die ganze Aktion würde für Lüder unangenehme Konsequenzen haben. Er nahm es in Kauf. Bei der Verschwiegenheit der Brüder sah er keine andere Möglichkeit, an Informationen heranzukommen.

Nach wenigen Minuten erschien Riemenschneider noch einmal. »Ich muss Ihnen noch etwas erklären«, sagte er. »Achten Sie auf den Zuruf ›Es regnet‹. Dann weiß man, dass ein Unberufener in der Nähe ist. Das hat seinen Ursprung in der alten englischen Etymologie. Wenn jemand an Fenstern, Dachrinnen, Wänden oder Türen horchte, wurde dieser Warnruf ausgebracht. Ein Einschleicher, der dabei erwischt wurde, wurde so lange unter die Dachtraufe gestellt, bis ihm das Wasser auf seinen Schultern herein- und an den Fersen wieder hinauslief. Verraten Sie niemandem, dass ich Sie gewarnt habe. Sie finden dieses Codewort auch im Internet. Sagen Sie, Sie haben es von dort. Bei Facebook kann man diesen Warnhinweis relativ häufig lesen, beispielsweise wenn jemand nicht bemerkt, dass er in einer öffentlichen Gruppe versehentlich die Anrede ›Mein Bruder‹ verwendet.«

Lüders Geduld wurde auf eine harte Probe gestellt. Er hörte es zwischendurch rumoren. Vorsichtig sah er durch den Spalt zwischen Zarge und der Türseite, an der sie angeschlagen war. Riemenschneider stellte eine Rose auf den Tisch. Weitere Rosen legte er auf eine Reihe von Plätzen. Die Rose, erinnerte sich Lüder, war das Symbol der Verschwiegenheit. Im Lateinischen nannte man es »sub rosa«, das übersetzt »unter der Rose« hieß und sinngemäß als »unter dem Siegel der Verschwiegenheit« gedeutet werden konnte.

Nach weiteren zwanzig Minuten entstand Unruhe im Nebenraum. Lüder vernahm mehrere Stimmen. Er konnte Schröder-Havelmann heraushören und war überrascht, auch

Friedhelm Böttinger zu vernehmen. Die beiden Logen waren miteinander befreundet. Lüder wagte einen vorsichtigen Blick durch den Türschlitz und konnte erkennen, dass der Professor als hammerführender Meister im Osten Platz genommen hatte. Böttinger als winkeltragender Bruder, als Logenmeister, einer besuchenden Loge hatte ebenfalls einen Platz im Osten eingenommen.

Um zu unterstreichen, dass alle gleich viel bedeuteten, zogen sich Freimaurer auch alle gleich an. Nur wenige trugen einen Frack, aber ein dunkler Anzug war Pflicht. Weiße Handschuhe und Schurz ebenfalls. An denen konnte man ersehen, wie lange jemand bereits dabei war. Einige trugen Abzeichen um den Hals, sogenannte Bijous, an denen man erkennen konnte, welcher Loge sie angehörten. Irgendwie erinnerte Lüder das an Pinguine.

»Meine lieben Brüder«, begann der Stuhlmeister, »obwohl wir uns hier im geschlossenen Bereich befinden, sollten wir Wert auf Deckung legen. Habt ihr alle eure Handys ausgeschaltet?«

Wie gut, dachte Lüder, dass er sich im Vorhinein ein wenig mit den Gebräuchen der Freimaurer vertraut gemacht hatte. Der Ursprung des Begriffes Deckung entstammte der Bauhüttentradition der Dombauhütten – also der operativen Maurerei. Bauhütten waren Provisorien, die nach Fertigstellung einer Kathedrale wieder abgerissen werden mussten. Deshalb verzichtete man auf Fenster und Türen und stieg durch das Dach ein. War der Einstieg durch die Dachschindeln wieder verschlossen, war man eben in Deckung.

Im Westen saßen der erste und der zweite Aufseher. Lüder hatte die beiden Männer während der Beerdigungszeremonie auf dem Uetersener Friedhof kennengelernt. Lüders Blickfeld entzog sich der Wachhabende, der Tyler, wie die aus dem Englischen übernommene Bezeichnung lautete, und sorgte für Deckung.

Schröder-Havelmann gab ein paar Erklärungen zur allgemeinen Lage der Loge ab, bedauerte noch einmal den schrecklichen Tod der beiden Brüder von Herzberg und Feuerborn und sagte mit getragener Stimme, dass es niemanden froh machen könne, dass der Richter ein Testament zugunsten der Loge hinterlassen habe.

Lüder schreckte zusammen, als der Professor als hammerführender Meister das Ritual durch einen lauten Hammerschlag unterbrach und zur »Erholung« aufrief.

Jemand erwähnte »die Weiße Tafel«. Was mochte das bedeuten?, fragte sich Lüder. Sicher entsprach es wieder einem Zeremoniell der Freimaurer.

Ein unverständliches Gemurmel breitete sich aus, bis sich Schröder-Havelmann wieder vernehmen ließ.

»Meine lieben Brüder, Schande ist über uns gekommen. Unehrenhaft wurden unsere Tugenden verraten, das Gebot der Verschwiegenheit gebrochen. Es erfordert Maßnahmen nach unseren Regeln, wie unsere Väter es uns gelehrt haben. Es rüttelt an den Grundfesten unserer Bruderschaft. Lassen wir es nicht zu. Stehen wir zueinander, festigen wir das Fundament unserer Überzeugung. Makel sind in der Dunklen Zeit über uns gekommen. Wir stehen in der Verantwortung, diese zu tilgen. Lasst uns im Sinne unserer Bruderschaft mit der Reinigungsarbeit beginnen.«

Lüder verstand inzwischen, dass die Freimaurer sich gern verschlüsselt ausdrückten. Was meinte der Professor mit diesen Worten? Es konnte doppeldeutig ausgelegt werden. Bezog sich der Makel auf die beiden Morde oder auf Lüders Anspielung auf die Rolle der Freimaurer im Dritten Reich? Er glaubte nicht, dass Schröder-Havelmann diese Zusammenkunft als Konsequenz ihres Gesprächs in Wedel einberufen hatte. Dafür war die Zeit zu knapp bemessen gewesen.

Eine Stimme meldete sich zu Wort.

»Meister. Es wird erzählt, dass es Dokumente dazu gibt.«

»Bruder«, antwortete der Professor. »Wir wollen nicht von Gerüchten sprechen. Der Kieler Polizist irrt in seiner Ohnmacht durch unsere Kreise und versucht Unfrieden zu stiften. Wir alle kennen unseren Bruder Ulrich von Herzberg als aufrichtiges Glied unserer Gemeinschaft. Es erhebe der die Stimme, der ihm die Niedertracht zutraut, ein Verräter zu sein.«

Es herrschte betretenes Schweigen.

»Wir kennen unseren Bruder Heinrich Feuerborn. Niemand kann sich vorstellen, dass ihm ein Dokument verloren gegangen sein sollte.«

Die Stimme, die den ersten Einwand erhoben hatte, meldete sich erneut.

»Warum wurde er ermordet?«

»Alles deutet auf einen Raubüberfall hin.«

»Die Umstände des Todes sind aber außergewöhnlich«, wandte der Zweifler ein.

»Hast du, Bruder, jemals darüber nachgedacht, dass auch die Polizei unter Erfolgszwang steht und es gern sehen würde, wenn sich eine Verbindung zwischen den beiden abscheulichen Taten konstruieren ließe?«

Die unverständliche Lautäußerung konnte man als Zustimmung deuten.

»Ihr habt alle von der Chaostheorie gehört, dass der Flügelschlag eines Schmetterlings ein Erdbeben auslösen kann. Viel weniger gewichtig ist da der Zufall, dass gleich zwei unserer Brüder im Namen des großen Baumeisters unserer Welt auf so üble Weise in den ewigen Osten vorangehen mussten.«

Lüder wunderte es nicht, wie demagogisch der Professor auftrat. Er war eben Psychologe. Es gelang ihm, alle kritisch gefärbten Äußerungen so umzudeuten, dass sie wie eine Erklärung für das Geschehene wirkten.

»Lasst euch nicht in die Irre leiten«, fuhr der Stuhlmeister fort. »Bleibt beharrlich. Unser Werk ruht auf einem festgefügten Fundament. Unser Mörtel ist unser Vertrauen in die Bruderschaft. Unverbrüchlich. Treu und ergeben. Nur unseren Idealen verpflichtet. Was seit dreihundert Jahren in unserem geliebten Vaterland gediehen ist, kann weder der Verräter noch der Zerstörer mit der Kappe des Polizisten einreißen.«

Lüder konnte seine Freude nur mit Mühe unterdrücken. Der Stuhlmeister hatte versucht, seinen Brüdern etwas zu suggerieren. Sie konnten nicht verstehen, dass Schröder-Havelmann irgendetwas in Unruhe versetzt hatte. Offenbar hatte Lüder in ein Wespennest gestochen. Deshalb wollte der Stuhlmeister offensichtlich seine Getreuen mit dieser Versammlung zur Gefolgschaft verpflichten. Es musste sehr geheimnisvoll sein. Deshalb sprach der Professor in Rätseln. Und den Versuch eines kritischen Hinterfragens hatte er im Keim erstickt. Lüder war zufrieden. Für diese Erkenntnis hatte sich das Risiko, das mit seiner Aktion verbunden war, gelohnt.

Ein lauter Hammerschlag und der Ruf »in Ordnung« beendeten die Unterbrechung der rituellen Arbeit. In der nächsten halben Stunde wurden Themen angesprochen, die für Lüder uninteressant waren. Mit der Ermahnung des Stuhlmeisters, das Gebot der Schweigerose streng zu achten, wurde die Versammlung aufgelöst.

»Ach, Friedhelm«, hörte Lüder den Professor rufen, als sich leise entfernendes Stimmengemurmel darauf schließen ließ, dass die Mitglieder den Raum verließen. »Einen Moment noch.«

Als sich alle anderen entfernt hatten, sagte der Professor: »Der Kieler Polizist kramt in der Vergangenheit. Wir wissen, dass es Brüder gibt, denen daran gelegen ist, manches aus dem Verborgenen ans Licht zu zerren. Dem sollten wir Einhalt gebieten. Ich sorge dafür, dass es in der Loge Neocorus zum Nordmeer ruhig bleibt. Hast du die Aurora Borealis im Griff?«

»Aus Eigennutz«, erwiderte Böttinger.

»Gut. Ich möchte nicht, dass in einer Zeit, in der Wirrköpfe rechte Propaganda verbreiten und sogar rechtsextremistische Straftaten begehen, ein Schatten auf uns fällt, weil alte Geschichten aus dem Hut gezaubert werden könnten. Lass uns vereint für unsere Ideale einstehen. Wir beide wissen, was uns die Bruderschaft bedeutet. Es wäre eine Schande für die Brüder, die ehrlich und rechtschaffend sind.«

»Gewiss, Erwin«, erwiderte Böttinger.

»Das ist gut, Friedhelm«, sagte der Professor. »Das ist gut.«

»Wo befindet sich der Umschlag?«, wollte Böttinger wissen.

»An einem sicheren Ort.«

»Du hast ihn«, stellte Böttinger fest.

Schröder-Havelmann unterließ es, zu antworten.

»Ich möchte hineinsehen und wissen, was der Verräter von Herzberg dort zusammengetragen hat.«

»Nein!« Die Ablehnung des Professors war unmissverständlich.
»Ist es nicht besser, wenn nicht nur du informiert bist?«
»Der Umschlag ist in sicheren Händen.«
»Trotzdem bin ich –«
»Nein!«, fuhr Schröder-Havelmann dazwischen. Es klang endgültig.
Dann entfernten sich die beiden.
Nach weiteren zehn Minuten erschien Riemenschneider. Der Mann zitterte am ganzen Leib. Er roch nach Angstschweiß.
»Ich war in großer Sorge«, gestand er.
Lüder klopfte ihm jovial auf die Schulter. »Ich auch«, sagte er leichthin und verließ unentdeckt das Logengebäude.

Lüder rief im Landeskriminalamt an und ließ sich mit Dr. Starke verbinden.

»Ich benötige noch einmal deine Unterstützung«, sagte er und bat den Abteilungsleiter, einen Durchsuchungsbeschluss für die Privaträume Professor Schröder-Havelmanns zu erwirken.

Dann versuchte er, Kontakt zu einem Geschichtswissenschaftler aufzunehmen. Es erwies sich als schwieriger, als er gehofft hatte. An der Hamburger Universität war kein Professor zu sprechen, in Kiel fand er einen Gesprächspartner, der sich aber als nicht kompetent genug für diese Fragen empfand. Immerhin hatte der Mann eine Empfehlung. Professor Urban von der Helmut-Schmidt-Universität wolle sich Lüders Fragen anhören. Sie verabredeten sich für den Nachmittag in Hamburg-Jenfeld.

Lüder hatte noch etwas Zeit und fuhr in aller Ruhe quer durch Hamburg zur Universität der Bundeswehr, die auf Initiative des damaligen Verteidigungsministers gegründet wurde und seit 2004 dessen Namen trug.

Die Gebäude bestanden aus einer modernen Konstruktion aus Stahl und Glas. Alles wirkte licht und transparent. Der Eindruck setzte sich auch im Inneren fort. Die Funktionalität war genial mit der Optik kombiniert worden.

Professor Lorenz Urban erwies sich als junger Mann mit einer sportlichen Figur. Er hatte die Hemdsärmel hochgekrempelt, besorgte zwei Pappbecher mit Kaffee und dirigierte Lüder zu einer Sitzbank in einem öffentlichen Bereich. Der Wissenschaftler zeigte sich erstaunt über das Interesse der Polizei an der Geschichtswissenschaft.

»Ich arbeite an einem Fall, in dem es einen möglichen Bezug zum Dritten Reich gibt.«

»Rechtsradikale«, vermutete Urban.

»Nein. Ich möchte etwas über die spezielle Rolle der Freimaurer in der Dunklen Zeit wissen.«

»Sie haben sich schon mit dem Thema befasst«, stellte der Wissenschaftler fest. »Kaum jemand kennt diese Formulierung. Es sei denn, er ist selbst Freimaurer.«

»Mich interessiert speziell der Umgang mit den jüdischen Brüdern in den Logen.« Lüder berichtete von seinem Kenntnisstand. »Ich möchte wissen, ob es innerhalb der Bruderschaft Nutznießer gab, die von der Enteignung jüdischer Freimaurer profitiert haben.«

»Ja – natürlich«, antwortete Urban spontan. »Das hat es immer gegeben. Verräter. Judas ist uns allen bekannt. Profiteure sind keine Erfindung der Neuzeit. Ich habe einen Studenten, der sich gerade mit einer solchen Arbeit beschäftigt. Darf ich Ihnen das exemplarische Beispiel nennen?«

Lüder nickte.

»Sagt Ihnen der Name Cäsar Wolf etwas?« Urban wartete nicht die Antwort ab. »Der tätige Humanist wirkte in Hamburger Wohlfahrtseinrichtungen. So in der Caritas, einer Einrichtung zur Förderung armer Schauspielkinder, im ›Verein für Krüppelfürsorge‹ – heute würde man Schwerbehindertenfürsorge sagen. Er war Vorstand der ›Vaterstädtischen Stiftung‹. Sie errichtete und verwaltete in Eppendorf Stiftswohnungen für alte, mittellose Bürger. Das Engagement für diese Einrichtungen hat er zeitlebens aufrechterhalten. Wolf wurde 1901 in seiner Loge aufgenommen, die er ab 1933 als Nichtarier aufgrund der nationalsozialistischen Gesetze nicht mehr betreten durfte. Ab 1921 war Wolf geschäftsführender Vorsitzender des alten Hamburgern wohlbekannten Elisabeth-Krankenhauses, von dem kaum jemand wusste, dass es ein Freimaurer-Krankenhaus war. Wolf hat sich in ungewöhnlicher Weise für *sein* Krankenhaus eingesetzt, es durch die schwierige Zeit der Inflation gebracht und dafür gesorgt, dass sich das Krankenhaus in jeder Hinsicht weiterentwickelt hat. Dieses aufopferungsvolle Leben im Dienste der Menschheit fand durch die Notverordnung der Nationalsozialisten 1933 ein abruptes Ende. Ihnen sagt das Ermächtigungsgesetz etwas. Wolf musste innerhalb von drei Monaten in der Blüte seines Lebens und Schaffens allen seinen Ämtern und Tätigkeiten entsagen. ›Ich habe immer geglaubt, ein guter Deutscher zu sein, und nun bin ich nur ein Jude.‹ Im Mai hat er sich vor seinem Krankenhaus am Kleinen Schäferkamp erschossen.«

»Ist dieses Beispiel symptomatisch?«, wollte Lüder wissen.

»Jeder Fall liegt anders. 1933 wurde für Cäsar Wolf die Tür zum gesellschaftlichen Leben zugeschlagen. Plötzlich wurde er doppelt geächtet. Als Jude. Und als Freimaurer. Das Freimaurer-Krankenhaus am Kleinen Schäferkamp wurde zwangsweise in das Krankenhaus Deutscher Orden umgetauft. Wie gesagt: Wolf war doppelt geächtet. Als Jude *und* als Freimaurer.«

Von Herzberg war auch Jude *und* Freimaurer, überlegte Lüder.

»Hat Wolf keinen Rückhalt in der Bevölkerung gefunden? Seine Brüder haben sich nicht für ihn verwandt?«, fragte Lüder.

»Denunziationen zur persönlichen Vorteilsnahme waren damals durchaus keine Seltenheit. Es war kein Ruhmesblatt in der deutschen Freimaurergeschichte. Aber es gab durchaus auch Widerständler und Helden in den Logen. Und noch viele weitere sehr, sehr tragische Schicksale in diesem Zusammenhang.«

Urban grüßte eine Gruppe Studierender, die an ihnen vorbeiging.

Ein Luftwaffenleutnant verzögerte seinen Schritt, drehte sich noch einmal um und sprach Urban an: »Ich habe da noch eine Frage.«

Der Professor sah Lüder an. »War's das? Oder kann ich Ihnen noch weiterhelfen?«

»Sie haben mir Herz und Verstand geöffnet«, erwiderte Lüder

blumig und erntete dafür ein Schmunzeln des Wissenschaftlers. Sie verabschiedeten sich mit einem kräftigen Händedruck.

Lüders Hoffnung, dass sich der Kriminaldirektor schon gemeldet hätte, erfüllte sich leider nicht. So machte er sich auf den Rückweg nach Kiel. Er hatte das Navigationsgerät eingeschaltet und folgte der Frauenstimme, die ihn durch Hamburger Stadtteile lotste, die er noch nie betreten hatte. Unterwegs meldete sich das Handysignal, das den Eingang einer SMS ankündigte. Während eines Tankstopps sah Lüder nach und war erstaunt, dass es sich um eine kurze Meldung des Boulevardjournalisten Dittert handelte. »Besuchen Sie das Maschinenmuseum in Wik«, las Lüder. Das war alles.

LSD war kein Kieler. Deshalb wusste er nicht, dass sich den Einheimischen der Magen umdrehte, wenn man »in Wik« schrieb. Eingeweihte sprachen von »in der Wik«. Lüder gehörte zu ihnen, musste sich aber eingestehen, noch nie etwas vom Maschinenmuseum gehört zu haben. Er versuchte, Dittert zu erreichen, landete aber sofort auf der Mailbox. Er hinterließ eine Bitte um Rückruf.

Für die Fahrt nach Kiel benötigte er gefühlt mehrere Stunden.

Als Erstes suchte er das Büro des Abteilungsleiters auf. Dr. Starke hatte das Haus bereits verlassen. Sollte er der Einzige im Amt sein, der noch arbeiten musste? Nein, beschloss er und fuhr nach Hause.

FÜNFZEHN

Am gestrigen Abend hatte Margit ihn unbehelligt gelassen. Zum Frühstück ließ es sich aber nicht mehr umgehen. Margit hatte nur ein Wort gesagt: »Jonas.« Lüder wusste, dass die Schule wieder einmal Thema war. Der Schulleiter bestand darauf, mit Lüder ein Gespräch unter vier Augen zu führen. Den Grund hatte der Pädagoge am Telefon nicht nennen wollen. Lüder hatte versucht, seinen Sohn zu befragen. Es war einfacher, einem stockenden Verdächtigen ein Mordgeständnis zu entlocken, als von Jonas zu erfahren, weshalb Gesprächsbedarf bestand. Justizirrtum. Mobbing durch die Lehrer. Grundrecht auf freie Entfaltung der Persönlichkeit. Lynchjustiz. Wiedereinführung der Todesstrafe an Schulen. Das waren unzusammenhängend in die Diskussion geworfene Schlagworte des Juniors, vorgetragen mit einem lässigen Grinsen.

»Mach dir nichts draus«, tröstete Jonas seinen Vater. »Du bist doch nur ein Jurist. Viel schlimmer ergeht es den Paukern. Den Sohn vom Direx haben sie neulich beim Langfingermachen erwischt. Aber keine Sorge. Da kommt nichts nach. Der war bis oben zugedröhnt. Der kifft jetzt schon genauso viel wie sein Alter.«

»Jonas! Geht es um solche Formulierungen, weshalb ich in die Schule kommen soll?«

Jonas hatte gleichgültig mit den Schultern gezuckt. »Du bist doch Jurist. Erinnerst du dich noch an das erste Semester? Habt ihr da mal was von freier Meinungsäußerung gehört? Oder gilt das nur für Leute bis achtzehn und für Anarchisten?«

Die Diskussion war fruchtlos geblieben. Natürlich konnten sich Eltern glücklich schätzen, wenn ihre Kinder selbstbewusst auftraten und nicht als Duckmäuser erzogen worden waren. Nach langer Trockenheit freut sich der Gartenbesitzer über einen Regenschauer. Aber eine Sturzflut ist dann doch zu viel. Und Jonas war weiß Gott kein leichter Nieselregen.

Dr. Starke schien schon ungeduldig auf Lüder gewartet zu haben. Der Kriminaldirektor ließ sich den aktuellen Ermittlungsstand vortragen und übergab Lüder den Durchsuchungsbeschluss.

»Ich habe vier Beamte aus Pinneberg organisiert«, ergänzte der Abteilungsleiter. Er sah auf die Uhr. »Schaffen Sie es bis zehn dreißig? Dann bestelle ich die Beamten für diese Zeit nach Wedel.«

Es war knapp. Zwei Minuten vor der Zeit stieß Lüder auf das Fahrzeug mit den vier Polizisten. Er instruierte sie kurz, dass sie nach einem Umschlag mit unbekanntem Inhalt suchen würden.

»Das ist aber vortrefflich beschrieben«, maulte einer der Beamten.

»Sie mussten nur bis Wedel anreisen«, sagte Lüder. »Jim Hawkins musste eine lange und gefahrvolle Reise unternehmen.«

»Jim – wer?«

Ein älterer Kollege lachte schallend. »Typisch Jungvolk. Jim Hawkins ist mit einer Truppe Abenteurer auf Schatzsuche gegangen. Dazu waren sie auf der Schatzinsel, so lautet der gleichnamige Roman von Robert Louis Stevenson.«

»Muss man das kennen?«

»Ja«, kam es zeitgleich über Lüders und des älteren Beamten Lippen.

Sie bauten sich vor der Haustür auf und warteten, bis ihnen Frau Havelmann öffnete. Die Frau sah irritiert auf die kleine Gruppe in ihrem Vorgarten. Lüder hielt ihr den Beschluss hin.

»Aber nicht bei uns«, sagte die überraschte Frau. »Kommt nicht in Frage.«

Nur der schnell in den Türspalt geschobene Fuß eines Polizisten hinderte die Frau daran, die Tür mit Wucht zuzuschlagen. Sie wollte auch nicht verraten, ob ihr Mann zu Hause sei.

»Seien Sie vernünftig«, sagte Lüder. »Dann ist die Aktion schnell und unkompliziert erledigt.«

»Sie wollen doch nicht etwa in unseren persönlichen Sachen herumwühlen?« Erst jetzt begriff sie die Tragweite der Aktion.

Lüder drückte die Tür gegen ihren leichten Widerstand ganz auf. »Wir müssen jetzt ins Haus. Sofort. Sonst könnte jemand im Inneren Beweise vernichten.«

»Welche Beweise?« Es war keine Hinhaltetaktik. Sie verstand es nicht.
Lüder winkte die Beamten ins Haus.
»Noch einmal. Wo ist Ihr Mann? Es ist einfacher, Sie sagen es. Sonst suchen wir ihn.«
Sie streckte den Arm aus und zeigte auf eine Tür mit Glaseinsatz. »Er ist krank«, sagte sie.
Lüder klopfte pro forma an die Scheibe und trat ein. Schröder-Havelmann lag auf einem Sofa. Er hatte eine Wolldecke bis ans Kinn hochgezogen.
»Wir haben einen Durchsuchungsbeschluss«, erklärte Lüder und nickte einem Beamten zu. Der hatte den Hinweis verstanden und zog mit einem Ruck die Decke zurück.
»Was soll das?«, beklagte sich der Professor mit müder Stimme.
»Sie könnten eine Waffe darunter verborgen haben«, sagte Lüder, und der Polizist gab Schröder-Havelmann die Decke zurück. Ein anderer Beamter führte die Ehefrau mit leichtem Druck am Ellenbogen in den Raum.
»Wir können hier alles auf den Kopf stellen«, erklärte Lüder. »Und wenn wir nichts finden, fordern wir Verstärkung an und nehmen das ganze Haus auseinander, bis wir fündig werden.«
»Erwin, tu doch was«, sagte die Ehefrau erregt. »Du bist schließlich nicht irgendjemand. Erwin!«
Lüder zeigte auf einen Schrank. Ein Beamter ging darauf zu und öffnete die Türen. Er hatte sich ebenso wie seine Kollegen Einmalhandschuhe übergezogen. Im Schrank war Tischwäsche gestapelt. Der Beamte zog einen Haufen heraus und begann ihn zu untersuchen, indem er die einzelnen Teile abnahm und neben sich legte.
»Erwin! Die ruinieren unseren ganzen Haushalt. Erwin! Was suchen die Leute?« Panik lag in Frau Havelmanns Stimme.
In Schröder-Havelmanns Gesicht zuckten die Muskeln. Der Auftritt seiner Frau war zu viel.
»Wo ist der Umschlag?«, fragte Lüder. »Der aus dem Besitz von Heinrich Feuerborn.«
»Ich weiß nicht, wovon Sie reden«, sagte der Professor schwach.

»Sie haben gegenüber Böttinger zugegeben, im Besitz des Umschlags zu sein, und ihm den Einblick darin verwehrt.«
»Woher wissen Sie —«, setzte Schröder-Havelmann an.
»Wir wissen noch viel mehr«, behauptete Lüder. »Ulrich von Herzberg hat den Umschlag zusammen mit seinem Testament bei Feuerborn hinterlegt. Der Notar galt als sehr gewissenhaft. Trotzdem hat er den Umschlag aus seinem Tresor herausgenommen und ist damit zu Ihnen gefahren.« Das hatte Lüder geraten.
»Das können Sie nicht beweisen«, wehrte der Professor die Vermutung ab.
Diese Formulierung nahm Lüder als Zustimmung.
»Sie haben gemeinsam hineingesehen und die Brisanz des Inhalts erkannt. Feuerborn wollte den Umschlag aber nicht verschwinden lassen. Sein Pflichtgefühl als Notar war größer. Das konnten Sie aber nicht zulassen. Deshalb musste er sterben. Zu viel stand auf dem Spiel.«
Schröder-Havelmann atmete tief und vernehmlich aus. Es war, als würde alle Spannung aus ihm entweichen.
»Erwin! Was hat das zu bedeuten? Sag, dass du nichts Unrechtes getan hast. Los, Erwin. Sprich mit mir«, keifte seine Frau.
»Der Einsatz war hoch«, sagte der Professor mit gebrochener Stimme. »Es ist gut, dass es vorbei ist. Ich bin mit Stress immer gut zurechtgekommen. Es hat mir nie etwas ausgemacht. Aber das hier — es ist mir aufs Herz geschlagen. Mein Arzt sagt, ich brauche jetzt absolute Ruhe, sonst kann er für nichts garantieren.«
»Lohnt es, das Leben für eine verlorene Sache zu opfern?«, fragte Lüder.
»Was verstehen Sie davon?«, erwiderte der Professor. »Es gibt Dinge, die wichtig sind.«
»Es gibt Schlachten, die man verliert. Geben Sie auf. Das Ganze hat genug Opfer gefordert.«
»Sie verstehen nichts. Gar nichts«, sagte Schröder-Havelmann mit matter Stimme. »In meinem Schreibtisch. Rechte Schublade oben. Da liegt der Umschlag.«
Lüder sah die fassungslos das Geschehen verfolgende Ehefrau

an. »Würden Sie den Umschlag bitte holen? Ein Kollege begleitet Sie.«

»Ja – aber«, widersprach die Frau, doch der Professor unterbrach sie: »Bitte.«

Frau Havelmann verließ das Zimmer und kehrte kurz darauf mit einem braunen DIN-A4-Umschlag zurück. Sie hielt ihn unschlüssig in der Hand. Lüder hatte sich auch Einmalhandschuhe übergestreift, nahm ihn entgegen und sah Schröder-Havelmann an, ohne den Umschlag zu öffnen.

»Hier hat Ulrich von Herzberg aufgelistet, welche Verfehlungen es in der Dunklen Zeit in der Loge Neocorus zum Nordmeer gegeben hat. Von wegen Brüderlichkeit, unverbrüchliche Treue und Verschwiegenheit bis zur Selbstaufopferung.« Lüder ertastete mit den Fingern einen USB-Stick. »Ein umfassendes Werk. Professionell recherchiert. Der Richter konnte es bei aller Verbundenheit zu den Freimaurern nicht vertreten, dass die Vergangenheit unter den Teppich gekehrt werden sollte. Er gehörte zu jener Gruppe, die sich offen für eine Aufarbeitung der Dunklen Zeit ausgesprochen hat, und befand sich damit in guter Gesellschaft mit den amerikanischen Freimaurern. Für deren andere Auffassung steht John Katz.«

Schröder-Havelmann musterte Lüder aus halb geschlossenen Lidern.

»Wie sind Sie darauf gekommen?«

»Logik, Herr Schröder-Havelmann. Von Herzberg hat belastendes Material gesammelt, auch über Denunziationen. Deshalb ist auch Böttinger daran interessiert, vom Inhalt der Dokumentation Kenntnis zu erhalten.«

Der Professor hob müde die Hand. »Die Juden reiten immer wieder auf der Vergangenheit herum. Niemand will das leugnen, aber man kann den Eindruck gewinnen, die heutige Generation sei nur darauf aus, Honig daraus zu saugen.«

Lüder nickte. »Ich weiß. Ihre Meinung dazu haben Sie schon kundgetan. Aber von Herzberg war kein Profiteur. Ihm war es ein ehrliches Anliegen, offen mit den damaligen Verfehlungen umzugehen.«

»Wem bringt es Nutzen? Die Leute werden sich über solche

Berichte hermachen und es auf die heutige Bruderschaft projizieren. Unsere ehrlichen Brüder würden sich verurteilt sehen für Dinge, die vor ihrer Zeit geschehen sind. Niemand verfolgt heute Priester für Verbrechen, die seitens der Kirche während der Inquisition massenweise begangen wurden. Aber bei den Freimaurern ist das etwas anderes. Die Veröffentlichung dieser Dokumente hätte ernsthaft die Zukunft unserer Loge gefährdet. Lauter ehrenhafte Brüder hätten am Pranger gestanden. Keiner von ihnen ist für das Geschehene verantwortlich, geschweige denn, dass sie etwas davon wissen. Viele von ihnen waren in der Dunklen Zeit noch nicht einmal geboren. Nein! Als Stuhlmeister bin ich verpflichtet, den Untergang meiner Loge zu verhindern. Da musste etwas geschehen.«

Lüder hatte sich manches zusammengereimt. Aber es schien zu passen.

»Den Untergang der Loge – *dieser* Loge –, das haben Sie jetzt erreicht. Sie werden unrühmlich in die Annalen der deutschen Freimaurer eingehen. Und das nach dreihundert Jahren Erfolgsgeschichte Ihres Geheimbundes.«

Schröder-Havelmann wischte sich mit der Hand durchs Gesicht. »Es war nicht Eigennutz«, sagte er wie zur Entschuldigung. »Ich stehe mit ganzem Herzen zur Freimaurerei.«

»Ist es nicht Ironie, dass ausgerechnet dieses idealistische ›mit ganzem Herzen‹ Ihr physisches Herz in Mitleidenschaft gezogen hat?«

»Wie sind Sie darauf gekommen?«, wollte der Professor wissen. Diese Frage war seine Kapitulation.

»Sie sind ein Opfer Ihrer außergewöhnlichen Intelligenz geworden. Sie haben als Mordmethode eine Vorgehensweise vorgegeben, die auf Rituale der Freimaurer hinweist. Dabei haben Sie zu Recht weitergedacht, dass die Polizei das erkennen würde und denken würde, kein vernunftbegabter Freimaurer würde selbst auf seine geheimnisvolle Bruderschaft verweisen. Also müsste die Polizei unter Nachahmern suchen. Damit waren Sie aus der Schusslinie. Kluge Leute denken einmal um die Ecke. Die Polizei ist auch klug. Aber gleich zweimal ... Das ist genial. So etwas kann sich nur ein Psychologe ausdenken.«

Schröder-Havelmann nickte versonnen. »Wer konnte damit rechnen, dass jemand wie Sie auf diesen Fall angesetzt wird.«
»Heinrich Feuerborn war ein genauso idealistischer Freimaurer, wie Sie es sind. Er hat Ihnen, seinem Stuhlmeister, vertraut und wollte Ihnen Einblick in die bei ihm hinterlegten Dokumente gewähren. Sie haben sofort erkannt, welche Brisanz dahintersteckt. Möglicherweise gab es einen Disput zwischen Ihnen und dem Notar. Feuerborn fühlte sich überrumpelt und missbraucht. Er war aber seinem untadeligen Ruf als Notar verpflichtet und wollte die Unterlagen nicht beiseiteschaffen, sondern dem aushändigen, der sich als rechtmäßiger neuer Besitzer erweisen sollte. Vielleicht hat er Ihnen sogar gedroht, Ihre massiven Einwirkungsversuche in der Loge öffentlich zu machen. Ihre Tage als Stuhlmeister wären gezählt gewesen. Vielleicht hat Feuerborn auch Rückschlüsse gezogen und Ihnen gegenüber durchblicken lassen, dass er Zusammenhänge zwischen diesen Dokumenten und von Herzbergs Tod sähe. Die Lage schien aussichtslos zu sein. Sie haben Feuerborn Flunitrazepam untergemixt. Nachdem er abgetreten war, musste er sterben. Nach einem Freimaurerritual.« Lüder betrachtete die schmalen, gepflegten Professorenhände. »Sie haben ihn selbst getötet und sich dann Hilfe beschafft. Es gab jemanden, der in seiner Verzweiflung abhängig von Ihnen war. Sie haben ihn erpresst und somit Josef Riemenschneider zum Mordgehilfen gemacht. Was sind Sie nur für ein Mensch?«

Der Professor begann plötzlich zu röcheln. Sein Gesicht lief blau an. Der Kopf sackte zur Seite.

»Schnell«, rief Lüder der Ehefrau zu, die das Gespräch mit offenem Mund verfolgt hatte. »Ein Notarzt. Sagen Sie: das Herz. Lebensgefahr.«

Es dauerte einen Moment, bis Frau Havelmann es begriffen hatte. Lüder eilte zur Couch, zerrte Schröder-Havelmann vom Sitzmöbel auf den Fußboden, da eine Reanimation auf dem federnden Sofa nicht möglich gewesen wäre, legte seine flache rechte Hand auf das Herz, die linke darüber und begann rhythmisch und kräftig zu drücken. Er zählte laut mit. »Eins-zwei-drei …« – bis dreißig. Dann beugte er sich zum Mund hinab und beatmete den Professor zweimal, um erneut zu beginnen. Das wiederholte er eine gefühlte Ewigkeit. Es war anstrengend. Der Schweiß rann ihm von der Stirn und biss in den Augen. Aber er gab nicht auf. Immer wieder musste er seine eigenen Grenzen überwinden, bis nach einer gefühlten Ewigkeit der Rettungswagen eintraf und ein Notfallsanitäter die erweiterten lebensrettenden Maßnahmen übernahm, bis auch der Notarzt erschien.

»Möglicherweise haben Sie ihm das Leben gerettet«, raunte ihm der zweite Rettungsassistent zu.

Das würde Lüder immer wieder machen. Auch für Mörder.

Zwei Stunden später wurde Josef Riemenschneider im Elmshorner Logengebäude festgenommen. Die beteiligten Beamten schrieben später in ihrem Bericht, dass sich der Logensekretär erleichtert zeigte. Er hatte damals einen Anruf vom Stuhlmeister erhalten und musste sofort nach Wedel kommen. Als er dort eintraf, war Feuerborn schon tot. Riemenschneider gab an, sich sofort übergeben zu haben. Er musste die Leiche zum Roland schaffen und auch die Tatwerkzeuge dort drapieren. Danach sei er zum Bahnhof gefahren und habe sich erneut übergeben. Er habe dort noch Ärger mit einem Taxifahrer bekommen, der gemeint habe, Riemenschneider sei betrunken, und der ihn als »besoffenes Schwein« bezeichnet habe. Der Sekretär sei wie in Trance weitergefahren. Immer in der Angst, die Polizei könne ihm, dem vermeintlichen Alkoholsünder, auf den Fersen sein.

Der Mörder war gefunden, sein Motiv offengelegt. Lüder konnte kein Verständnis für Schröder-Havelmann aufbringen. Es mochte sein, dass er sich als Stuhlmeister in ganz besonderer Weise seiner Loge verpflichtet fühlte. Aber Mord – das widersprach auch jeder Ethik der Freimaurer. Nun galt es, den Mörder des Richters zu überführen. Wer hatte die gedungenen bulgarischen Täter angeheuert und ihnen die Regieanweisung aufgeschrieben, nach der Ulrich von Herzberg ins Jenseits befördert worden war? Lüder hatte erkannt, dass seine Vermutung, es gehe um Raubkunst, möglicherweise ein Irrweg gewesen war.

Durch die Art der Tatausführung und die Zugehörigkeit beider Opfer zur selben Loge schien es lange Zeit so, als sei derselbe Täter verantwortlich. Daran zweifelte Lüder jetzt.

Vom Auto aus versuchte er erneut, Dittert zu erreichen. Er landete sofort auf der Mobilbox des Journalisten. Lüder beschloss, das Maschinenmuseum in Kiel aufzusuchen. Die auf eine private Initiative zurückgehende heutige Bürgerstiftung residierte in zwei Industriegebäuden des ehemaligen Gaswerks, einen Steinwurf von der Holtenauer Schleuse entfernt. Von der kleinen Anhöhe hatte man einen wunderbaren Blick auf die beiden südlichen Schleusenkammern, durch die die Schiffe vom »Kanal«, wie der Nord-Ostsee-Kanal kurz genannt wurde, in die Kieler Förde und von dort in die Ostsee gelangten. Gerade befuhr ein gewaltig wirkender Containerfrachter die Kammer. Lüder war bewusst, dass es sich um ein Feederschiff handelte, das von Ausmaß und Tragfähigkeit her nichts mit den wirklich großen Schiffen gemein hatte, aber für »Sehleute« waren auch diese Frachter beeindruckend.

Man machte ihn darauf aufmerksam, dass das Museum eigentlich schon geschlossen habe.

»Und wenn Sie am dritten Sonntag im Monat kommen, sind unsere Exponate auch in Betrieb«, erklärte ihm ein freundlicher älterer Mann und bekam dabei glänzende Augen. »Das muss man erlebt haben. Kindheitsträume werden wahr, wenn es zischt und schnurrt und eine Reihe von Maschinen unter Dampf stehen. Bis auf wenige Ausnahmen sind sie nämlich funktionsfähig.«

Lüder erklärte, er sei dienstlich hier. »Polizei«, sagte er, aber der Mann schien gar nicht zuzuhören. »Ich suche etwas.«

»So? Was denn?«

Die Frage konnte Lüder nicht beantworten.

»Dann kommen Sie mal mit«, forderte ihn der Mann auf und führte ihn durch das Museum. Es sah wie in einer alten Werkstatt aus. Ein uralter Ottomotor, Dampfmaschinen, von der kleinen Spielzeuglok bis zur Modelldampfmaschine, um deren Besitz Lüder seinen Schulfreund damals beneidet hatte. U-Boot-Motoren, Ständerbohrmaschinen.

»Ein Jahrhundert Maschinenbaugeschichte – wir zeigen

es in verständlicher Form für technische Laien und Kinder«, schwärmte der Mann. Zu Recht. »Wer mag, kann mit der Ständerbohrmaschine selbst eine Eisenplatte durchbohren oder ein Lokomobil anheizen.«

Nachdem sie den Rundgang beendet hatten, fragte er, ob eine weitere Runde möglich wäre.

»Sicher«, sagte der Mann und hielt sich jetzt mit seinen begeisterten Schilderungen ein wenig zurück.

Es war dumm, dass Dittert nicht erreichbar war. Wonach sollte Lüder suchen? Nach einem bestimmten Maschinentyp? Er konnte sich keinen Reim darauf machen, war sich aber sicher, dass er keinem Scherz aufgesessen war. LSD war eine merkwürdige Figur, würde Lüder aber nicht mit solchen Aktionen in die Irre führen.

»War neulich ein Reporter hier?«, fragte er den Mann.

»Oh ja. Dem habe ich alles gezeigt. Der hat aber gar nicht richtig zugehört. Er wollte nur eine bestimmte Maschine sehen.«

»Können Sie mir die zeigen?«, bat Lüder.

Der Mann führte ihn zu einer topgepflegten Maschine, die wuchtig aussah. Fast zärtlich fuhr die Hand des Museumsführers über das Gerät. »So etwas kann man heute nicht mehr bauen. Sie schalten sie an, und das Ding läuft. Es ist praktisch unverwüstlich. Wenn man bedenkt, wie genial man so etwas konzipiert und dann gebaut hat. Und das alles ohne Computer. Nur mit Verstand und Rechenschieber.«

Lüder schlich um die Maschine herum. Er konnte nichts entdecken. »Wie alt ist die?«

Der Mann zeigte auf ein Typenschild, das seitlich angebracht war. »1928«, erklärte er.

Lüder warf ebenfalls einen Blick darauf. Plötzlich hielt er wie elektrisiert inne. Das war die Lösung. »Donnerwetter, LSD«, murmelte er. »Großes Kompliment.«

»Bitte?«, fragte der Mann vom Museum erstaunt.

»Vielen Dank. Sie haben mir sehr geholfen.«

»Ja – äh – gern. Aber kommen Sie doch an einem dritten Sonntag. Dann ist hier wirklich etwas los.«

Lüder glaubte ihm. Und er nahm sich fest vor, der Einladung zu folgen. Dann hatte er es eilig, zu seinem Auto zu kommen. Schon auf dem Weg kramte er sein Mobiltelefon hervor und wählte eine Nummer. Es dauerte ewig, und er hatte die Befürchtung, der Teilnehmer würde sich nicht melden, als er die sonore Stimme vernahm.

»Hi.«

»Hi, John, hier ist Lüder.«

»Ah – Luder. Der Police Advocate«, stellte der amerikanische Anwalt fest.

»Wo sind Sie?«

»Ich will etwas essen gehen. Morgen reise ich nach New York zurück.«

»Ich muss unbedingt mit Ihnen sprechen. Heute noch.«

»Ich habe Hunger«, beklagte sich der Amerikaner.

»Ich auch«, erwiderte Lüder. »In einer Stunde in Ihrem Hotel.«

Er brauchte eineinhalb Stunden, bis er den Amerikaner in der Hotelbar antraf. Lüder setzte sich auf den freien Barhocker neben Katz und bestellte sich ein Alsterwasser.

»Ich bin fündig geworden«, sagte er.

»So?« Katz schien nur mäßig interessiert zu sein.

»Ihre Vorfahren stammen aus Deutschland. Genau genommen aus Hamburg.«

Er erhielt keine Antwort.

»Katz ist die Amerikanisierung des Familiennamens. Sie selbst haben mir erzählt, dass Sie früher Katzenbach hießen. Wie hieß Ihr Vater, John?«

»Ephraim Katzenbach, später Ephraim Katz.«

»Jahrgang?«

»1939.«

»Wo geboren?«

»Bridgeport. Das ist die größte Stadt in Connecticut, liegt nördlich von New York, fünfzehn Meilen von New Haven entfernt. Was soll das?«

Lüder ging nicht darauf ein.

»Was ist Ihr Vater von Beruf?«

»Er ist vor sechs Jahren gestorben.«
»Beruf – John.«
»Mein Vater war Anwalt. So wie ich.«
»Und Ihr Großvater?«
Katz griff zu seinem Bierglas und leerte es in einem Zug. Er schwenkte das leere Behältnis Richtung Barkeeper und signalisierte seinen Wunsch nach einem neuen Getränk.
»Ich verstehe nicht, warum es Sie interessiert.«
»Doch, John. Sie wissen es.«
»Ich habe ihn nicht kennengelernt. Ich bin Jahrgang 1971.«
»Als Sie geboren wurden, war Ihr Opa schon dreißig Jahre tot.«
»Einunddreißig«, antwortete Katz.
»Er starb in Amerika?«
Der Amerikaner setzte das Glas, das er in den Händen gedreht hatte, hart ab. »Nein, verdammt noch mal. Der Opa musste im Frühjahr 1939 mit seiner hochschwangeren Frau nach Amerika auswandern. Im Sommer 1939 ist er gegen den Rat vieler Freunde noch einmal nach Deutschland zurückgekehrt. Er fühlte sich als Amerikaner und war sich seiner Sache sicher. Man hat ihn verhaftet. Vermutlich ist er schon 1940 in einem Vernichtungslager ums Leben gekommen.«
»Weil er Jude war.«
»Ja.«
»Und Freimaurer?«
»Ja.« Der Barkeeper stellte das gefüllte Glas vor dem Amerikaner ab. »Bis 1933. Dann mussten alle Juden die Logen verlassen.«
»Und deshalb hat Ihnen von Herzberg auch geholfen. Sie haben es mit Hilfe der Pinkerton-Detektive herausgefunden. Von Herzberg hatte ohnehin an einer Recherche über Denunziationen im Dritten Reich gearbeitet. Er war also mit dem Thema vertraut.«
Katz nahm einen Schluck Bier zu sich und leckte sich den Schaum von den Lippen.
»Ihr Großvater ...«
»Ferdinand.«
»... wurde wann geboren?«

»1904.«
»Er war kein Jurist.«
»Sie wissen doch schon alles.«
»Ich will es von Ihnen hören.«
Katz ballte die Faust und schlug leicht auf den Tresen. »Er war Ingenieur, und zwar ein genialer.«
»Ich weiß«, sagte Lüder ruhig. »Die Maschinenfabrik Katzenbach hat grundsolide unverwüstliche Maschinen gebaut. Ihr Opa hat die Tradition fortgesetzt. Ich habe vorhin eine der Maschinen im Kieler Museum gesehen.«
Katz horchte auf. »Die muss ich sehen.«
»Kein Problem. Es ist ein Stück Ihrer Familiengeschichte.«
»Die Maschinen genossen einen exzellenten Ruf. Aber Deutschland ist in den Krieg gezogen. Dazu brauchte man robuste Technik. Mein Großvater, übrigens auch der Uropa, waren patriotische Deutsche. Schon im Ersten Weltkrieg wurden Katzenbach-Maschinen für die Fertigung von Kriegsprodukten eingesetzt. Und dann kam das Jahr 1933. Opa, gesellschaftlich bestens vernetzt, musste alle Ehrenämter aufgeben und wurde auch aus der Loge ausgeschlossen. Nach den Novemberpogromen 1938 wurde die Familie zur Emigration gezwungen und das Vermögen arisiert. Damit wollte sich mein Großvater nicht abfinden und kehrte zurück, um für sein Recht zu kämpfen. Das hat er nicht überlebt.«
»Es waren nicht nur die Nationalsozialisten.«
»Es war Verrat aus Habgier. Niedertracht. Leute mit Verbindungen haben dafür gesorgt, dass der Opa relativ schnell im KZ ermordet wurde. Eine dreckige Hand hat die andere gewaschen.«
Lüder legte seine Hand vorsichtig auf Katz' Hand.
»Das haben Sie herausgefunden. Es ging nicht um einen Mandanten, sondern um Ihre eigene Familie. Deshalb haben Sie auch mir gegenüber geschwiegen.«
Der Amerikaner deutete ein schwaches Nicken an.
»Da von Herzberg auch Freimaurer und Jude war, haben Sie sich ihm offenbart. Der Richter hat geprüft, welche rechtlichen Möglichkeiten es gibt, das Familienvermögen zurückzufordern.

Ein schwieriges Unterfangen. Ein weiterer Irrtum meinerseits war, dass ich glaubte, der Prozess würde vor einer Zivilkammer des Landgerichts Itzehoe stattfinden. Das traf nicht zu. Trotzdem hat von Herzberg unerlaubterweise einer Prozesspartei Rechtsbeihilfe geleistet. Das ist herausgekommen.«

»Ja«, sagte Katz leise.

»Wissen Sie auch, wer der Profiteur ist?«

Der Amerikaner stierte in sein halb volles Glas. »Das verfluchte deutsche Rechtssystem«, sagte er.

»Die Erfolgsaussichten hat Richter von Herzberg aber nicht allzu schlecht eingeschätzt. Er hat damit allerdings Panik auf der Gegenseite ausgelöst. Das reichte, um sein Todesurteil zu erwirken.«

»Ich weiß«, erklärte der Amerikaner. »Ich möchte, dass die Schuldigen bestraft werden.«

»In zweifacher Hinsicht«, erwiderte Lüder. »Strafrechtlich. Und den Zivilprozess sollten Sie nicht aufgeben. Ich bin mir sicher, dass Sie gute Erfolgschancen haben.«

Katz drehte sich zu Lüder um. »Sie sind doch Jurist. Wollen Sie nicht den Fall für mich übernehmen?«

»Das geht nicht«, sagte Lüder. »Aber um Ihnen das zu erklären, brauchen wir Zeit.« Er zeigte auf das Bierglas. »Kommen Sie. Ich fahre. Wir schließen den Fall jetzt ab.«

SECHZEHN

Alles war ruhig und friedlich. Nur die Lichter in den Fenstern der von großen Grundstücken umgebenen Häuser verrieten, dass hier Menschen lebten. Gut betuchte Menschen, dachte Lüder. Niemand musste sich Sorgen um seine Existenz machen. Die Ängste, sofern es welche gab, bestanden darin, Ansehen, Macht und Vermögen zu verlieren.

Lüder betätigte die Klingel und beobachtete, wie sich das Auge der Kamera auf ihn richtete. Wenig später wurde die Tür geöffnet.

»Was suchen Sie hier?«, wurde er barsch empfangen.

»Sie. Ich werde Sie festnehmen«, antwortete Lüder ruhig.

»Sind Sie total verrückt?«

»Nein. Genial.«

»Verschwinden Sie.«

»Natürlich. Aber nur mit Ihnen zusammen. Ach ja – und diesen Dingern.« Er fingerte Einmalfesseln aus seiner Blousontasche.

»Das ist Ihr Ende. Jetzt haben Sie es überreizt.«

»Falsches Deutsch. Es ist nicht mein Ende, sondern Ihres, Herr Böttinger. Wollen Sie ein paar Sachen zusammenpacken?«

»Ich rufe meinen Anwalt an.«

»Das ist Ihr gutes Recht. Aber nicht von hier aus, sondern vom Polizeirevier.«

Böttinger drehte sich um und stiefelte in den Wohnraum. Lüder und Katz folgten ihm. Katharina von Herzberg hatte sich in einen Sessel gelümmelt. Die Füße mit den dunkelblau lackierten Zehennägeln guckten unter dem Po heraus. Im Haar steckte eine Sonnenbrille. Albern, fand Lüder.

»Was geht da vor?«, fragte sie.

»Der durchgeknallte Polizist aus Kiel spielt verrückt«, sagte Böttinger ärgerlich. »Jetzt ist es ganz mit ihm durchgegangen. Er wird sein erhitztes Gemüt demnächst in der Suspendierung kühlen können.«

»Ich habe die Wahlmöglichkeit, wo ich mich aufhalten kann. Ihr Reich wird nur wenige Quadratmeter umfassen. Ich nehme Sie wegen der Anstiftung zum Mord an Ulrich von Herzberg fest.«

»Sie wollen – was?«, fragte Katharina von Herzberg fassungslos.

»Sie haben es richtig vernommen«, erwiderte Lüder. »Ihr Lover hat den Auftrag zur Ermordung Ihres Ehemanns erteilt. Und das sogar völlig unromantisch. Es ging nicht um die heiß entbrannte Liebe zu Ihnen, sondern ganz trivial um Macht.«

Böttinger machte eine Wischbewegung vor seinem Gesicht. »Jetzt ist der Kerl komplett irre.«

Lüder zeigte auf den Amerikaner. »Sie kennen John Katz? Seine Vorfahren hießen Katzenbach und waren erfolgreiche Unternehmer bis zur Reichspogromnacht 1938. Sein Großvater Ferdinand Katzenbach war nicht nur ein genialer Ingenieur, sondern genoss auch eine ansehnliche gesellschaftliche Stellung, die ihn unter anderem Mitglied in der Loge Aurora Borealis werden ließ. Damals begegnete er Ihrem Großvater August Böttinger, der im Wesentlichen den Grundstein für Ihr heutiges Unternehmen gelegt hat. Beide waren erfolgreiche Maschinenbauer, auch wenn es Überschneidungen gab und sie sich als Konkurrenten begegneten. Ich glaube, Sie werden nicht leugnen, dass man sich über die Bruderschaft auch geschäftlich nahekommen kann. August Böttinger war ganz bestimmt ein cleverer Geschäftsmann. Hanseatisch tüchtig. Über die Freimaurer knüpfte er Verbindungen zu den Nazigrößen. Das war dem jüdischen Unternehmer Ferdinand Katzenbach natürlich nicht möglich. Es gab sogar Kontakte zum Reichswirtschaftsminister Hjalmar Schacht, der auch Freimaurer war.«

Böttinger beobachtete Lüder aus zusammengekniffenen Augen, während Katharina von Herzberg nervös damit beschäftigt war, Hornhaut von den Fersen zu pulen.

»Niemand bestreitet, dass Ihre Vorfahren tüchtige und erfolgreiche Unternehmer waren, die aber auch ihr Mäntelchen nach dem Wind hängten und vor unlauteren Maßnahmen nicht zurückschreckten. August Böttinger war der Denunziant, der die Familie Katzenbach um deren Vermögen brachte. Die für die Rüstung der braunen Machthaber wichtige Maschinenfabrik wurde entschädigungslos eingezogen und für einen symbolischen Preis Ihrem Großvater übereignet, der sie in die Böttinger-Fabrik einbrachte. Als Ferdinand 1939 noch einmal nach Deutschland kam, weil er um das Werk seiner Familie kämpfen wollte, sorgte Ihr Großvater dafür, dass er ins Vernichtungslager kam und dort ermordet wurde. Was bedeutete es schon, wenn ein unliebsamer Jude verschwand.«

Böttinger starrte Lüder mit offenen Augen an und bewegte immer wieder den Kopf, als wolle er das alles nicht wahrhaben.

»August Böttinger führte nicht nur das Unternehmen, sondern auch die Loge als Großmeister durch die Kriegswirren. So fiel es ihm nicht schwer, es einzurichten, dass sein Sohn Karl-Hermann, Ihr Vater, nicht nur das Unternehmen, sondern auch das Amt des Stuhlmeisters in der Aurora Borealis erbte.«

»Das hat doch nichts mit –«, fuhr Böttinger dazwischen, aber Lüder schnitt ihm mit einer Handbewegung das Wort ab.

»Das nennt man Lufton«, rief Katz dazwischen. »Das ist der Sohn eines Freimaurers. Er genießt meist bei der Aufnahme einige Vorteile. Es gibt eine freimaurerische Organisation, die sich um junge Männer im internationalen Austausch kümmert, bevorzugt um die Söhne von Freimaurern: die DeMolay-Logen. Benannt nach dem letzten Anführer der Templer Jacques de Molay, der als Märtyrer auf dem Scheiterhaufen infolge des größten Justizmordes der französischen Geschichte starb.«

»Ihr Vater Karl-Hermann zierte die groß aufgelegte Broschüre zum einhundertjährigen Firmenjubiläum 1984. Das Bild zeigt einen würdig dreinblickenden Patriarchen. Sie haben dann nicht nur das Unternehmen, sondern auch den Job als Stuhlmeister ...«

»Job!«, entrüstete sich Böttinger.

»... übernommen. Sie sind dann ein Lufton-Lufton.« Lüder hob die Hand. »Ich weiß, das ist nicht korrekt. Jedenfalls ist der Sitz des Stuhlmeisters ein zumindest ideologisches Erbstück der Familie Böttinger. Und Sie wissen ihn ebenso wie Ihr Vater oder der Großvater zu nutzen. Warum haben Sie es mir gegenüber eigentlich nie erwähnt? Sie hatten befürchtet, ich könnte darüber den Ermittlungsansatz finden. Das war ja auch zutreffend. Das ist aber noch nicht alles. Als Sie seinerzeit Überlegungen anstellten, Ihren Firmensitz von Hamburg nach Schleswig-Holstein zu verlegen, haben Sie mit den Politikern beider Länder verhandelt und gepokert. Sie spürten, welche temporäre Macht Ihren Gesprächspartnern übertragen worden war. Das hat Sie gereizt. So sind Sie in die Politik gekommen und hofften, über diesen Weg weiteren Nutzen für sich und Ihr Unternehmen ziehen zu können. Verbindungen schaffen. Ein Netzwerk knüpfen. Bei Ihrer Zielstrebigkeit, Ihrer Fähigkeit, die Ellenbogen zu benutzen, haben Sie sich schnell durchgesetzt. Als Trophäe winkte vielleicht sogar ein Ministeramt in Kiel. Die Aussichten waren nicht schlecht. Und dann tauchte von Herzberg auf. Der Richter begann in der Vergangenheit zu wühlen. Er stieß auch auf die Ungereimtheiten bei der Einverleibung der Katzenbach'schen Fabrik. Es war ein Zufall, dass auf der anderen Seite des Atlantiks John Katz Nachforschungen anstellte und –«

»Ich habe mich durch Gerichtsverfahren in den Staaten gewälzt«, unterbrach der Amerikaner. »Berichte der alliierten Offiziere gelesen, Protokolle der damaligen Wirtschaftsbeauftragten in der US-Besatzungszone studiert und mich immer tiefer in die Materie hineingearbeitet. Als Jurist wollte ich nichts unversucht lassen, das damalige Unrecht wieder ins Lot zu rücken. Ich bin dabei auf die Loge Neocorus gestoßen und war dem Irrtum erlegen, dass das Landgericht Itzehoe für einen Zivilprozess zur Rückübertragung der Vermögenswerte zuständig sei. Über den öffentlich zugänglichen Geschäftsverteilungsplan des Gerichts bin ich auf Judge Herzberg gestoßen und habe zu ihm Kontakt aufgenommen.«

»Und der war vermutlich sehr erstaunt, dass plötzlich Dinge zueinanderpassten, von denen er zuvor keine Ahnung hatte. Ulrich von Herzberg, der unbestechliche Jurist, hat die Puzzleteile seiner Recherche akribisch zusammengefügt. Er wusste, dass er in einem möglichen Verfahren gegen die Böttinger AG nicht als Richter in Erscheinung treten würde. So konnte er sich in dieser Sache umsehen. Daher war es auch nicht verwunderlich, dass mir niemand etwas zu dem Prozess sagen konnte, der angeblich bevorstand. Es gab ihn noch nicht. Und John Katz«, dabei zeigte Lüder auf den Amerikaner, »schwieg natürlich, da er Sie nicht warnen wollte. Irgendetwas ist aber trotzdem durchgesickert. Sie haben mit von Herzberg darüber gesprochen. Doch der Richter wollte sich nicht von seinem Weg abbringen lassen. So haben Sie seine Ermordung geplant und die beiden bulgarischen Auftragsmörder beschafft. Am Tag vor seiner Ermordung haben Sie noch einmal versucht, Ulrich von Herzberg in einem langen Telefonat umzustimmen. Vergeblich. Das war sein endgültiges Todesurteil.«

Friedhelm Böttinger stand leichenblass vor Lüder. Seine Arme hingen kraftlos von den hängenden Schultern herab.

»Von Herzberg hatte Ihnen erzählt, dass seine Dokumentation an einem sicheren Ort verwahrt war. Sie haben zu Schröder-Havelmann Kontakt aufgenommen. Sie wussten, dass der Professor sich gegen die Aufarbeitung der Vergangenheit stemmte und befürchtete, nach all den unberechtigten Angriffen auf die Logen, namentlich in Ostdeutschland, und der Verunsicherung vieler Brüder würde dieser neuerliche Skandal das Freimaurertum in die Enge treiben. Und das ausgerechnet zum dreihundertjährigen Jubiläum. Das war der Nährboden für zwei Morde. Es war Schröder-Havelmann gelungen, in den Besitz der belastenden Dokumente zu gelangen. Was für ein Rückschlag für Sie, als er Ihnen den Blick darauf gestern verwehrte. Sie schweben immer noch in der Ungewissheit darüber, was wirklich bekannt ist.«

»Woher wissen Sie das alles?«, stammelte Böttinger atemlos.

»Wir sind die Polizei«, erwiderte Lüder. Musste er Böttinger darüber aufklären, dass man noch an den gerichtsfesten Beweisen für seine Schuld arbeiten musste? Dort zählten Logik und Kombinationsgabe nicht. Und ob von Herzbergs Recherche ausreichen würde ... Auch darüber würde ein Gericht zu befinden haben.

»Ihre Bordellbesuche in Norbert Burgers Puffs sind auch aufgeflogen. Sie haben den Kiezkönig beauftragt, Ihnen die beiden Mörder zu beschaffen.«

Katharina von Herzberg sprang wie von der Tarantel gestochen auf. »Du warst im Bordell? Du verdammtes Schwein. Du elendiges Miststück. Du hast eine Nutte gevögelt und bist dann über mich hergefallen – wie ein Tier.«

Böttinger hob in einer hilflosen Geste die Hand, als würde er etwas erklären wollen. Doch es kam kein Wort über seine Lippen.

»Nun tritt das ein, was wir früher schon einmal erörtert haben«, wandte sich Lüder an Katharina von Herzberg. »Das Leben in dieser luxuriösen Umgebung ist jetzt vorbei. Sie müssen nun vom Pflichtteil Ihres Erbes leben, das Ihnen Ihr ungeliebter Ehemann hinterlassen hat. Der Traum von der Glamourwelt der Reichen und Schönen ist Vergangenheit. Sie werden nun nicht mehr im Golfclub glänzen können. Und gesellschaftlich – ich kann mir nicht vorstellen, dass Sie noch irgendwo eingeladen werden. Sie sollten schon einmal üben, ›Grüß Gott‹ zu sagen, da Sie in den tiefen Süden der Republik auswandern müssen. Hier ist Ihr Name für alle Zeiten verbrannt.«

»Oh, ihr Hunde. Alle, wie ihr da seid«, stöhnte die Frau auf. Die Tränen waren die der Wut, nicht der Trauer.

Lüder forderte einen Streifenwagen an, der nach einer Dreiviertelstunde eintraf.

»Benötigt man so lange von der Polizeistation Quickborn?«, fragte er die Beamten.

»Von wegen Quickborn. Wir kommen vom Revier Pinneberg und mussten zunächst unseren vorherigen Einsatz abschließen«, erklärte einer der Schutzpolizisten. »Erklären Sie es den Kieler Politikern. Wir von der Front vermögen es dem Bürger nicht mehr zu erläutern.«

Die Beweise gegen Böttinger wurden noch dadurch untermauert, dass die Hamburger Kripo aus den Kartenzahlungen des Eppendorfer Hotels tatsächlich Friedhelm Böttinger herausgefischt hatte. Zum Glück trauten Täter der Polizei selten zu, dass sie auch auf vermeintlich absurde Spuren kamen.

Es gab noch eine offene Frage für Lüder, als er ins Innenministerium fuhr. Bei ihrem ersten Gespräch hatte der Innenminister angedeutet, dass er wisse, womit sich von Herzberg beschäftige. Ja, er sei im Groben informiert, hatte er gesagt. Er konnte Lüder aber nichts erzählen, weil er jeden Anschein einer Einmischung in die Judikative vermeiden wollte. Es wäre undenkbar gewesen, dass er dem anstehenden Prozess vorgegriffen hätte. Außerdem lagen noch keine konkreten Sachen wie zum Beispiel eine Klageschrift vor.

Darüber hinaus war die ganze Angelegenheit politisch heikel. Böttinger galt als möglicher Anwärter auf ein Ministeramt nach der Wahl. Die Medien hätten eine große Kampagne gestartet und dem Innenminister als politischem Gegner Böttingers vorgeworfen, mit der Publikation des Falles eine unterirdische Schlammschlacht gegen den Mitbewerber gestartet zu haben. Mit solchen Dingen hatte man in Schleswig-Holstein seit Barschel, der Pfeiffer-Affäre und Björn Engholm schlechte Erfahrungen gemacht.

»Ich habe immer volles Vertrauen zu unserer Justiz, aber auch zur Polizei. Ganz besonders natürlich zu Ihnen, Herr Dr. Lüders. Und? Ich bin nicht enttäuscht worden.« Der Innenminister stand auf und reichte Lüder die Hand. »Danke.« Der Politiker hielt die Hand fest. »Wollen Sie es sich nicht doch überlegen, ob Sie ins Innenministerium wechseln wollen?«

Lüder lächelte. »Als was?«

Der Minister kniff ein Auge zusammen. »Da würden wir etwas Passendes finden«, sagte er geheimnisvoll. Zu Lüders Überraschung schlug er ihm auf die Schulter. »Alles Gute. Und ... bis zum nächsten Mal.«

Lüder beließ es bei einem schlichten »Tschüss«. Mehr konnte ein Norddeutscher nicht sagen.

Dichtung und Wahrheit 1

Als mir der bekannte Künstler Jens Rusch, ein bekannter Menschenfreund, vorschlug, zum dreihundertsten Jahrestag nach der international gültigen Zeitrechnung der englischen Großloge UGLE das Freimaurertum in einem Kriminalroman zu thematisieren, habe ich zunächst gezögert. Zu fremd ist mir die geheimnisvolle Welt der Bruderschaft. Jens, selbst seit über zwanzig Jahren Freimaurer und Initiator des weltweit größten Internet-Lexikons »Freimaurer-Wiki«, überredete mich schließlich. So entstand die Idee, das Thema gemeinsam zu bearbeiten. Ich erfuhr viel über die Ziele und Ideale der Freimaurer, musste aber feststellen, dass Jens sich in manchen Dingen an das Gebot des Schweigens, das er bei seiner Aufnahme in den Freimaurerbund gelobt hatte, hielt. Ich wollte aber weiter hinter die Geheimnisse blicken. Nicht alles ist in allgemein zugänglichen Quellen zu finden, auch wenn Arte, BBC und NDR spannende Beiträge über die Freimaurer ausgestrahlt haben. Es war ein mühsames Suchen, bis ich mich an ein Mitglied der Bruderschaft erinnerte, einen Amerikaner, den ich aus der gemeinsamen Arbeit als Unternehmensberater kannte. Steve verriet mir unter dem Siegel der Verschwiegenheit ein paar Geheimnisse und stellte den Kontakt zu Paddy, einem Iren, her. In Irland erfuhr ich mehr über geheime Rituale der Bruderschaft, darunter die Bestrafung mit dem Cabeltow. Es gab während der Arbeit an diesem Buch mit Jens lebhafte Diskussionen darüber, ob wir diese Dinge veröffentlichen. Ich hielt es für meine Pflicht. Jens sagte, als Künstlerkollege müsse er vor solch einer Entscheidung Respekt haben. Er sah seine Aufgabe eher darin, dass die Sachverhalte richtig dargestellt wurden.

   Auch wenn es sicherlich Verstrickungen zwischen den Freimaurern und der Politik gab, hat man die Brüder oft zu Unrecht verfolgt. So auch im Dritten Reich, da die Freimaurer eine verschwiegene Gemeinschaft von Männern sind, die zueinander stehen.

Die Handlung und alle in diesem Buch auftretenden Personen sind frei erfunden. Es gibt sie ebenso wenig wie die erwähnten Logen oder Unternehmen. Jede Ähnlichkeit wäre rein zufällig.

Mein Dank gilt Dr. Christiane Bigalke und meinem Sohn Leif für die medizinische Fachberatung sowie meiner Lektorin Dr. Marion Heister. Birthe hat mich erneut unterstützt. Und natürlich gilt mein besonderer Dank Jens Rusch. Es ist nicht einfach, gemeinsam an einem Buch zu schreiben und den Sachverhalt aus unterschiedlichen Perspektiven zu beleuchten. Wir haben es geschafft. Danke, Jens.

Hannes Nygaard

Dichtung und Wahrheit 2

Unabhängig von der symbolhaft reizvollen Bilderflut dieser metaphernreichen Vereinigung reizte mich das fundierte Selbsterziehungssystem der Freimaurer bereits vor meiner Aufnahme. Das Zitat »Man sollte eigentlich bereits Freimaurer sein, bevor man mit dem Gedanken spielt, einer zu werden« trifft auf mich uneingeschränkt zu.

Heute steht diese Organisation auf dem Prüfstand. Es imponiert niemandem mehr, dass große Denker, Humanisten und Künstler zu ihr gehörten und ihre ethische Weltsicht prägten. Das »Arkanum«, das Gebot der Verschwiegenheit, scheint überholt, seit es das Internet gibt. Und dennoch ist der Rückzug in die vertrauenswürdige Geborgenheit einer Bruderschaft auch heute noch ein schwer zu definierendes Grundbedürfnis. Die Flut schwachköpfiger Anwürfe im Internet ist unsteuerbar geworden – das war mein Impulsgeber für die Gründung eines vertrauenswürdigen Mediums, eines objektiven und transparenten virtuellen Lexikons. In einer Zeit, die von Verrohung und einem dramatischen Verlust an ethischer und moralischer Verantwortung geprägt wird, kommt der Freimaurerei eine bedeutende Aufgabe innerhalb unserer Gesellschaft zu. Die Freimaurer verfügen über das ethische und moralische Instrumentarium – es wäre unlogisch, es nicht einzusetzen. Unsere Zeit ist rasant und schnelllebig – an diesen Werten rast die Gesellschaft vorbei, wenn wir unsere Tore nicht weiter öffnen.

Aber: Freimaurerei ist facettenreich, und einen einzigen gemeinsamen Nenner für einen Paradigmenwechsel gibt es nicht. Visionäre müssen ertragen können, dass man sie als Verräter empfindet, Konservative wähnen sich auch hier als Gralshüter – das sind normale, altbekannte Vorgänge. Freimaurerei zu leben ist primär ein organischer, ein vitaler Vorgang. Wer sich selbst formt, gestaltet einen winzigen Teil unserer Gesellschaft. Wenn das aber viele so machen würden, wäre unser Beitrag elementar. Ich habe mir bei dieser gemeinsamen Arbeit versagt, Hannes

Nygaard in die Feder zu greifen, wenn es darum ging, wie er die Freimaurer dargestellt hat. Ich hätte seinen Spannungsbogen zerstört, wenn ich auf mein Idealbild vom ausschließlich positiv dargestellten Ideal-Freimaurer gedrängt hätte. Als Künstler habe ich Respekt vor seiner schriftstellerischen Leistung und habe mich daher lediglich auf faktische Korrekturen beschränkt. Fakt ist aber auch: Ich kenne keinen einzigen Freimaurer, der zu den hier geschilderten Straftaten fähig oder auch nur bereit wäre. Unumstritten ist jedoch die ausgesprochen fragwürdige Rolle einiger Freimaurer in der Dunklen Zeit. Möglicherweise kommen die Visionen Nygaards dem verdrängten Geschichtsbild sehr nahe. Mich besorgt der Blick in die nahe Türkei, denn dort scheint sich Geschichte gerade zu wiederholen. Es ist nur eine Frage der Zeit, dann wird Erdoğan die Freimaurer-Logen verbieten. Es würde mich nicht wundern, wenn dann wieder die Juden und die Freimaurer als die Schuldigen für alles Denkbare herhalten müssen.

Jens Rusch

Lust auf mehr? Laden Sie sich die »LChoice«-App runter, scannen Sie den QR-Code und bestellen Sie weitere Bücher direkt in Ihrer Buchhandlung.

Die Erfolgsserie des Bestsellerautors Hannes Nygaard:

Alle Titel sind auch als eBook erhältlich.

Hinterm Deich Krimis:

Tod in der Marsch
ISBN 978-3-89705-353-3

Vom Himmel hoch
ISBN 978-3-89705-379-3

Mordlicht
ISBN 978-3-89705-418-9

Tod an der Förde
ISBN 978-3-89705-468-4

Tod an der Förde
Hörbuch, gelesen von Charles Brauer
ISBN 978-3-89705-645-9

Todeshaus am Deich
ISBN 978-3-89705-485-1

Küstenfilz
ISBN 978-3-89705-509-4

Todesküste
ISBN 978-3-89705-560-5

Tod am Kanal
ISBN 978-3-89705-585-8

Der Tote vom Kliff
ISBN 978-3-89705-623-7

www.emons-verlag.de

Der Inselkönig
ISBN 978-3-89705-672-5

Sturmtief
ISBN 978-3-89705-720-3

Schwelbrand
ISBN 978-3-89705-795-1

Tod im Koog
ISBN 978-3-89705-855-2

Schwere Wetter
ISBN 978-3-89705-920-7

Nebelfront
ISBN 978-3-95451-026-9

Fahrt zur Hölle
ISBN 978-3-95451-096-2

Das Dorf in der Marsch
ISBN 978-3-95451-175-4

Schattenbombe
ISBN 978-3-95451-289-8

Flut der Angst
ISBN 978-3-95451-378-9

Biikebrennen
ISBN 978-3-95451-486-1

Nordgier
ISBN 978-3-95451-689-6

Das einsame Haus
ISBN 978-3-95451-787-9

www.emons-verlag.de

Stadt in Flammen
ISBN 978-3-95451-962-0

Nacht über den Deichen
ISBN 978-3-7408-0069-7

»*Mit sehr viel Feingefühl beleuchtet Nygaard seine Figuren von sämtlichen Seiten, lässt Lebensumstände sowie aktuelle und brisante Themen mit einfließen.*«
Land & Meer

Niedersachsen Krimis:

Mord an der Leine
ISBN 978-3-89705-625-1

Niedersachsen Mafia
ISBN 978-3-89705-751-7

Das Finale
ISBN 978-3-89705-860-6

Auf Herz und Nieren
ISBN 978-3-95451-176-1

Kurzkrimis:

Eine Prise Angst
ISBN 978-3-89705-921-4

www.emons-verlag.de